Le Rêve

Compass Key
Tome 3

Maggie Miller

Table des matières

LE RÊVE : Compass Key, livre 3

Copyright © 2022 Maggie Miller

Le Rêve

Les secondes chances existent bel et bien.

Cinq anciennes sœurs de sororité, toutes dans la cinquantaine, se lancent dans l'aventure de leur vie lorsqu'une invitation mystérieuse les réunit dans un resort exclusif situé sur une île privée.

Olivia était la discrète. Son divorce d'avec son mari alcoolique l'a libérée à bien des égards, mais a créé une rupture avec sa fille qui semble impossible à réparer.

Amanda était la parfaite. Veuve et désespérément fauchée mais le cachant, elle a besoin d'un nouveau départ plus que quiconque ne peut l'imaginer.

Leigh Ann était la pom-pom girl. Son divorce en cours est tout à fait cordial, ou du moins c'est ce qu'elle aimerait faire croire à tout le monde. La vérité n'est pas aussi rose.

Grace était la fêtarde. Et elle l'est toujours, au grand désarroi de son mari qui lutte pour maintenir leur restaurant à flot. Grace espère que ce temps loin leur donnera à tous deux l'espace qu'elle pense nécessaire.

Katie était le cerveau. Maintenant, elle connaît un succès incroyable mais cache des secrets qui pourraient changer sa vie s'ils venaient à être révélés.

Lorsque leur chère directrice de maison les invite à des vacances tous frais payés, puis leur fait une énorme surprise, les cinq amies font face à une décision majeure. Peuvent-elles surmonter leur passé afin de profiter de l'avenir incroyable qui leur est offert ?

Embarquez avec elles pour Compass Key et découvrez-le.

Chapitre Un

Iris avait toujours imaginé que ce jour viendrait. Mais elle avait toujours espéré qu'il arrive du vivant d'Arthur. Elle ne pouvait s'empêcher d'être en colère au nom de son défunt mari alors qu'elle fixait l'homme qui prétendait être son fils.

— Vous arrivez un peu tard. Votre père est mort il y a trois ans.

Après une profonde inspiration, Nick Oscott hocha la tête.

— Je sais. En partie, c'est de ma faute. Je l'ai appris six mois après les faits, notamment parce que ma mère me l'a caché. Ce n'était pas difficile, puisque j'étais en Ouganda. Le reste du retard est ma responsabilité.

Il fixa le sol.

— J'ai eu du mal à accepter sa disparition. J'éprouve encore beaucoup de culpabilité concernant nos relations et...

Il soupira et détourna le regard un instant, comme pour se ressaisir. Finalement, il la regarda à nouveau.

— Je ne suis pas venu pour me chercher des excuses, cependant.

Iris ne savait pas pourquoi Nick avait été en Ouganda, mais elle avait beaucoup entendu parler de sa mère, Yolanda Oscott. Et d'après ce qu'Iris savait de cette femme, il était tout à fait possible qu'elle ait caché la mort d'Arthur à son fils.

— Pourquoi étiez-vous en Ouganda ?

Il désigna la chaise à côté d'elle.

— Puis-je m'asseoir ?

Elle acquiesça.

— Oui.

Il ressemblait assurément à Arthur. C'était plus que les yeux. Il y avait quelque chose dans sa bouche et la ligne de sa mâchoire qui lui rappelait des photos qu'elle avait vues d'Arthur jeune, bien avant qu'elle ne le connaisse.

— Merci.

Nick prit place.

— J'étais là-bas avec Medical United. C'est un groupe similaire à Médecins Sans Frontières. J'ai intégré le programme environ six mois après mon diplôme, puis j'ai passé la majeure partie de ma carrière en Ouganda. J'ai tellement appris. Mais il était facile de me perdre dans le travail. Il y a un tel besoin là-bas, surtout pour les petits.

Le cœur d'Iris s'adoucit. Comment aurait-il pu en être autrement ?

— C'est un travail très louable.

— Merci. Ce n'est pourtant pas la raison pour laquelle je l'ai fait.

— Pourquoi, alors ?

Il hésita, comme s'il n'était pas sûr de ce qu'elle penserait de sa réponse.

— Ma mère. Et mon père. C'étaient mes deux raisons. Je voulais m'éloigner d'elle. Je voulais aussi lui ressembler moins. Beaucoup moins. Et ressembler beaucoup plus à mon père.

Iris approuvait ces raisons. Et pas seulement parce que Yolanda avait été une épine constante dans le pied d'Arthur.

— Il n'y avait pas grand-chose qu'Arthur aimait plus qu'aider les gens.

— Et il n'y a pas grand-chose que ma mère aime plus que s'aider elle-même.

Il soupira.

— Je ne veux pas dire du mal d'elle, mais c'est la vérité. C'est aussi vrai que je suis très en colère contre moi-même pour ne pas avoir repris contact avec mon père avant son décès. Je suis tout aussi désolé de ne pas avoir assisté aux funérailles, mais je n'étais pas au courant, à cause de ma mère.

La colère illumina ses yeux. Iris croyait qu'il disait la vérité. Mais elle avait encore des questions.

— Pourquoi venir ici maintenant, alors ? Qu'espérez-vous accomplir ?

Sa bouche se plia en un rapide sourire, puis disparut à nouveau.

— D'une part, je voulais vous rencontrer. Mon père

n'a jamais cessé de chanter vos louanges durant les rares fois où je lui parlais. Ou dans les lettres qu'il m'envoyait quand j'étais à l'université. Je sais qu'il vous aimait profondément. C'était bon de savoir qu'il avait rencontré quelqu'un qui le rendait heureux. Vous avez toujours semblé être la mère que j'aurais aimé avoir. Et puis, bien sûr, il y avait les colis que vous m'envoyiez quand j'étais à l'université. Je veux dire, ces brownies... les meilleurs de tous les temps.

Elle plissa les yeux.

— Je déteste vous le dire, mais je ne vous ai jamais envoyé de colis.

Du moins, elle ne se souvenait pas l'avoir fait. Avec la façon dont son esprit fonctionnait ces jours-ci, elle ne pouvait en être sûre. Mais elle pensait honnêtement qu'elle s'en serait souvenue.

— Je l'aurais fait, si j'avais pensé qu'ils auraient été bien accueillis. Ou non interceptés par votre mère. Je pense qu'Arthur a dû les envoyer avec mon nom dessus.

Nick fronça les sourcils.

— Mais ils arrivaient avec des notes manuscrites de votre part.

Elle se creusa la tête pour essayer de comprendre comment cela pouvait être possible. Était-ce un autre exemple où son âge prenait le dessus ? Puis cela lui revint.

— Cet Arthur. Je sais exactement ce qu'il a fait. Chaque mois environ, il me demandait de préparer des brownies pour l'une de ses réceptions. Ou pour un ami malade. Parfois, c'était pour une partie de poker régulière à laquelle il participait. Très souvent, ils devaient être expédiés à une nouvelle recrue de la Marine en formation. Arthur avait été dans la Marine, vous savez. Quoi qu'il en soit, il me demandait toujours d'inclure un petit mot.

Nick hocha la tête.

— Je sais qu'il a été dans la Marine. J'ai une vieille photo de lui dans son uniforme.

Iris secoua la tête en pensant à la façon dont Arthur l'avait trompée.

— Je n'arrive pas à croire qu'il vous envoyait réellement ces brownies. J'aurais été heureuse de les envoyer moi-même.

— Peut-être pensait-il que ce n'était pas juste de vous demander de le faire alors que je n'étais pas votre responsabilité ? Je ne sais pas.

Puis Nick rit.

— Le fait que vous ne le sachiez pas explique certaines notes, alors. Notamment celle qui disait : « N'oubliez pas, il faut savoir quand se coucher ».

Iris rit.

— Je m'en souviens. C'était pour la partie de poker. Du moins, c'est ce que je croyais. J'essayais d'être intelligente, en citant cette chanson de Kenny Rogers sur le jeu.

Il secoua la tête, toujours souriant.

— Je n'ai jamais pu comprendre celle-là. Ma meilleure hypothèse a toujours été que cela avait rapport avec la lessive.

Elle rit plus fort, puis reprit finalement son souffle.

— Quelle histoire vraiment digne d'Arthur. Je suis

désolée que vous n'ayez pas pu renouer avec votre père avant son décès. Il aurait adoré ça. Il vous aimait, vous savez.

— C'est bon à entendre. Je ne suis pas sûr de l'avoir mérité. J'aurais pu faire plus d'efforts pour le contacter. Même depuis l'Ouganda.

— Et votre mère aurait pu aider.

Il acquiesça.

— Je pensais qu'elle le faisait. Je lui ai même envoyé quelques lettres qu'elle a promis de lui transmettre. J'aurais dû savoir que c'était un comportement suspect de sa part. Mais elle en paie le prix maintenant.

— Ah bon ? De quelle façon ?

Iris n'était pas dérangée que Yolanda reçoive une dose de son propre médicament. Yolanda avait essayé d'obtenir de l'argent, plus d'argent qu'elle n'en recevait déjà, d'Arthur pendant des années. Un stratagème après l'autre. Mais Arthur voyait toujours clair dans son jeu. Ou ses avocats le faisaient.

— Elle et moi n'avons plus aucune relation. En fait, je ne lui ai pas parlé depuis que j'ai réalisé qu'elle m'avait caché son décès. Je suis encore tellement en colère contre elle pour ça. J'aurais au moins pu assister à ses funérailles. Je ne suis pas sûr de pouvoir jamais passer outre, vraiment.

— Je peux comprendre ça. Mais je dois demander encore une fois : puisqu'Arthur est parti depuis près de trois ans, pourquoi êtes-vous ici maintenant ? Pourquoi après tout ce temps ? Pourquoi n'êtes-vous pas venu plus tôt ?

Il fixa ses mains.

— Je n'ai pas de bonne réponse à cela, si ce n'est que je ne pouvais pas. Après avoir appris sa mort, je me suis réengagé auprès de Med United. Je suppose que je pensais que si je restais assez occupé, je pourrais ignorer le chagrin. J'ai travaillé encore six mois en Ouganda, passé un an au Zimbabwe, huit mois au Nigeria, puis je suis finalement rentré. Je pensais être prêt alors, mais il m'a fallu encore quelques mois à être en colère contre le monde entier, et ma mère, pour me ressaisir suffisamment pour faire ce voyage. Je ne suis pas fier que cela m'ait pris si longtemps. C'est une autre source de culpabilité, honnêtement.

— Et maintenant que vous êtes ici, qu'espérez-vous accomplir ?

La plus grande crainte d'Iris était qu'il essaie de lui prendre l'île et le complexe touristique. Le testament d'Arthur lui avait tout laissé. Cela ne signifiait pas que Nick ne pouvait pas intenter un procès pour ce qu'il pourrait croire être légitimement sien.

Il serait sage pour elle de contacter leur avocat le lendemain matin et de l'informer de l'arrivée de Nick. Juste au cas où. Elle ne voulait pas penser le pire de Nick, mais elle ne le connaissait qu'à travers ce qu'Arthur lui avait dit.

Il y avait toujours la possibilité que tout ce qu'il lui avait raconté soit une histoire spécifiquement conçue pour jouer sur sa sympathie. Elle ne voulait pas le penser, mais des personnes plus intelligentes qu'elle s'étaient fait arnaquer. Et avec la façon dont son cerveau lui jouait parfois des tours, elle pensait que prévenir l'avocat était la meilleure décision.

Nick répondit à sa question.

— Je suppose que j'ai juste besoin de passer du temps dans l'endroit qu'il appelait sa maison. De marcher là où il a marché. D'écouter tous les souvenirs que vous voudrez bien partager avec moi. D'essayer de me reconnecter de cette façon. J'avais simplement ce désir d'être là où il avait été. Est-ce que cela a du sens ? Ou est-ce que cela me fait paraître comme si je perdais la tête ?

— Cela ne vous fait pas paraître comme si vous perdiez la tête.

Son cœur souffrait vraiment pour lui, mais elle choisissait généralement de penser le meilleur des gens jusqu'à ce qu'ils lui donnent une raison de ne pas le faire. Ce qu'elle espérait ne jamais se produire avec Nick.

— Cela vous fait ressembler à un fils qui pleure et qui fait de son mieux pour traverser cette épreuve.

Un muscle dans la mâchoire de Nick tressaillit et il baissa la tête, luttant clairement contre l'émotion. Il hocha la tête, toujours silencieux.

Elle tendit la main et la posa sur son bras.

Il couvrit sa main avec la sienne et laissa échapper un seul sanglot étouffé.

— Merci, murmura-t-il.

Pour lui, elle changea de sujet.

— Avez-vous vraiment réservé l'un des bungalows ? Vous avez dû le faire pour séjourner ici.

— En effet.

Il lâcha sa main pour la regarder.

— Comment pouvez-vous vous le permettre ?

Il pouvait être médecin, mais passer des années à faire le genre de travail qu'il avait fait ne pouvait pas lui avoir donné beaucoup de coussin financier.

Il releva la tête.

— Vous deviez savoir que mon père déposait de l'argent sur mon compte personnel chaque année pour mon anniversaire. Je n'y ai jamais touché. Jusqu'à maintenant. Visiter Compass Key me semblait une chose appropriée sur laquelle le dépenser.

— Je serais d'accord. Mais vous n'avez pas besoin de dépenser cet argent.

Elle ne savait pas qu'Arthur mettait de l'argent sur le compte de Nick, mais c'était l'affaire d'Arthur. Cela ressemblait exactement au genre de chose qu'il ferait, aussi.

— Cette maison est déjà trop grande pour moi. Les deuxième et troisième étages sont aménagés pour être complètement habitables par eux-mêmes. Ils ont chacun une chambre principale, une salle de bain, un espace de vie et une petite cuisine, ainsi qu'une autre chambre et salle de bain. Vous pouvez en avoir un pour le reste de votre séjour. Combien de temps pensez-vous rester, d'ailleurs ?

— Une semaine au mieux. Je dois commencer à chercher un emploi aux États-Unis bientôt.

Il hésita.

— Êtes-vous sûre de vouloir que je reste ici ? Avec vous ? Vous me connaissez à peine.

— J'en sais assez. Je vois Arthur dans vos yeux. Je l'entends dans votre voix et le vois dans certaines de vos manières, aussi. Et la compagnie ne me déplairait pas.

— C'est très gentil de votre part. Vous êtes vraiment tout ce qu'Arthur disait que vous étiez.

Elle sourit.

— Demain, première chose, vous rapportez vos bagages ici, d'accord ?

Elle veillerait également à ce que sa facture soit prise en charge. Peut-être que sa gentillesse lui ferait réfléchir à deux fois avant de tenter de l'arnaquer, si c'était son plan.

Il acquiesça.

— Je le ferai. Merci encore, Iris.

Il se leva pour dire au revoir. Elle se leva également et quand il tendit la main, elle le serra dans ses bras à la place. Indépendamment de ses raisons d'être ici, il était aussi proche de la famille qu'elle avait, en dehors de sa sœur.

Elle avait pensé tout ce qu'elle lui avait dit, à propos d'apprécier sa compagnie. Mais l'avoir dans sa maison servirait un second objectif.

Cela lui permettrait également de le surveiller de près. Juste au cas où il complotait vraiment pour lui prendre Compass Key.

Chapitre Deux

GRACE SE GLISSA DANS LE JACUZZI À CÔTÉ DE SON mari, David, qui venait d'arriver au dîner comme la plus incroyable des surprises organisée par Iris. — L'eau est si bonne, tu ne trouves pas ? Vraiment chaude. Mais vraiment agréable.

David lui tendit la main pour l'aider à entrer. — Après avoir voyagé aujourd'hui ? C'est merveilleux. On ne ferait pas ça à la maison, je peux te le garantir.

— Non. Et pas seulement parce qu'il travaillerait toute la nuit. Le nord de l'État de New York était enseveli sous la neige en ce moment. Elle se pencha et l'embrassa sur la joue. — Je suis si heureuse que tu sois là. Je n'arrive pas à croire qu'Iris ait fait ça.

— Je n'arrive pas à le croire non plus. Il regarda autour de lui. — Je n'arrive pas non plus à croire à quel point cet endroit est cher. En fait, il y a beaucoup de

choses que je n'arrive pas à croire. Il rit en secouant la
tête. — Honnêtement, on dirait un rêve.

Elle acquiesça en s'appuyant contre la paroi du bassin
à côté de lui. Cet endroit était exactement ça. Un rêve.
Un rêve qui, d'une façon ou d'une autre, était devenu
réalité. — Je comprends tout à fait. Tu sais que Ryan
Fields séjourne ici ?

David se redressa et la fixa du regard. — Ryan
Fields ? Le quarterback des Cleveland Condors ?

— Celui-là même. Elle sourit. — Tu pourrais le voir si
on traîne près de la piscine demain.

David resta bouche bée. — C'est dingue.

— Il y a quelques autres célébrités ici aussi. C'est le
genre de clientèle que cet endroit attire. Elle renversa sa
tête en arrière. Une poignée d'étoiles était visible dans les
parcelles de ciel nocturne qu'on pouvait apercevoir entre
les palmiers.

— Il faudrait être une sorte de célébrité pour se
permettre ce resort, donc ça a du sens.

Elle étira ses bras. L'eau faisait vraiment du
bien. — Mamie Branson est ici, mais je suppose que tu ne
sais pas qui c'est.

— Pas la moindre idée, dit David.

— C'est une star de téléréalité. Quoi qu'il en soit, c'est
définitivement un lieu prisé des célébrités. La vapeur
s'élevait de l'eau, envoyant de petites volutes dans l'air.

— Eh bien, aussi cool que ce soit, c'est encore plus
cool qu'Owen Monk ait été au dîner ce soir. David
rit. — Mec, c'était dingue. Je n'aurais jamais pensé le
rencontrer de ma vie. Et c'est un type si normal. Certes,

un type normal qui est aussi milliardaire, mais il était tellement terre à terre. Genre, étonnamment normal.

— Il *était* sympa. Plus sympa que ce que je pensais. J'avais cette idée qu'il serait un peu distant, tu vois ? Mais il semblait aussi impliqué dans la conversation que n'importe qui d'autre. Je comprends pourquoi Katie l'aime tant. Grace était heureuse pour son amie. Katie ne s'était jamais mariée, donc clairement, elle n'avait pas encore trouvé le bon homme. Peut-être qu'Owen était ce type.

Et ça, ce serait quelque chose !

David ricana. — Quelle femme n'aimerait pas un milliardaire ?

Elle lui donna un coup de coude. — Pour ton information, Katie est déjà assez aisée. Ce n'est pas une chasseuse de fortune.

— Je ne sous-entendais pas ça. Mais tu ne peux pas nier qu'être milliardaire rend un homme plus attirant.

Grace haussa les épaules. — L'argent n'est pas tout. Bien que ça aide énormément.

— Alors, que fait-elle dans la vie ? Quelque chose avec les livres, c'est ça ? J'ai entendu ça.

— C'est une auteure assez célèbre. Tu te souviens de ce film, *The Devil's Candy*, qui a fait fureur il y a quelques mois ?

Il hocha la tête, saisissant sa bouteille d'eau et prenant une gorgée. — Bien sûr. N'était-ce pas essentiellement du porno pour femmes au foyer ?

Elle lui donna un autre coup, plus fort cette fois. — *Non*. Mais c'était assez sexy. Quoi qu'il en soit, Katie a écrit ce livre.

Il reposa la bouteille. — Je pensais que c'était écrit par quelqu'un nommée Iris Deveron.

— Deveraux. Et c'est le nom de plume de Katie.

— Tiens donc. Elle doit s'en sortir plutôt bien alors, avec un contrat pour un film et tout. Tous tes amis sont aussi brillants ?

Grace secoua la tête, agitant ses mains dans l'eau pour sentir le courant contre elles. — Non. Olivia et Amanda galèrent. C'est pourquoi elles acceptent toutes les deux l'offre d'Iris de s'installer ici et de prendre en charge une partie du resort. Enfin, Olivia l'a fait. Je ne suis pas totalement sûre pour Amanda, mais je pense qu'elle est assez proche d'accepter.

Il étira ses bras le long des bords du jacuzzi. — Je comprends que cet endroit facture beaucoup, mais penses-tu vraiment qu'il puisse faire vivre autant de personnes ? Si tous tes amis acceptent, cela signifie que tout sera divisé en cinq parts. Et ta cinquième devrait nous couvrir tous les deux, ce qui est juste. Je comprends ça.

Grace le regarda. — Je comprends ce que tu dis, mais n'oublie pas que l'offre inclut un logement. Je ne les ai pas encore vus, mais d'après ce que j'ai compris, il y a des bungalows disponibles pour les employés. Ce n'est pas un petit avantage. Et tu n'as pas vraiment besoin de voiture ici. En plus, il y a beaucoup d'énergie solaire aussi, donc l'électricité ne doit pas coûter très cher.

— Pas de voiture signifie pas d'assurance auto non plus, mais tu aurais besoin d'un bateau, donc ça s'équilibre.

— Le resort en possède déjà quelques-uns. Elle savait qu'elle s'efforçait de le convaincre, mais elle voulait vraiment qu'il adhère à l'idée. Au fond d'elle-même, elle sentait que c'était exactement ce dont ils avaient besoin pour recommencer. — Il n'y aurait vraiment pas beaucoup de dépenses à vivre ici.

Il lui jeta un coup d'œil. — Je sais que tu aimes cet endroit. Mais tu y es depuis combien de temps, cinq jours ? Je te promets qu'après quelques semaines, la nouveauté et l'originalité de vivre sur une île comme celle-ci passeraient vite. Sans parler du fait que vivre ici, accepter l'offre d'Iris, cela signifie que tu y travaillerais. Pas que tu traînerais au bord de la piscine ou que tu irais au spa ou que tu dînerais au restaurant tous les soirs.

— Je sais.

— En es-tu sûre ? Parce que tu sembles avoir des étoiles plein les yeux à propos de cet endroit en ce moment. Je sais que c'est amusant d'en rêver, mais nous devons être réalistes, Grace. C'est du reste de nos vies dont nous parlons. Pas de vacances de deux semaines.

La déception l'envahit, mais c'était juste la façon de penser de David. Il devait s'habituer à une idée par lui-même. Surtout si c'était quelque chose de très nouveau ou différent. Et c'était les deux à la fois. Elle gardait encore l'espoir qu'il change d'avis. — Tu n'as pas encore vu la cuisine. Et tu en serais responsable. Tu as goûté la nourriture ce soir. Tu sais qu'ils servent des plats excellents.

— Le repas était superbe. Je n'ai aucune plainte à ce sujet. Mais je ne suis pas sûr de pouvoir m'épanouir dans cette cuisine. Les gens vont s'attendre à un certain type de nourriture ici. Il y a des paramètres que je ne pourrais pas dépasser.

Elle le regarda en coin. — C'est vrai dans n'importe quel restaurant. C'était vrai dans le nôtre. Et tu sais quoi ? Je pense que tu aurais plus de liberté ici que dans n'importe quel endroit où tu as travaillé auparavant. Regarde les gens qui viennent ici. Les riches et célèbres. Ce sont des gens habitués à dîner dehors. Ils sont habitués aux restaurants haut de gamme. Et les restaurants haut de gamme sont généralement à la pointe de ce qui se passe dans la gastronomie.

— C'est vrai.

— Je te garantis que si tu voulais proposer un plat spécial, complètement hors normes chaque soir, personne ne sourcillerait. Ça pourrait même devenir un succès. Elle se tourna un peu plus vers lui alors que l'idée prenait forme dans sa tête. — En fait, ça pourrait donner un tout nouvel élan à la salle à manger. Réfléchis-y. Les riches et célèbres adorent l'exclusivité. Et quoi de plus exclusif qu'un repas gastronomique qui ne peut être dégusté qu'une seule nuit par an dans un resort que seul le top 1 % peut se permettre de visiter ?

Ses yeux se plissèrent, signe certain qu'il réfléchissait. — Tu pourrais être sur quelque chose là, Gracie.

Elle sourit. Il ne l'appelait Gracie que lorsqu'il était de bonne humeur. — Je sais que j'ai raison. N'oublie pas que tu parles à la responsable de la salle.

Il rit. — Tu penses vraiment que ça t'irait de vivre

ici ? Ça ne te rendrait pas folle d'être coincée sur ce petit bout de terre ?

— Le continent est à vingt minutes. Et je pense que nous serions tellement occupés à travailler que ça ne me dérangerait pas. Elle haussa les épaules. — En quoi ce serait si différent de ce que nous avons fait jusqu'à présent ? Je veux dire, en ce qui concerne le travail puis la maison pour s'effondrer. Sauf, bien sûr, que nous le ferions au paradis plutôt que dans le nord de l'État de New York.

Il expira. — Oui, je suppose.

— Tu ne peux pas dire que ce n'est pas magnifique ici. Même l'air semblait porter son propre parfum spécial de sel et de douceur.

— Non, je ne peux pas. C'est presque surréaliste tant cet endroit semble parfait. Il resta silencieux un moment. — Une idée de à quoi ressemblent les logements pour employés ?

— Pas la moindre. Mais je suis sûre que ce ne serait pas difficile de le découvrir.

Il resta à nouveau silencieux pendant une longue minute. — Il y a beaucoup de questions qui doivent trouver réponse. Des livres de comptes à consulter. L'inventaire aussi. Beaucoup de questions. Ne fais juste pas de plans, c'est tout ce que je dis.

Elle hocha la tête, essayant de ne pas se sentir vaincue. — Je n'en fais pas. Mais au moins, il semblait intéressé à en savoir plus. C'était bon signe.

Elle se rapprocha, se blottissant contre lui pour poser sa tête sur son épaule.

Il embrassa le sommet de sa tête. — Je suis fier de toi pour être devenue sobre. Vraiment fier.

— Merci. Je suis fière de moi aussi.

— Quelque chose que je puisse faire pour aider ?

Accepter l'offre d'Iris, voulait-elle dire. Au lieu de cela, elle exhala pour s'acheter un peu de temps. — Rien qui me vienne à l'esprit, mais si quelque chose se présente, je te le dirai. En dehors de simplement me soutenir, bien sûr.

— Bien sûr. Je peux faire ça toute la journée.

Elle contempla les étoiles. Il n'y en avait pas d'étoiles filantes, mais elle fit un vœu quand même. Si cet endroit avait vraiment de la magie en lui, elle avait besoin que cette magie se manifeste assez vite ou il y avait de fortes chances que son rêve ne se réalise jamais.

Chapitre Trois

Olivia rentrait vers son bungalow après avoir rendu visite d'abord à Eddie, puis à Iris, quand elle prit une autre décision impulsive. Elle n'était pas tout à fait prête à retourner à l'intérieur pour faire face à sa fille. Peu importe l'humeur dans laquelle Jenny pouvait être, cela pouvait attendre quelques minutes de plus.

Si c'était de la lâcheté de sa part, qu'il en soit ainsi. Mais son humeur était si légère et joyeuse en ce moment qu'elle voulait savourer cet état encore un peu plus longtemps.

Alors, au lieu de monter les marches jusqu'à sa porte, elle fit un petit détour pour descendre vers l'eau. Elle retira ses sandales, les laissant sur une des chaises longues. Le sable était doux et encore chaud du soleil de la journée.

Au bord de l'eau, elle s'avança jusqu'à avoir les chevilles immergées et resta simplement là, laissant les petites vagues lui rouler sur les pieds. Le bruit était incroyablement apaisant et la sensation du sable qui se déplaçait sous ses pieds, bougeant et changeant à chaque flux et reflux, était comme un doux massage.

Ce lieu serait son nouveau foyer. Cette magnifique parcelle de paradis qui avait apporté à son cœur un véritable sentiment de calme dès l'instant où elle avait quitté ce ponton allait lui appartenir. Elle allait vraiment en devenir propriétaire. Ce sentiment était si profondément différent de tout ce qu'elle avait ressenti auparavant qu'il l'amenait presque aux larmes.

Toute sa vie, elle avait lutté pour se sentir appartenir à un endroit. Un symptôme, sans doute, de ses années passées dans le système d'accueil, constamment ballottée de famille en famille, d'endroit en endroit, de foyer en foyer. Sans jamais avoir vraiment de base qui lui semblait être la sienne.

Et maintenant, ceci. N'était-ce pas extraordinaire ?

Ses pieds s'enfoncèrent plus profondément dans le sable mouillé et doux, lui donnant l'impression qu'ils étaient des racines et qu'elle poussait de l'île. C'était exactement ce qu'elle voulait ressentir pour le reste de sa vie. Ce qu'elle avait toujours voulu ressentir.

Enracinée.

Elle joignit ses mains devant elle et leva les yeux vers le ciel bleu velouté de la nuit. — Merci, murmura-t-elle.

Elle essuya une unique larme de bonheur sur sa joue. Demain, elle signerait les papiers et tout deviendrait officiel.

Eddie avait été si heureux qu'il l'avait embrassée. Elle pouvait encore sentir ce baiser sur ses lèvres. Et si cela ne suffisait pas à mettre un sourire sur son visage, rien ne le ferait.

S'accrochant fermement à cette humeur joyeuse inébranlable, elle retourna vers les chaises longues, ramassa ses sandales et se dirigea vers le bungalow. Impossible de savoir dans quelle humeur elle trouverait sa fille, mais elle était aussi prête à lui faire face qu'elle pouvait l'être.

Elle passa sa carte-clé sur le lecteur et entra. Jenny avait ouvert le canapé-lit et était en train de le faire. La télévision diffusait une émission de téléréalité, mais le volume était très bas.

Jenny leva les yeux de l'oreiller qu'elle était en train de gonfler. — Salut.

— Salut. Tu te prépares pour aller au lit ?

— En quelque sorte. Je le prépare juste. Je pensais aller m'asseoir dans le jacuzzi quelques minutes. Tu veux te joindre à moi ?

La plus légère des brises aurait pu renverser Olivia. Quand était la dernière fois que sa fille l'avait invitée à faire quelque chose avec elle ? — Tu veux que je vienne ?

Jenny acquiesça. — Je me disais qu'on pourrait... parler.

— Bien sûr. Laisse-moi juste mettre mon maillot.

— D'accord. J'ai besoin de me changer aussi.

Dix minutes plus tard, elles étaient toutes les deux immergées jusqu'au cou dans l'eau chaude et vaporeuse

qui semblait paradisiaque pour Olivia. Elle avait beaucoup marché aujourd'hui pendant l'excursion shopping
en ville avec les filles. Le jacuzzi était le remède parfait
pour ça. — C'est tellement agréable.

Jenny acquiesça, les yeux fermés. — C'est vraiment
le cas.

Les cheveux de Jenny étaient noués en un chignon
désordonné sur le dessus de sa tête, mais Olivia ne
pouvait s'empêcher de penser à quel point sa fille était
belle. Si seulement son attitude envers Olivia correspondait à cette beauté. — De quoi voulais-tu parler ?

Jenny ouvrit les yeux mais ne fit un contact visuel
que pendant une seconde. — Surtout, je veux m'excuser.
J'ai besoin de m'excuser. J'ai été vraiment horrible avec toi
pendant longtemps, et maintenant j'en suis consciente. Je
suis désolée.

Olivia resta silencieuse, assimilant ces mots. Les
avait-elle vraiment entendus ? Elle savait que oui, mais
elle avait rêvé que Jenny dise quelque chose de similaire
depuis si longtemps qu'il était presque difficile pour son
cerveau de traiter la réalité. — Merci de le dire. De
l'admettre.

— Tu avais aussi raison à propos de papa. Je pense
qu'au fond de moi, je l'ai toujours su, mais je ne voulais
pas l'admettre. Et m'accrocher à mes croyances n'a fait
qu'augmenter ma colère quand vous avez divorcé. Je
savais à peu près à ce moment-là que c'était de sa faute. Je
ne pouvais simplement pas me résoudre à le reconnaître.
Le faire semblait... le trahir d'une certaine façon.

Olivia ne savait pas quoi dire, mais Jenny n'avait pas fini de parler.

— Je suis aussi désolée que tu sois restée avec lui aussi longtemps. Je sais que ce n'était pas facile pour toi et je sais que tu l'as fait pour moi. Parce que tu pensais que c'était ce qu'il y avait de mieux pour moi. Jenny secoua la tête. — Je ne sais pas si c'était le cas ou non, mais maman, il est temps que tu fasses ce qui est le mieux pour toi.

Olivia sourit. — Je suis si contente de t'entendre dire ça. Parce que j'ai aussi quelque chose à te dire. Je signe demain les papiers pour accepter officiellement l'offre d'Iris de devenir copropriétaire de cet endroit. Je m'installe ici immédiatement.

La bouche de Jenny s'ouvrit et elle regarda sa mère bouche bée. — Tu le fais vraiment ?

Olivia acquiesça. — Je le fais vraiment.

— Maman. C'est... *incroyable*. Tout comme toi, tu sais ? Je sais que je ne l'ai jamais dit, mais c'est vrai. Je sais que tu n'as pas eu une vie facile en grandissant et que ton mariage avec papa n'était certainement pas une partie de plaisir non plus. Ni le fait d'avoir une fille comme moi, je suppose. Malgré tout cela, tu t'es créé une belle vie.

Toujours souriante, Olivia plissa les yeux. — D'où vient tout cela ? Ça ne peut pas venir uniquement de notre conversation au dîner.

— C'était en partie ça. En partie aussi d'avoir appelé papa plus tôt et de l'avoir entendu dire la vérité pour une fois. Et le reste, c'est parce que j'ai parlé à quelqu'un ce soir qui m'a vraiment aidée à mettre les choses en perspective.

— Vraiment ? Qui ?

— Tu te souviens de ce gars qui a fait la traversée en bateau avec nous ? Nick ?

— Bien sûr. Olivia se souvenait aussi de la façon dont Jenny l'avait regardé. Et comment il avait regardé Jenny.

— C'est avec lui que j'ai parlé. Tu n'imaginerais pas à quel point sa relation avec sa mère est désastreuse. Quel numéro elle est. Et à cause d'elle, ça lui a coûté sa relation avec son père. Elle secoua la tête. — Je ne veux pas finir comme ça. Sans relation avec toi parce que je suis trop têtue pour faire face à la réalité.

— Wow. Je dois un merci à Nick.

— C'est un gars sympa.

— On dirait. Et un faiseur de miracles.

Jenny ramena ses genoux contre sa poitrine, faisant mousser les bulles autour d'elle. — Alors, suis-je pardonnée ?

— Oui, bien sûr. Je t'aime. Je t'ai toujours aimée. Mais je mentirais si je disais que je n'ai pas prié pour que les choses changent entre nous. J'ai toujours souhaité que nous ayons une meilleure relation.

— Eh bien, peut-être qu'on peut y travailler maintenant. Jenny étendit ses jambes pour que ses orteils sortent à la surface de l'eau. — Je t'aime aussi. Je sais que je ne l'ai probablement pas dit depuis mille ans, mais c'est vrai.

Olivia posa sa main sur la joue de Jenny un moment. C'était difficile de trouver les mots pour exprimer tout ce qui se passait dans son cœur. — J'en suis heureuse.

— Tu vas vraiment t'installer ici, hein ?

Olivia acquiesça. — Oui.

— Quelle part de cet endroit vas-tu posséder ?

— Un cinquième. Chacune des femmes que tu as rencontrées ce soir en aura également un cinquième. Si elles acceptent l'offre d'Iris.

— Wow. Qu'est-ce qui l'a décidée à vous donner cet endroit ?

— Elle a dit que nous étions ses filles préférées quand elle était la mère de la maison Delta Sig, et que nous étions celles qu'elle pensait les plus aptes à prendre la relève.

— C'est un sacré cadeau. C'est le genre de chose dont tu rêves, mais que tu sais ne jamais arriver parce que ce serait comme gagner à la loterie.

Olivia réfléchit à cela. — C'est *vraiment* comme un rêve.

— Tu vas vivre dans ce bungalow ?

— Non. Il y a des cottages pour les employés plus loin sur l'île. J'en ai visité un. C'est un joli petit endroit. Deux étages, deux chambres, deux salles de bains. Ce sera plus qu'assez d'espace pour moi. En plus, il y a aussi un bel espace extérieur pour le personnel là-bas. Ils ont leur propre piscine, jacuzzi, foyer extérieur, quelques barbecues, ce genre de choses.

— Ce sera comme être en vacances vingt-quatre heures sur vingt-quatre. Jenny sourit. — Est-ce que je pourrai venir te rendre visite ?

— Absolument. Je transformerai la deuxième chambre en chambre d'amis, et elle sera à toi quand tu le voudras.

— Vraiment ? Même après que les choses n'aient pas été... géniales entre nous ?

— Bien sûr, dit Olivia. Je veux que tout cela soit derrière nous.

— Merci. Moi aussi. Je suis vraiment heureuse pour toi. Je le pense sincèrement.

Olivia sourit. — Et je suis heureuse de l'entendre.

Chapitre Quatre

Main dans la main, Amanda marchait aux côtés de Duke sur la plage. C'était une belle façon de terminer la soirée. À vrai dire, elle terminerait chaque soirée comme celle-ci si elle le pouvait.

— Je suis tellement contente que tu sois venu dîner. Je suis désolée que tu aies dû reporter ton travail. Mais c'était un geste très... romantique.

Il lui jeta un regard en biais, souriant.

— Je peux être un homme romantique.

— Je n'en doute pas.

Probablement plus romantique que son défunt mari, mais Brian travaillait tellement que sa conception du romantisme consistait simplement à rentrer à temps pour dîner ensemble.

Duke les éloigna un peu du bord de l'eau quand la dernière vague faillit toucher les pieds d'Amanda.

— J'allais te demander. Ma mère veut savoir si tu as des allergies alimentaires. Pour le dîner de demain soir.

— Ah, c'est vrai. Non. Je ne suis allergique à rien de ce que j'ai mangé jusqu'à présent dans ma vie.

— Parfait. Je le lui dirai. Je crois qu'elle prépare de la cuisine chinoise. Du poulet aigre-doux, des rouleaux de printemps aux crevettes, ce genre de choses. Elle s'est vraiment intéressée à cette cuisine quand elle étudiait les techniques de poterie chinoise. En tout cas, elle se débrouille plutôt bien maintenant.

— Ça a l'air délicieux. J'ai hâte d'y être.

Et c'était vrai, mais qu'allaient bien pouvoir penser ses parents du fait que Duke l'amène chez eux pour les rencontrer ?

— Nerveuse ? À l'idée de rencontrer mes parents ? Tu ne devrais pas.

Elle éclata de rire.

— Es-tu télépathe ? J'étais justement en train d'y penser. Pas tant à propos d'être nerveuse mais plutôt à ce qu'ils pourraient penser de moi.

— Je te promets qu'ils sont les personnes les plus accommodantes et décontractées que tu rencontreras. Ils sont tout pour la paix, l'amour et la coexistence.

— Tu les fais passer pour des hippies.

Il ricana.

— Je te laisse en juger par toi-même. Mais ils pourraient l'être. Ma mère plus que mon père. C'est juste un constructeur de maisons semi-retraité qui comprend que femme heureuse signifie vie heureuse. Et ma mère porte parfois une fleur dans ses cheveux, alors prends ça comme tu veux.

— Ta mère a l'atelier de poterie, c'est ça ? Make Clay While The Sun Shines.

— Tu t'en souviens.

Il sourit.

— Et oui, c'est sa boutique. Tu verras certaines de ses œuvres demain. Je suis presque sûr qu'on mangera dans des assiettes qu'elle a fabriquées.

— C'est vraiment cool.

Il n'avait toujours pas vraiment dit ce que ses parents pourraient penser d'elle.

— Alors tu penses qu'ils vont m'aimer ? Je ne suis pas exactement la personne la plus détendue. J'essaie de m'améliorer sur ce point, cependant.

— Je pense que tu es parfaite comme tu es. Et ils vont t'adorer.

— Merci.

Elle espérait qu'il avait raison. S'ils ne l'aimaient pas, ils pourraient convaincre Duke d'arrêter de la voir. Et elle ne voulait vraiment pas ça.

Elle jeta un coup d'œil à travers l'eau vers les lumières visibles sur le continent. Elle savait que la plupart des gens la considéraient comme rigide. C'était un autre merveilleux héritage de sa mère. Amanda faisait de son mieux pour changer cela, mais apprendre à ne pas se soucier de chaque petit détail était une habitude difficile à perdre.

Il l'attira plus près de lui. L'odeur propre de son après-rasage flottait encore dans l'air.

— Ne t'inquiète pas. Vraiment. Je sais que rencontrer de nouvelles personnes peut être intimidant, mais une

fois sur place, quand tu verras à quel point ils sont déten-
dus, ça te mettra à l'aise.

— Ça ira. J'ai vraiment hâte de les rencontrer.

— Il y a une petite chance que ma sœur se joigne à
nous, mais tout dépend si elle a un concert ou non.

— Un concert ?

Il hocha la tête.

— Elle joue de la guitare et chante. Elle donne des
cours pendant la journée, mais le soir, elle se produit
surtout dans les Keys, dans des bars et des restaurants.
Elle a quelques endroits réguliers, mais si quelque chose
d'inattendu se présente, elle le prend.

— D'autres frères ou sœurs ?

— Non. Juste Jamie et moi.

— Et vous êtes tous des créatifs.

— Eh bien, pas Goose. J'ai oublié de le mentionner.
C'est le bébé de la famille.

Elle lui lança un regard.

— Goose ?

Il lui fit un clin d'œil espiègle.

— Le lévrier de mes parents. Ils l'ont adopté dans un
refuge local. C'était un chien de course. Il mène maintenant la grande vie, qui consiste principalement à dormir
au soleil, manger les biscuits spéciaux au beurre de caca-
huète que ma mère lui prépare, et aboyer sur le chat du
voisin quand elle traverse la cour arrière pour le narguer.

Amanda rit.

— Goose a l'air d'avoir du caractère.

— C'est le cas. Pourri gâté, en plus. Dis, as-tu des
animaux de compagnie ?

— Non. Nous avions un cocker quand j'étais petite. Il venait d'un éleveur chic. Le chien le plus méchant que j'aie jamais connu.

— Ça t'a dégoûtée des chiens ?

— Si tu t'inquiètes que je n'aimerai pas Goose, ne t'en fais pas. Je l'aime déjà. Tout ce que Mitzie a fait, c'est me dégoûter de Mitzie.

Elle leva les yeux au ciel.

— Ma mère traitait parfois ce chien mieux qu'elle ne nous traitait.

Il lâcha sa main pour glisser son bras autour de sa taille.

— Tu lui as parlé ? De ton projet de déménager ici ?

Cette proximité faisait se heurter leurs hanches, mais ça ne la dérangeait pas.

— Oui. Plus ou moins. Ça ne s'est pas très bien passé. En fait, ça s'est passé à peu près comme je le pensais. Mais mes enfants m'ont surprise. Ils étaient tous les deux vraiment heureux pour moi. Et quand je me suis excusée de les avoir traités comme ma mère m'avait traitée, ça a semblé créer instantanément une bonne entente entre nous.

— C'est incroyable ce qu'une conversation honnête peut faire.

— C'est certain.

Elle secoua la tête.

— J'aurais simplement aimé l'avoir fait il y a des années. Je les ai déjà invités à venir me rendre visite après mon installation. Et ils ont déjà accepté.

— Je suis content pour toi. C'est une excellente nouvelle. Et ta mère finira par s'y faire. Tu verras.

— Je ne sais pas si elle le fera ou non, mais peut-être que ça n'a pas d'importance. Je serai ici et loin de son autorité. Je vivrai ma propre vie et ce qu'elle pense n'aura plus d'importance.

Elle s'arrêta soudainement.

— Qu'est-ce qui ne va pas ?

— Je vivrai ma propre vie.

Elle le regarda, posant ses mains sur sa poitrine.

— Te rends-tu compte que pour la première fois dont je me souvienne, c'est moi qui serai en charge de *moi*. L'opinion de personne d'autre n'aura d'importance.

Il sourit.

— N'es-tu pas déjà pratiquement à ce stade ?

— Je suppose que oui.

La réalité de cette situation s'imposa à elle.

— J'ai cinquante-trois ans. Et je n'en suis qu'à ce stade de ma vie. C'est fou, non ?

— Assez fou. Comment te sens-tu par rapport à ça ?

— Dépassée. Triste. Heureuse.

Elle glissa ses mains jusqu'à sa mâchoire.

— Imprudente.

Elle se mit sur la pointe des pieds, ce qui n'était pas facile dans le sable, et l'embrassa.

Ses mains se posèrent sur ses hanches tandis qu'il lui rendait son baiser.

Il était le premier homme autre que son défunt mari qu'elle embrassait depuis près de trente ans. Cette sensation la fit presque décoller du sol.

— Wow, murmura-t-elle à la fin du baiser.

Il sourit.

— Wow à toi aussi. J'aime quand tu es imprudente.

Elle expira, mais les picotements qui la traversaient ne montraient aucun signe de s'estomper.

— Tu es le premier homme qui n'était pas mon mari que j'ai embrassé depuis presque trente ans.

Ses sourcils se soulevèrent légèrement.

— Vraiment ? Je suis content que tu ne me l'aies pas dit avant. C'est beaucoup de pression.

Elle sourit, prit sa main, et ils recommencèrent à marcher.

— Crois-moi. Tu t'en es très bien sorti.

Chapitre Cinq

Leigh Ann n'en revenait pas que le groupe se présentant pour le yoga au lever du soleil se soit encore agrandi. Seulement de deux personnes, mais quand même. Ils allaient bientôt avoir besoin d'une plage plus grande.

Après que tout le monde eut étalé ses serviettes, elle les guida à travers les salutations au soleil comme elle le faisait chaque matin, ajoutant ce jour-là une petite variation avec un chien tête en bas supplémentaire.

Quand elle termina et que tout le monde ramassait ses serviettes, elle se dirigea directement vers ses amies.

—Je vais prendre une douche, puis attraper un smoothie pour le petit-déjeuner à emporter. Je dois retrouver Grant à l'atelier. Elle sourit largement. C'est le premier jour de la peinture proprement dite.

—Vas-y, dit Katie. Amuse-toi bien. J'ai hâte de voir l'œuvre terminée.

—Moi aussi, dit Amanda.

Jenny avait une expression légèrement surprise sur le visage.

—Cet artiste du dîner d'hier soir te peint ?

Leigh Ann hocha la tête, incapable de s'arrêter de sourire.

—En effet.

—C'est tellement cool.

—Oui, approuva Leigh Ann. Jenny semblait une personne transformée ce matin. Leigh Ann mourait d'envie de demander à Olivia comment cela s'était produit, mais elle avait promis à Grant qu'elle serait là dès que possible. La lumière matinale et tout ça.

Elle leur fit un petit signe de la main.

—Je dois y aller. J'espère que vous passerez toutes une journée fantastique. Embrassez Grace de ma part si vous la voyez.

—On le fera, dit Olivia. Elle et David nous rejoignent pour le petit-déjeuner. Va t'amuser. Dis bonjour à Grant de notre part.

—Je n'y manquerai pas. Leigh Ann se précipita vers son bungalow. Elle prit une douche rapide, puis s'habilla simplement avec un legging capri gris tourterelle, un t-shirt blanc ajusté et long, et des tongs blanches. Elle ne mit pas de bijoux et garda son maquillage simple. Un peu d'écran solaire teinté, du mascara, un coup de crayon à sourcils, une touche de blush et un soupçon de gloss couleur pêche.

Puis elle glissa son téléphone dans l'une des poches latérales de son pantalon, sa carte-clé dans l'autre, mit ses lunettes de soleil, et sortit.

Elle alla directement au bar à jus près de la piscine et commanda un smoothie mangue-avoine à emporter. Bananes, protéines en poudre, mangue fraîche, yaourt à la vanille et flocons d'avoine. Ne sachant pas comment la journée allait se dérouler, elle prit aussi une pomme et un muffin à la noix de coco dans les paniers de nourriture disponibles. Heureusement, la fille derrière le comptoir les mit dans un sac pour Leigh Ann.

Le smoothie dans une main, le sac de collations dans l'autre, elle se dirigea vers l'atelier de Grant. Cela la fit passer devant la marina. Environ la moitié des emplacements étaient occupés. Elle se demanda lesquels de ces bateaux appartenaient aux clients ou s'ils étaient tous propriété du resort. Ou propriété des employés du resort.

Elle reconnut le bateau de Grant. Pas difficile à faire. Il n'y en avait pas d'autre comme cette élégante embarcation en bois.

En approchant de son atelier, elle vit que la grande porte de garage était déjà ouverte. À quelle heure était-il arrivé ? Elle espérait ne pas être en retard. Mais il ne lui avait pas donné d'heure précise, lui avait juste dit de venir quand elle aurait fini le yoga et le petit-déjeuner.

Elle entra. Il était à l'établi au fond de l'espace. On aurait dit qu'il mélangeait des peintures.

—Bonjour.

Il se retourna, son sourire grand et lumineux. Il portait un tablier maculé de peinture, les poches remplies d'un assortiment de pinceaux et de couteaux à palette.

—Bonjour, ma belle. Comment vas-tu ?

—Bien. J'ai hâte de commencer aujourd'hui. Et toi ?

—Mieux, maintenant que ma muse est arrivée. Il s'essuya les mains sur une vieille serviette tachée et vint la saluer, l'embrassant sur la bouche. Mmm. Mangue ?

Elle rit et leva son smoothie.

—Oui. Mon petit-déjeuner.

Il cligna des yeux avec ce qui semblait être de la surprise.

—Tu n'as pas mangé avec tes amies ?

—Non. Je savais que tu voulais que je sois là tôt, alors j'ai juste pris une douche après le yoga et attrapé un smoothie à emporter.

—Je dirais que tu n'avais pas à faire ça, sauf que je suis content que tu l'aies fait. La lumière est parfaite ce matin et ton arrivée précoce nous permet d'en profiter davantage, alors merci. J'espère que tes amies ne m'en veulent pas de t'avoir éloignée d'elles.

—Bien sûr que non. Je pense qu'elles sont aussi excitées que moi.

—Super. Je serai prêt dans quelques minutes.

—Prends tout le temps dont tu as besoin. Elle montra son muffin et sa banane. J'ai même apporté des collations au cas où il n'y aurait pas de pause déjeuner.

Il rit.

—C'est de l'art, pas une prison. Et pour ton information, je fais livrer le déjeuner. J'ai commandé des salades au thon pour nous. J'espère que ça te convient.

—Ça me semble parfait. Où veux-tu que je me mette ?

—Finis ton smoothie. Je suis encore en train de

préparer ma palette. Mais ensuite, je vais te mettre au même endroit où tu étais pour les croquis.

Elle jeta un coup d'œil vers cet endroit.

—Tu veux que j'aille chercher la chaise de réalisateur ?

Il secoua la tête.

—Pas de chaise aujourd'hui. J'ai besoin que tu prennes la pose.

—D'accord. Va terminer tes couleurs. Elle se promena, sirotant son smoothie pendant qu'il retournait à l'établi et à ses peintures.

La toile sur laquelle il allait travailler était déjà installée, un énorme chevalet de sol la maintenant droite. À côté de la toile se trouvait une table haute qui contenait un bocal de liquide transparent, bien qu'elle devinait que ce n'était pas de l'eau, puisqu'il utilisait des peintures à l'huile. Il y avait quelques chiffons sur la table, ainsi qu'un grand bocal Mason avec d'autres pinceaux dedans.

Elle leva les yeux vers la toile, admirant les raies aigles et la façon dont il avait capturé à la fois leur puissance et leur grâce. Puis son regard se porta sur la figure au visage vide, légèrement esquissée, que Grant s'apprêtait à transformer en elle.

C'était presque grandeur nature. Ou peut-être que c'était le cas. Elle posa son gobelet de smoothie sur la table, puis étira ses bras, paumes vers le haut, et renversa sa tête en arrière, imitant la figure.

—Tu es elle. Elle est toi. Dans tous les cas, tu étais absolument le bon choix pour la Reine des Raies Aigles, dit Grant. J'ai hâte de commencer.

Elle baissa les mains et se retourna, un peu gênée d'avoir été surprise, mais c'était idiot. Elle était sur le point de prendre cette pose pour qu'il puisse transformer ces croquis en quelque chose de plus. Elle prit son gobelet et marcha vers l'établi.

Les gammes de bleu sur sa palette étaient riches et magnifiques, brillantes avec l'huile qui contenait les pigments. Il y avait quelques autres couleurs aussi. Une tache de vert, une de jaune, et même un petit monticule de rouge.

Elle pointa l'un des bleus.

—Comment s'appelle celui-ci ?

—Bleu céruléen. Il en désigna un autre. Et ça, c'est le bleu cobalt et le bleu cobalt turquoise. Il fit un geste vers quelques autres. Bleu radiant, bleu outremer, et les deux plus importants de tous, le blanc de titane et le noir chromatique.

—Les plus importants parce qu'avec ces deux-là, tu ajoutes la lumière et l'ombre ?

Il la regarda avec une lueur dans les yeux qu'elle n'avait pas vue auparavant. Quelque chose qui était soit de l'émerveillement, soit de l'adoration. Elle prendrait l'un ou l'autre.

—Si tu essaies de me séduire, tu fais un travail fantastique.

Elle rit.

—J'avais raison ?

—Oui, et je suis impressionné. Tout le monde ne le verrait pas de cette façon. La plupart des gens penseraient probablement que le noir et le blanc sont les plus importants parce qu'avec eux, je peux ajuster les couleurs de base à mille teintes différentes, ce qui serait aussi juste, mais je préfère la façon dont ton esprit fonctionne.

Elle sourit, satisfaite de son évaluation.

—C'est peut-être parce que je passe beaucoup de temps avec toi.

Il pressa une dernière noisette de peinture sur sa palette, cette fois une touche de gris argenté.

—Que deviendras-tu après ces prochains jours alors ?

Elle secoua la tête.

—Je suppose que tu devras attendre pour voir. Elle agita son gobelet vide. Poubelle ?

Il inclina la tête vers une grande poubelle dans le coin.

—Par là.

Quand elle revint, il avait sa palette en main.

Il l'apporta à la table et la posa. Puis il fit un geste vers l'endroit où elle s'était assise pour qu'il la dessine. Là où la chaise de réalisateur avait été, il y avait maintenant quatre carrés de mousse imbriqués formant un plus grand carré sur le sol.

—Tiens-toi là.

Elle se mit à cet endroit, appréciant la mousse douce sous ses pieds dès qu'elle se tint dessus. Rester debout sur le béton dur de l'atelier pendant un long moment ne serait pas très agréable.

—Ici ?

Il regarda par-dessus son épaule, vers l'extérieur, puis de nouveau vers elle.

—Viens un peu à gauche.

Comme elle bougeait, il hocha la tête.

—C'est parfait.

Il ajusta la toile, l'inclinant davantage pour mieux la voir.

—Bien, prends cette pose que tu as faite avant. N'hésite pas à bouger quand tu en as besoin. Je sais que ce travail peut être fatigant. Et nous ferons une pause quand tu voudras pour que tu puisses t'étirer ou autre. D'accord ?

—D'accord. Elle étira ses bras, paumes vers le haut, visage penché en arrière, et tenta de s'imaginer comme l'une des déesses de la mer qu'elle avait vues dans ses autres peintures. Elle ferma les yeux et se plaça sous l'eau, entourée de ces raies géantes tachetées, sachant qu'elles lui obéissaient.

Était-ce ce qu'elles étaient ? Son armée ? Si elle était leur reine, ne seraient-elles pas ses sujets ?

Elle se perdit dans ses pensées, permettant au fantasme qu'il peignait de devenir sa réalité. La douce brise qui passait, combinée aux sons doux et lointains de l'eau et au bruissement de son pinceau sur la toile, la berçait dans un état méditatif. Même l'odeur des peintures à l'huile, un parfum légèrement herbacé mais aussi tranchant, s'ajoutait à l'expérience.

Cela lui rappelait le *savasana*, ou la posture du cadavre, la pose avec laquelle elle terminait toutes ses salutations au soleil. Pas tout à fait aussi détendue, puisqu'elle était debout, les bras tendus, mais mentalement très similaire.

Se laisser dériver était presque sans effort. Et Grant

ne lui avait pas demandé de bouger, alors elle supposait qu'elle se débrouillait bien.

Elle pouvait sentir les muscles de son corps plus conscients de la pose qu'elle tenait. Elle devrait bouger bientôt, juste pour se secouer et faire circuler le sang, mais ça ne la dérangeait pas. C'était un peu comme conquérir une nouvelle pose de yoga.

C'était facilement l'une des choses les plus intéressantes qu'elle ait jamais faites dans sa vie. Et le tribut physique lui importait peu. Elle l'endurerait, quelle que soit sa difficulté.

Après tout, elle était la Reine des Raies Aigles.

Chapitre Six

Katie entra dans le spa, prête pour une journée de soins et d'attention personnelle. L'intérieur était merveilleusement serein. De minuscules carreaux de mosaïque en verre recouvraient les murs dans une nacre opalescente. Des rideaux blancs diaphanes drapaient une partie de l'espace, et sous les pieds, de larges planches polies en teck offraient une assise solide et une sensation de chaleur. Des niches dans le mur abritaient des orchidées en pot et un parfum frais et floral emplissait l'air.

Le comptoir de la réception était en grès et derrière, l'eau coulait sur tout le mur du fond, qui était recouvert de davantage de carreaux de mosaïque opalescente, ceux-ci dans des tons bleu mer doux.

Une musique douce jouait, juste assez forte pour être entendue par-dessus le murmure de l'eau.

Katie adorait chaque centimètre de cet endroit.

Elle aurait aimé que sa sœur soit ici avec elle. Sophie adorerait aussi cet endroit.

Aussi souvent que Katie offrait à sa sœur des bons cadeaux pour leur spa local, elle savait que Sophie prenait rarement le temps d'y aller. La meilleure façon d'y emmener Sophie était de réserver une journée pour elles deux, mais Katie n'avait pas toujours autant de temps libre que Sophie.

Les délais rendaient cela difficile.

Katie se fit une note mentale de pousser davantage sa sœur à faire ses propres journées au spa. Sophie travaillait trop, et bien qu'elle soit bien rémunérée, Katie ne voulait pas qu'elle s'épuise non plus. L'argent, c'était bien, mais Sophie devait pouvoir en profiter.

Elle ne pourrait pas le faire si elle ne prenait pas soin d'elle-même.

Peut-être que Katie devrait envoyer Sophie ici pour une semaine après son retour. Elle aimait beaucoup cette idée, mais Sophie y irait-elle vraiment ?

Sophie était encore plus casanière que Katie. Elle voulait quand même parler à Sophie de la nécessité de prendre un peu de temps libre.

Avec cette pensée mise de côté pour une conversation future, Katie s'approcha de la réception.

La jeune femme derrière le comptoir portait une tunique vert pâle avec un pantalon assorti. Presque comme une tenue médicale élégante. Son badge indiquait Lydia. — Bienvenue chez Aqualina. Comment puis-je vous aider ?

L'ambiance était super détendue, alors elle garda sa voix basse. — Bonjour. Je suis Katie Walchech. J'avais rendez-vous à dix heures ?

Lydia hocha la tête. — Nous sommes ravis de vous accueillir. Puis-je vous proposer quelque chose ? Du thé ? De l'eau minérale ? De l'eau pétillante ? Une collation légère ?

Katie secoua la tête. — Ça va pour l'instant. Elle avait pris à nouveau le porridge tropical pour le petit-déjeuner aujourd'hui. C'était légèrement addictif, tellement c'était bon. Elle avait bu un grand verre de jus de goyave avec. Elle n'en avait jamais goûté auparavant. C'était plutôt savoureux.

Une autre jeune femme sortit d'une porte à rideaux à côté du comptoir. Lydia la désigna. — Voici Kayla. Elle va vous conduire à la salle de relaxation, où vous pourrez vous préparer pour vos soins.

— Merci. Katie sourit à Kayla. — Je vous suis.

Elles passèrent par la porte à rideaux, descendirent un couloir et franchirent une autre porte ornée d'un nautile peint, ce qui rappela à Katie le coquillage sur le devant de la carte qu'elle avait reçue, l'invitant à ce voyage.

La salle de relaxation était aussi paisible et tranquille que le hall du spa, avec davantage de carreaux, du grès et un plancher en teck.

Il y avait aussi des chaises longues carrelées. Katie en avait déjà vu dans un autre spa qu'elle avait fréquenté. Elle se demanda si elles étaient chauffées comme celles de ce spa-là. C'était amusant de penser que quelque chose de dur et carrelé puisse être si confortable, mais la façon dont elles étaient construites pour suivre les contours du corps les rendait très relaxantes. La chaleur aidait aussi.

— Si vous voulez bien me suivre, je vais vous donner un peignoir et des chaussons et vous montrer un vestiaire. Ensuite, vous pourrez vous détendre ici pendant quelques minutes avant votre enveloppement aux algues.

— Merci, dit Katie.

Elle suivit Kayla. Le vestiaire était bleu clair avec des carreaux blancs et du bois pâle. Des casiers longeaient un mur. Les lavabos, toilettes et douches se trouvaient derrière une autre porte ouverte. D'autres orchidées en pot décoraient l'espace.

Kayla lui tendit un paquet d'articles provenant d'une grande armoire. — Quand vous serez prête, revenez simplement dans la salle de relaxation. Je m'occupe de votre enveloppement aux algues, donc je reviendrai vous chercher dès que la salle sera prête. La salle de relaxation sera votre point central entre vos différents soins. Vous avez un enveloppement aux algues, un massage, une pédicure, puis un rendez-vous avec notre coiffeur, c'est bien ça ?

Katie acquiesça en prenant le paquet. — C'est ça.

Elle ne se ferait pas coiffer normalement, mais ce soir, c'était le grand rendez-vous mystère avec Owen - celui où il voulait donner aux paparazzi quelque chose dont parler. Pour cela, elle se faisait faire un brushing profes-sionnel.

— Parfait. À tout de suite.

— J'ai hâte. Katie se changea et trouva un casier. Le peignoir était identique à celui de la chambre mais doublé de tissu éponge doux. Les chaussons étaient aussi en tissu éponge, avec des semelles en caoutchouc. Dans le paquet que Kayla lui avait donné, il y avait également un bandeau élastique en tissu éponge pour retenir ses cheveux.

Katie ne s'était pas maquillée, donc elle n'avait pas besoin de se laver le visage.

Elle retourna dans la salle de relaxation et prit la première chaise longue carrelée. Elle y posa sa main. Une délicieuse chaleur s'infiltrait à travers les carreaux.

Elle s'y allongea et se détendit instantanément. Il faisait peut-être doux dehors, mais le spa était plutôt frais, ce qui rendait les carreaux chauffés luxueux.

Elle cligna des yeux pour se réveiller en entendant la voix de Kayla à côté d'elle. — Je suis prête pour votre enveloppement aux algues.

Katie se redressa. — Je crois que je me suis endormie.

Kayla sourit. — Ces chaises longues sont relaxantes, n'est-ce pas ?

— Vraiment, oui. Katie était plongée dans l'ambiance spa. Elle adorait cette sensation. C'était une sorte d'espace onirique, une sorte d'état béat où tout ce qu'on avait à faire était de se détendre et d'en profiter.

Elle suivit Kayla dans le couloir jusqu'à la salle de soins, un espace sombre illuminé par la douce lueur des bougies, les sons légers d'une flûte lointaine et d'un petit point d'eau. Une longue table rembourrée occupait le centre.

Tout était carrelé, mais cette fois, cela ressemblait plus à un grand espace de douche qu'à un hall. Katie avait déjà fait des enveloppements aux algues et savait que cela pouvait être salissant. De plus, le nettoyage consistait essentiellement à être rincé à la douche. La salle avait du sens.

Kayla resta près de la porte. — Vous pouvez accrocher votre peignoir au dos de la porte, puis vous glisser sous le drap, face vers le haut. Je frapperai avant de revenir.

— Merci.

Katie enleva son peignoir, puis se glissa sous le drap sur la table. Sous le drap se trouvait une grande couverture de mylar qui serait l'enveloppe finale après l'application du mélange d'algues. Elle s'installa, pensant que Sophie devait absolument venir ici. En fait, demain, Katie envisagerait peut-être de réserver le séjour.

Quelques minutes plus tard, Kayla frappa. Katie était prête. — Entrez.

— Avant de commencer, avez-vous besoin de quelque chose ?

— Non, dit Katie.

— Très bien. Avez-vous déjà fait un enveloppement aux algues ?

— Oui. Elle garda les yeux fermés. Il y avait de fortes chances qu'elle s'endorme à nouveau une fois enveloppée et au repos. C'était déjà arrivé.

— Alors vous savez à quoi vous attendre. Parfait. Nous allons détoxifier votre peau et la raffermir en même temps. Mais pas sans se salir, dit Kayla avec un sourire dans la voix.

— Je suis prête.

Kayla ajusta le drap pour que la jambe gauche de

Katie soit exposée depuis la hanche, mais que le reste de son corps reste couvert. Elle commença à appliquer le mélange épais et chaud d'algues. Le léger arôme était frais, propre et un peu salé.

Tandis que Kayla recouvrait le corps de Katie de cette pâte détoxifiante par des mouvements lisses et relaxants, le sommeil commença à tirailler Katie.

Son avant-dernière pensée avant de s'y abandonner fut pour sa sœur et combien Sophie avait besoin de faire l'expérience de cet endroit par elle-même.

Sa toute dernière pensée fut qu'elle ne voulait vraiment pas quitter Compass Key.

Chapitre Sept

GRACE ÉTAIT IMPRESSIONNÉE PAR LA CUISINE DU resort pendant qu'elle la visitait avec David. Difficile de ne pas l'être. Tout était à la pointe de la technologie et impeccable. Il était évident qu'aucune économie n'avait été faite lors de la conception de cet espace. Le personnel de cuisine faisait également un travail exceptionnel pour le maintenir propre.

Mais David la trouverait-il aussi géniale qu'elle ?

Son opinion aurait plus de poids, puisque c'est lui qui y travaillerait. Il fallait que ce soit un espace dans lequel il puisse non seulement se sentir à l'aise, mais aussi qu'il puisse considérer comme le sien.

Elle l'observait, cherchant des indices sur les pensées qui lui traversaient l'esprit. Il hochait beaucoup la tête, mais c'était peut-être juste par politesse.

Après tout, Iris les avait rejoints, et c'était chez elle. Ce serait impoli de dire du mal de l'endroit alors qu'elle écoutait.

David inspectait tout, posait des questions, continuait de hocher la tête.

Grace resta en retrait avec Iris pendant que Chef Glenn emmenait David voir les congélateurs.

Iris s'appuya sur sa canne. — Pensez-vous qu'il aime ? Il est difficile à lire.

— Je sais, dit Grace. Il est très fort au poker. J'aimerais pouvoir vous dire ce qu'il pense, mais même après toutes ces années de mariage, ce n'est toujours pas une compétence que j'ai acquise.

Iris sourit. — Arthur était un peu pareil quand il s'agissait de prendre une décision professionnelle.

— C'est une cuisine magnifique, dit Grace.

— Merci. Je sais que je ne suis pas objective, mais je suis d'accord avec vous. Elle a été entièrement refaite il y a quatre ans. Juste avant le décès d'Arthur. Nous étions aux premiers stades des discussions pour ouvrir le restaurant à quelques clients extérieurs, et il pensait que si nous devions le faire, la cuisine aurait besoin d'une refonte complète. Comme vous pouvez le voir, c'est ce qui s'est passé. Peut-être que certaines choses ont encore besoin d'être mises à jour, mais il y a de l'argent pour le faire.

— Ça me semble parfait. Mais Grace et David avaient construit la cuisine de leur restaurant presque exclusivement avec des pièces d'occasion. Rien dans cette cuisine n'avait pu être autre chose que flambant neuf lors de son installation.

Quand David et Chef Glenn sortirent de la chambre froide, ils parlaient de produits, de viande et de disponibilité.

— À peu près tout ce que vous voulez, dit Chef Glenn. Parfois, ça prend juste un jour ou deux de plus, donc tant que vous pouvez planifier à l'avance, vous pouvez obtenir tout ce dont vous avez besoin. Nous sommes peut-être sur une île, mais nous ne sommes qu'à quelques minutes du continent.

David hocha la tête. — C'est logique.

— Et si vous gardez votre menu local, vous aurez l'embarras du choix. Les fruits de mer à eux seuls peuvent être le moteur de votre menu.

— Je vois bien comment ce serait le cas. David fit une pause. — Avez-vous déjà proposé l'option de cuisiner les prises des clients ? Il me semble que la pêche serait une activité importante par ici.

— C'est le cas, dit Chef Glenn. Et nous l'avons fait à l'occasion, mais ce n'est pas quelque chose que nous mettons en avant. Ce n'est pas une mauvaise idée, cependant.

David regarda Grace, ses sourcils se levant légèrement.

Voilà une expression qu'elle reconnaissait. Son cerveau était en train de travailler, probablement sur des façons d'étendre et d'améliorer l'activité ici. Un bon signe, s'il en fallait un.

David se retourna vers Chef Glenn. — Parlez-moi de votre personnel actuel.

Alors que les deux hommes entamaient cette conversation, Grace murmura à Iris : — Je dirais qu'il est intéressé. Plus qu'un peu. Mais il a encore besoin d'être convaincu qu'il peut vivre sur cette île sans devenir fou d'ennui.

— Je comprends ça, dit Iris. Je n'en étais pas sûre moi-même au début.

— Alors qu'est-ce qui vous a fait changer d'avis ?

— Y vivre réellement. C'est difficile de se lasser d'un endroit aussi beau. Paisible, aussi. Et vous n'êtes pas loin du continent si vous avez vraiment besoin de changer d'air.

— Pensez-vous que nous pourrions visiter une des maisons du personnel pour qu'il puisse voir où nous vivrions ?

— Absolument. Je peux demander à Duke de vous retrouver au Bungalow Un après le déjeuner, si vous voulez.

— D'accord, ça me semble bien. J'espère emmener David à la piscine un moment. Non seulement je pense qu'il a besoin de se détendre, mais faire l'expérience de cette partie du resort pourrait être bon pour lui. L'aider à mieux ressentir l'endroit.

— Peut-être devriez-vous demander à Eddie de vous emmener tous les deux pour l'une de ses célèbres excursions. Faire un peu de plongée avec masque et tuba. C'est ce qu'Olivia et Jenny font aujourd'hui.

Grace y réfléchit. — Excellente idée. Je vais en parler à David et voir ce qu'il en pense.

— Eddie pourrait même vous emmener sur le croiseur si David veut faire un peu de pêche. Assurez-vous qu'il connaisse tout ce qui est à sa disposition.

— Je le ferai. C'est promis.

— Je sais que vous le ferez, dit Iris. Elle posa sa main sur celle de Grace qui tenait sa béquille. — Comment allez-vous ?

— Je vais très bien. Vraiment. Je ne dis pas que chaque moment de chaque jour est facile – ce n'est pas le cas. Mais avoir autant de soutien aide. Elle sourit à son mari. — Avoir David ici est incroyable. Nous avons pu parler. Vraiment parler. Et j'ai l'impression que nous retrouvons notre équilibre. Je ne pourrai jamais assez vous remercier de l'avoir fait venir ici.

— Je vous en prie, dit Iris.

Grace cligna des yeux pour chasser quelques larmes. — Nous vous devons tellement, Iris.

Les yeux d'Iris s'illuminèrent d'une expression chaleureuse. — Vous ne me devez rien. Mais si vous voulez me rendre la pareille, acceptez mon offre.

Grace rit. — J'espère vraiment que nous le ferons.

— Grace ? appela David.

Elle se tourna vers David. — Oui ?

— Qu'avais-tu prévu d'autre pour nous aujourd'hui ?

— Un peu de temps à la piscine. Le déjeuner. Puis un coup d'œil à l'un des bungalows du personnel. Pourquoi ? Il y a autre chose que tu préférerais faire ?

David jeta un coup d'œil à Chef Glenn. — Chef m'a demandé d'assister au service du dîner ce soir.

Chef Glenn donna une tape sur l'épaule de David. — Plus que ça, mon gars. Pourquoi ne pas voir si quelque chose vous inspire et proposer un plat spécial pour le menu de ce soir ?

Grace retint son souffle. Il était impossible que David

ne s'enthousiasme pas pour ça. Créer de nouveaux plats était sa passion.

L'ombre d'un sourire se dessina sur le visage de David. — Ça te va ? Je ne veux pas que tu sois déçue si je ne passe pas de temps avec toi.

Elle sourit, incapable de contenir son excitation. — La seule chose qui me décevrait, c'est que ton plat ne soit pas spectaculaire. Au travail, chef.

Il rit. — Merci, chérie. Il fit un signe de tête à Iris. — J'espère que vous serez là pour le goûter.

— Je ne manquerais ça pour rien au monde, dit Iris. Puis elle passa son bras sous celui de Grace. — Que diriez-vous d'aller voir ce bungalow nous-mêmes ? J'ai une clé.

— J'adorerais. Elle regarda David. — Amuse-toi bien.

— Toi aussi. Il souriait et tandis qu'il se retournait pour parler à Chef Glenn, elle pouvait voir une étincelle dans ses yeux. Quelque chose qu'elle n'avait pas vu depuis très longtemps.

Son cœur s'envola d'espoir. Cela pourrait vraiment se produire.

La magie de l'île faisait son œuvre.

Chapitre Huit

Alors qu'Olivia et Jenny marchaient vers la marina, leurs sacs de plage préparés pour la journée, Olivia ne pouvait s'empêcher de sourire.

Les mots lui manquaient pour décrire à quel point elle était heureuse. D'une part, ce matin avant le petit-déjeuner, une enveloppe de Manille était arrivée au bungalow pour elle. À l'intérieur se trouvaient les documents d'Iris, accompagnés d'une note précisant qu'Olivia devrait prendre son temps pour tout lire avant de signer et qu'Iris n'était pas pressée de les récupérer.

Olivia les avait mis de côté pour plus tard, mais elle ne doutait pas qu'elle apposerait sa signature sur cette ligne en bas de page avant la fin de la journée.

D'autre part, la réconciliation qu'elle et Jenny avaient eue représentait tout ce qu'elle avait espéré. Plus encore, car elle ne s'attendait pas à ce que cela se produise si facilement.

Ce qui ne voulait pas dire que les années précédentes

avaient été faciles, mais dépasser la douleur et les malentendus s'était révélé bien plus simple qu'Olivia ne l'aurait imaginé.

Pour elle, il suffisait de tout laisser aller. C'était son unique enfant, après tout. Sa fille. Comment ne pas simplement mettre de côté les mauvaises années et l'accueillir à bras ouverts ?

Jenny semblait certainement prête à faire de même.

Olivia ne se souvenait pas de la dernière fois où Jenny avait été de si bonne humeur sans que celle-ci ne disparaisse comme par magie en sa présence.

Et maintenant, pour couronner le tout, elles se rendaient en bateau avec Eddie. L'homme dont Olivia tombait rapidement amoureuse.

Il leur fit signe à leur approche. — *Hola* !

Olivia lui rendit son salut. — *Hola* ! C'était un homme si séduisant. Robuste, intelligent et compétent. Comment ne pas craquer pour un type comme lui ?

Jenny fit aussi un signe de la main. — *Hola. ¿Cómo estás?*

Eddie haussa les sourcils. Il regarda Olivia, puis Jenny. Il lui tendit la main pour l'aider à monter sur le ponton. — *Bien. Gracias.* Et bienvenue à bord. Je ne savais pas que ta fille parlait espagnol, Olivia.

— Moi non plus. Olivia secoua la tête, stupéfaite, tandis qu'il l'aidait à son tour. Elle n'avait pas vraiment besoin d'aide, mais c'était une bonne excuse pour toucher sa main.

— Maman, dit Jenny en souriant. J'en ai fait deux ans à l'université.

— Je le savais, dit Olivia. Je ne me rendais pas compte que tu l'avais gardé.

Jenny haussa les épaules. — J'essaie.

— Tu t'en es bien sortie, dit Eddie. Peut-être que tu pourrais en apprendre un peu à ta mère.

Jenny sourit. — Ça veut dire que tu as abandonné ?

Eddie rit. — Je n'abandonne jamais. Il leur sourit. Prêtes pour une journée amusante ? Nous allons faire un peu de tourisme éducatif, puis nous irons à mon spot de snorkeling préféré, où nous entrerons dans l'eau pour regarder les choses de plus près. Ensuite, nous prendrons notre pique-nique dans un nouvel endroit que je pense que vous allez vraiment aimer, mais je garde ça secret pour l'instant. Comment ça vous semble ?

— Super, dit Olivia. Elle n'arrivait pas à imaginer quel pouvait être cet endroit secret.

Jenny se mordit la lèvre inférieure. — Je nage correctement, pas comme ma mère, mais je n'ai jamais fait de snorkeling.

— Ne t'inquiète pas, dit Eddie. C'est très facile et je te montrerai tout ce que tu dois savoir. J'ai même des frites de piscine que tu peux utiliser pour flotter si tu veux.

— D'accord, merci.

Olivia n'avait jamais entendu Jenny mentionner ses compétences en natation. Jenny savait qu'Olivia avait nagé en compétition à l'université, mais comme elle ne l'avait jamais reconnu, Olivia avait simplement supposé que c'était l'une de ces choses qui étaient entrées par une oreille et sorties par l'autre. C'était agréable de savoir que ce n'était pas le cas.

Elle ajusta ses lunettes de soleil. — Qu'est-ce qu'on mange ?

— J'ai opté pour le poulet frit froid à nouveau. J'espère que ça vous convient.

— Parfait pour moi. Elle regarda Jenny. Ça te va ?

— Absolument.

— Très bien, dit Eddie. Mettons-nous en route.

Il détacha le bateau, puis navigua vers le large. En quittant la marina, ils passèrent devant les trois petits bâtiments le long du côté éloigné de la caye. L'un d'eux était complètement ouvert.

— Hé, dit Olivia. C'est l'atelier de Grant ?

Eddie y jeta un coup d'œil. — Oui. On dirait qu'il peint aujourd'hui.

— En effet, dit Olivia. Il peint Leigh Ann. Enfin, il l'utilise comme modèle.

— Tiens donc ? Eddie hocha la tête. Je suppose qu'il a enfin trouvé la muse qu'il lui fallait. Il était un peu bloqué ces derniers temps.

— Bloqué ? demanda Jenny. Grant, c'est l'artiste, n'est-ce pas ? Je veux dire, évidemment, mais celui que j'ai rencontré au dîner hier soir ?

— Oui, dit Olivia. C'est lui.

Jenny fixa l'atelier. — C'est vraiment cool. Je suis un peu surprise que sa présence au resort ne soit pas plus médiatisée, mais en même temps, cet endroit n'a pratiquement aucune présence sur les réseaux sociaux.

— Pas besoin, dit Eddie. Et la plupart de la clientèle qui vient ici ne voudraient pas qu'il en soit autrement.

L'exclusivité de cet endroit et son profil discret sont ce qui fait qu'ils adorent Mother's.

Jenny acquiesça. — Je comprends. Et je sais que le bouche-à-oreille peut être puissant, mais il y a définitivement une place dans le marché du voyage de luxe pour un peu de réseaux sociaux. Je peux penser à au moins deux clients avec qui ma société travaille qui adoreraient cet endroit.

— Jenny travaille dans les relations publiques, précisa Olivia.

— Je vois, répondit Eddie.

Jenny jeta un coup d'œil à sa mère. — As-tu une idée de quand les tarifs ont été augmentés pour la dernière fois ?

Olivia secoua la tête. — Pas la moindre idée. Et toi, Eddie ?

— Non. Je conduis juste le bateau. Il sourit. Il faudrait demander à Iris. C'est son domaine. Mais si je devais deviner, je dirais que ça fait un moment. Probablement pas depuis qu'Arthur était en vie.

Olivia regarda sa fille. — Tu penses vraiment que les tarifs pourraient être augmentés ? C'est déjà tellement cher.

— Bien sûr, pour nous, ça l'est. Mais pour une célébrité ? Ou un grand athlète ? Jenny haussa une épaule. C'est relatif, tu sais ?

— Je suppose que tu as raison.

— Je ne dis pas que les tarifs doivent doubler ou quelque chose de fou, mais vingt pour cent ne feraient pas sourciller. Ce n'est pas comme si le coût de tout le reste n'avait pas augmenté.

Eddie hocha la tête. — Elle a raison là-dessus.

— Je peux faire une analyse, dit Olivia. Ensuite, je pourrai présenter à Iris des données concrètes. Ça pourrait valoir la peine.

Elle tapota la jambe de Jenny. — Regarde-toi, déjà en train de rentabiliser ton voyage.

Jenny rit. — Merci d'être ouverte à l'idée.

Eddie pointa devant et légèrement vers la gauche. — Des dauphins.

Jenny se leva. — Vraiment ? Où ? Oh, je les vois. Oh, wow. De vrais dauphins.

— Petite glacière bleue, dit Eddie en coupant le moteur et en laissant le bateau dériver vers les créatures. Il y a des poissons-appâts dedans.

Jenny s'y dirigea directement. — Je leur en lance juste un ?

— Oui, dit Eddie.

Jenny plongea sa main à l'intérieur et attrapa un poisson sans faire la grimace ni commenter le dégoût de toucher un poisson mort. Olivia était impressionnée.

Jenny s'approcha autant que possible des dauphins et leur lança le poisson, puis elle observa attentivement. — Ils arrivent !

— Prends-en un autre, dit Eddie.

Souriant, Olivia se leva. Sa fille vivait clairement un moment spécial et c'était quelque chose à voir.

Les dauphins nagèrent plus près. Jenny lança un

autre poisson. — Je pense qu'il y en a trois. Non, quatre. Oh, regarde ! Il y a un bébé ! Bon sang, c'est génial.

Olivia poussa Eddie du coude. — Merci d'avoir apporté les poissons.

Il sourit comme si ce n'était rien. — J'apporte toujours des poissons. C'est pour ça que j'attire toujours les dauphins. Ils savent que je suis une proie facile.

Elle rit en s'agenouillant sur l'un des bancs à côté de Jenny. Les élégantes créatures grises étaient parfaitement visibles dans l'eau cristalline et juste à côté du bateau.

Jenny semblait hypnotisée. — Ils sont si beaux, murmura-t-elle.

Puis elle eut un hoquet de surprise et pointa du doigt. — Regarde. Un autre.

— Ils restent généralement ensemble en groupes, dit Eddie en posant la glacière d'appâts à côté de Jenny. Ils peuvent être jusqu'à trente, mais ce serait un assez grand groupe pour des eaux peu profondes comme celles-ci. Mais tu pourrais en voir quelques autres arriver.

— Vraiment ? Trente ? Jenny fixait l'eau. Elle lança encore quelques poissons. Les dauphins les mangèrent sans hésitation. Je n'arrive pas à croire ce que je vois. Ça semble irréel. Je ne veux pas avoir l'air de perdre la tête, mais ils sont si beaux que ça me donne presque envie de pleurer. J'ai l'impression de voir quelque chose de rare et privilégié.

Eddie acquiesça. — Beaucoup de gens ressentent ce même genre d'émotion, et c'est effectivement une rencontre rare et privilégiée. Voir des dauphins dans leur habitat naturel, de près, c'est humiliant. Tu ne peux pas regarder dans leurs yeux sans voir leur intelligence.

Une larme glissa sur la joue de Jenny. — Merci pour ça. Même s'il ne se passe rien d'autre, aujourd'hui est un jour que je n'oublierai jamais.

— De rien, dit Olivia. Mais c'est Eddie qui a apporté les poissons.

Jenny regarda sa mère. — Mais c'est toi qui as rendu tout ça possible. Une autre larme coula. J'ai tellement de chance de t'avoir comme maman.

Olivia passa son bras autour de sa fille et l'embrassa. — Je ressens la même chose pour toi.

Eddie avait raison. Cet endroit était magique. Parce que c'étaient des mots qu'elle pensait ne jamais entendre. Et des mots qu'elle pensait ne jamais prononcer.

Chapitre Neuf

AMANDA S'EST RENDU COMPTE APRÈS LE PETIT-déjeuner qu'elle était complètement seule pour la journée. Cela ne la dérangeait pas. Elle n'avait lu que la moitié du dernier thriller sur sa liste de lectures et il n'y avait pas de meilleur endroit que le bord de la piscine, à l'ombre d'un des nombreux parasols du resort, où elle comptait passer sa journée.

Elle a enfilé son bikini et sa tunique de plage, rempli son sac avec de la crème solaire, sa liseuse, une visière et une pince à cheveux, au cas où la chaleur deviendrait trop intense sur sa nuque. Elle a glissé ses pieds dans ses tongs en caoutchouc, attrapé sa carte magnétique et s'est dirigée vers la piscine.

C'était une journée magnifique, ce qui n'était pas vraiment surprenant. Chaque jour était plus parfait que le précédent. La piscine était fréquentée, mais pas au point qu'il soit impossible de trouver une bonne place.

Toutes les places étaient bonnes, d'ailleurs. La piscine et ses environs avaient été bien conçus à cet égard.

En s'installant avec sa serviette, elle a réalisé autre chose. Il y avait toujours de bonnes places disponibles, car il y avait plus de sièges que de clients. La piscine était assez grande et serpentait de manière sinueuse. À chaque virage et courbe, il y avait des espaces de détente. Même si l'établissement était à capacité maximale, elle ne pensait pas que toutes ces chaises longues seraient un jour occupées.

Intelligent. Était-ce l'œuvre d'Iris ? Ou d'Arthur ?

Elle devrait poser la question à Iris lors de leur prochaine conversation, ce qu'Amanda souhaitait faire bientôt. Elle voulait officialiser les choses avec Iris. Il n'y avait aucune raison de ne pas le faire. Amanda avait déjà invité ses enfants à venir.

Elle a souri en appliquant un peu plus de crème solaire sur ses jambes. Revoir ses enfants serait fantastique, bien qu'elle sache que cela n'arriverait que dans plusieurs mois. Elle devrait d'abord s'installer et prendre ses marques dans sa nouvelle routine avant de pouvoir recevoir des invités.

Sa nouvelle routine était l'autre sujet dont elle devait parler avec Iris. Amanda ne savait toujours pas quel pourrait être son rôle ici, mais elle était prête à faire n'importe quoi pour que cette nouvelle vie devienne réalité.

Elle a rangé sa crème solaire, s'est essuyé les mains sur le bord de la serviette sur laquelle elle était allongée, puis a sorti sa liseuse et l'a allumée.

Son livre s'est ouvert immédiatement. Elle avait hâte

de le terminer pour découvrir exactement ce qui était arrivé à l'héroïne.

Un serveur est passé. — Bonjour, Mme Preston. Puis-je vous apporter quelque chose ?

Elle adorait la façon dont les serveurs apprenaient les noms des clients. C'était une touche merveilleuse. — J'aimerais bien de l'eau pétillante.

— Absolument. Souhaitez-vous y ajouter des fruits ? Mangue, fraises, citron, citron vert, orange, pamplemousse...

— Pamplemousse.

Il a acquiescé. — Excellent choix. Je reviens tout de suite.

— Merci. Elle a respiré l'air le plus pur qu'elle ait jamais respiré. Quel endroit incroyable.

Elle a plongé dans son livre, se perdant dans l'histoire un instant plus tard.

Le serveur est revenu. Plus tôt que prévu et sans l'eau. — Mme Preston, je suis désolé de vous déranger à nouveau, mais on a besoin de vous à la réception pour un moment.

— On a besoin de moi ?

Il a hoché la tête. — Oui.

— D'accord. Elle a rassemblé ses affaires. Probablement sans danger de les laisser, mais ne sachant pas de quoi il s'agissait, elle ne savait pas combien de temps elle serait absente, donc mieux valait les emporter. Elle a prié pour que ce ne soit pas un problème avec sa carte de crédit, puis s'est souvenue qu'elle n'avait pas eu à en fournir une lors de leur enregistrement.

C'était une bonne chose, car un problème avec sa carte de crédit n'était pas quelque chose qu'elle pouvait facilement résoudre. Heureusement, presque tout était inclus ici à l'exception du spa, et elle n'avait réservé que le massage gratuit offert à chaque client.

L'anxiété l'a envahie, un sentiment qu'elle n'avait pas éprouvé depuis son retour à la maison, quand elle devait gérer tous les créanciers qui étaient sortis de l'ombre après la mort de Brian.

Même sa bouche s'est asséchée, lui faisant regretter que le serveur ne lui ait pas encore apporté son eau.

Elle a remis sa tunique, puis a ajusté les bretelles de son sac sur son épaule avant de remettre ses tongs. *S'il te plaît, faites que ça ne soit pas à propos d'argent.*

Le cœur dans la gorge, elle s'est dirigée vers l'intérieur. Il lui a fallu un moment pour que ses yeux s'adaptent après avoir été en plein soleil.

Ce qu'elle a vu l'a laissée sans voix. Ou plutôt, *qui* elle a vu. Elle a secoué la tête. Ce n'était pas possible. Comment était-ce possible ?

— Amanda, te voilà. Viens ici tout de suite. Nous devons parler.

La voix a déclenché chez Amanda un mécanisme qui l'a mise en pilote automatique. Elle s'est avancée. — Maman ? Que fais-tu ici ?

— Après cet appel téléphonique ridicule, j'ai su que tu étais en difficulté. La seule façon de te sauver de toi-même était que je sois présente en personne.

Ce n'était pas possible. Ce devait être un rêve. Ou plutôt, un cauchemar.

Sa mère, Marge la Militante, se tenait devant elle. En personne. Ici, à Compass Key.

Dans le hall du resort Le Rêve.

— Comment es-tu arrivée ici ?

— De la même façon que n'importe qui d'autre. J'ai pris un avion, puis loué une voiture, puis je suis venue en bateau. Sa mère a levé les yeux au ciel. — Tu te rends compte ? C'est comme partir en safari.

Amanda n'arrivait toujours pas à comprendre ce que ses yeux voyaient. — Tu as réservé une chambre ?

— Absolument pas. Pourquoi diable gaspillerais-je mon argent alors que tu as une chambre parfaitement convenable ? Évidemment, nous allons la partager. Comment suis-je censée te chaperonner autrement ?

Un peu de la force d'Amanda est revenue. Elle a pris le coude de sa mère d'une main, la poignée de sa valise Louis Vuitton à roulettes de l'autre, et l'a éloignée de la réception. — Me chaperonner ? De quoi parles-tu ? J'ai cinquante-trois ans. Je n'ai pas besoin d'un chaperon.

— J'ai entendu une voix d'homme au téléphone, Amanda. Ce dont tu n'as pas besoin, c'est de te laisser emporter par une aventure passionnée avec quelqu'un d'inadapté...

— Une aventure passionnée ? D'accord, a dit Amanda. C'est insensé. Tu es venue jusqu'ici pour t'assurer que je ne fréquentais pas quelqu'un que tu n'approuves pas ?

Margaret s'est penchée en avant, ses yeux bleu acier perçant ceux d'Amanda. — Je sais ce qui se passe dans ces lieux tropicaux. La chaleur fait des choses aux gens. Elle les fait agir d'une manière qu'ils n'auraient jamais envisagée autrement. Tu es vulnérable, Amanda. Tu l'es depuis que tu as perdu Brian. On ne sait jamais dans quel genre d'imbroglio tu pourrais te retrouver.

Soudain, Margaret a reculé, son regard réprobateur parcourant sans gêne le corps de sa fille. — Est-ce que tu portes un *bikini* ?

Un frisson glacial de mortification a traversé Amanda. Un vieux réflexe. Un réflexe qu'elle a décidé de ne plus supporter. Elle s'est redressée et a fait de son mieux pour ignorer cette vieille habitude. — Oui, c'est exactement ce que je porte.

— Tu es trop vieille pour ce genre de choses. C'est inconvenant.

Amanda a secoué la tête. — Oh, maman. Qu'est-ce que je vais faire de toi ? Puis Amanda a su exactement quoi faire. — Reste ici. Je reviens tout de suite.

Elle est allée directement à la réception. — Pouvez-vous me dire quand est le prochain vol pour Hartford, Connecticut ?

— Un instant. La jeune femme qui travaillait a tapé quelques mots sur son ordinateur, la lumière bleue illuminant son visage. Elle a grimacé. — Il semble qu'Hartford connaît actuellement des problèmes météorologiques. Aucun vol n'entre ni ne sort. Je serais heureuse de surveiller la situation et de vous informer dès qu'un vol sera disponible.

Amanda a fait de son mieux pour ne pas s'effondrer face à l'horreur incroyable de la situation. — Ce serait super, merci. Le plus tôt possible. En attendant, j'aurais besoin d'une deuxième carte pour ma chambre. Je suis désolée pour tout ça.

— Ce n'est pas un problème. Je vous prépare cette carte tout de suite, madame.

La carte en main, Amanda est retournée vers sa mère, qui était maintenant assise dans l'un des fauteuils du hall. — Allons-y.

— Où ça ?

— À mon bungalow. Après ça, Amanda n'était pas vraiment sûre de ce qui allait se passer, mais elle soupçonnait que ce serait l'une de leurs conversations les plus longues et les plus bruyantes, et elle ne voulait pas faire ça dans le hall du resort.

Elle se contrôlait à peine. L'audace de sa mère de venir ici comme si elle en avait le droit... Amanda a pris une inspiration. Perdre son calme n'aiderait pas la situation.

Elle a conduit sa mère hors du bâtiment principal et le long du chemin menant à son bungalow, où elle a rapidement ouvert la porte et l'a fait entrer.

Elle a pointé le canapé. — Il se déplie. Nous ne partagerons pas un lit.

— Tu sais que mon dos ne supporte pas un canapé-lit.

— Tu aurais dû y penser avant de te présenter sans invitation.

— Absurde. J'ai fait ce sacrifice pour toi. Je prendrai le lit.

Les muscles de la nuque d'Amanda ont commencé à se raidir. Très calmement, de sa voix la plus posée, elle a dit : — Non, maman. Tu dormiras sur le canapé.

— Amanda Elizabeth. J'ai ouvert ma maison quand tu n'avais nulle part où aller. C'est comme ça que tu me remercies ?

— Tu as raison, tu as fait ça pour moi. Mais je t'ai demandé si je pouvais vivre chez toi. J'ai obtenu ta permission d'abord. L'un des jours les plus humiliants et humbles de sa vie. — Tu es arrivée à l'improviste et sans invitation. Sans permission. Pour des vacances auxquelles j'ai été invitée. Pas vraiment des vacances, en fait, des retrouvailles avec des amis d'université. Tu vois la différence ? Je ne paie même pas mon séjour ici. Une très chère amie s'en charge. Ce qui signifie que je suis la seule à avoir le droit d'être dans ce bungalow.

Elle n'était vraiment pas sûre de ce qu'Iris penserait de tout cela. Ou ses amis. Ou...

Le second frisson glacial qui l'a frappée en quelques minutes n'avait rien à voir avec la mortification et tout à voir avec le coup de pied dans la fourmilière que venait de prendre ses projets actuels.

Elle était censée aller dîner chez les parents de Duke ce soir.

Au nom de tout ce qui était sacré, qu'allait-elle faire de sa mère ?

Chapitre Dix

—Dis-moi la vérité, demanda Grant. Tu es complètement épuisée ?

Leigh Ann secoua la tête à sa question.

—Non, mais je vais être honnête. C'était plus fatigant que ce que je pensais.

Il acquiesça tout en finissant d'installer leur déjeuner qui venait d'être livré sur la table pliante qu'il avait dressée.

—C'est une bonne chose que tu sois en si bonne forme.

—Je suis d'accord. Je ne pense pas que j'aurais pu le faire autrement. Enfin, j'aurais probablement pu le faire, mais j'aurais eu besoin de beaucoup plus de pauses.

Elle s'assit sur l'une des chaises pliantes. Presque tout dans son atelier était maculé d'éclaboussures de peinture. Les chaises et cette petite table ne faisaient pas exception.

—Tu n'as pas besoin d'être une super-héroïne pour

moi, tu sais. Si tu as besoin d'une pause, prends-la. Je ne veux pas que tu détestes cette expérience.

Elle rit en ouvrant son contenant de salade, puis le petit pot de sauce qui l'accompagnait. La salade avait l'air délicieuse avec les tranches de thon parfaitement grillées disposées sur les feuilles vertes.

—C'est impossible. C'est vraiment l'une des choses les plus intéressantes que j'aie jamais faites de ma vie. Je ne l'échangerais pour rien au monde.

Il sourit et dévissa le bouchon de sa bouteille d'eau pétillante avant de la lui tendre.

—J'en suis ravi.

Elle versa la sauce, sa green goddess préférée, sur la salade.

—Et la peinture avance merveil...

—Non ! Il prit une inspiration, secouant la tête avec un regard amusé. Ne dis rien à ce sujet. Je suis terriblement superstitieux pour ce genre de choses.

—Vraiment ? Toi ?

Elle prit sa fourchette. Ce n'était pas exactement du plastique. Le resort utilisait une sorte de bambou durable pour leurs couverts à emporter. Ils étaient plutôt bien, en fait. Étonnamment solides. Elle piqua un morceau de concombre.

—C'est idiot, n'est-ce pas ? Je crois fermement que nous forgeons notre propre chance et notre propre destin. Mais en même temps, je ne supporte pas que quelqu'un dise quoi que ce soit, en bien ou en mal, sur mon travail avant qu'il ne soit terminé. J'ai l'impression qu'une prophétie auto-réalisatrice est prononcée dans l'univers.

C'est pourquoi je ne montre jamais mon travail à quiconque avant qu'il ne soit fini.

Elle s'attaqua ensuite à une petite tomate cerise jaune.

—Tu me l'as montrée.

Il s'arrêta de verser la sauce sur sa salade pour la regarder.

—Tu n'es pas n'importe qui.

—Tu veux dire parce que je suis ta muse ?

Sa muse. Des mots enivrants. Et pas le genre qu'elle aurait pensé qu'on lui appliquerait à ce stade de sa vie.

—Quelque chose comme ça.

Il lécha une goutte de sauce sur son pouce, puis prit sa fourchette également.

—Tu penses que tu pourrais tenir encore une heure ? La lumière est si claire aujourd'hui et j'avance vraiment bien. Ou est-ce que c'est trop demander ?

—Je peux facilement faire une heure de plus. Mais est-ce que tu te sentiras encore capable de me préparer le dîner ?

Il hocha la tête.

—Absolument. Tu as décidé si tu allais rester dormir ?

Elle ne l'avait pas fait, mais elle y avait réfléchi. Il n'y avait pas grand-chose d'autre à faire quand on était la muse d'un artiste *que* de réfléchir.

—Ton hésitation me dit que tu ne veux pas, dit-il. N'y pense plus. Je te ramènerai après le dîner.

—J'hésite parce que j'ai envie de rester plus que je ne le devrais.

Elle se rendit compte de comment cela pouvait sonner.

—Je ne dis pas que je veux passer la nuit parce que j'espère qu'il se passe quelque chose de *plus*. Je ne suis pas prête pour ça. J'aime juste l'idée de passer autant de temps avec toi. J'espère que ça a du sens.

Il sourit.

—Ça en a. J'aime aussi l'idée de passer autant de temps avec toi.

—D'accord, alors. Je vais rester. Je dois juste faire passer le mot qu'il n'y aura pas de yoga au lever du soleil demain.

Que penseraient les filles ? Eh bien, elle leur dirait simplement la vérité. Qu'il ne s'était rien passé d'autre qu'elle dormant dans sa chambre d'amis pour lui éviter le trajet en bateau pour la ramener au resort à la fin de la soirée.

—D'accord. Mais si tu changes d'avis, je comprendrai aussi.

—Bon à savoir.

Elle était adulte, après tout. Elle pouvait prendre ce genre de décisions.

—Quand nous aurons terminé, j'aurai juste besoin de retourner à mon bungalow et de préparer un sac.

Et d'envoyer un texto aux filles à propos du yoga. Bien qu'elle puisse le faire maintenant aussi.

—Pendant que tu feras ça, je pourrai ranger ici.

Elle sortit son téléphone de sa poche latérale.

—As-tu besoin de moi demain aussi ?

Il jeta un coup d'œil à la toile.

—Je déteste monopoliser une autre de tes journées. La vérité, c'est que je ne sais pas encore. J'ai besoin de temps pour affiner ce que j'ai déjà fait, donc probablement pas demain. Mais après avoir travaillé un peu plus, je saurai si j'ai besoin que tu poses à nouveau pour moi.

—D'accord. Tu pourras me le faire savoir.

Elle commença à taper son message tout en continuant de parler.

—Nous n'avons pas de grands projets pendant notre séjour ici. Du temps à la piscine, à la plage, en bateau, du shopping. C'est vraiment tout ce pourquoi nous sommes là. Et un peu de temps au spa.

—Ça ressemble aux vacances parfaites.

Il soupira doucement, une sorte de mélancolie saturant son regard.

Pas de yoga demain matin. Merci de faire passer le mot. Je reste chez Grant ce soir, puisque je dîne là-bas. Elle appuya sur *Envoyer*, puis leva les yeux vers lui.

—Qu'est-ce qui ne va pas ?

Il ne dit rien au début.

—Tu es très facile à peindre. Peut-être parce que je ressens quelque chose pour toi, et que tu n'es pas juste un modèle pour moi. J'ai appris à te connaître en tant que personne et la beauté que je vois en toi rend plus difficile de te capturer sur la toile, mais dans le bon sens. C'est comme quand j'ai réussi la courbe de ton épaule aujourd'-hui, je l'ai su instantanément. Une minute avant, il n'y avait que de la couleur sur la toile. La minute d'après, c'était toi.

Elle adorait quand il parlait comme ça, avec ce genre

de phrases poétiques qui donnaient à ses mots autant de couleur qu'à ses peintures. Elle sourit.

—Et c'est ce qui t'a fait soupirer ?

—Non.

Il baissa les yeux vers sa salade.

—C'est la pensée de créer de l'art sans toi qui l'a fait. Aujourd'hui, alors que je travaillais, je pouvais déjà te voir dans ma prochaine peinture. J'ai dû faire sortir cette image de ma tête.

Il haussa les épaules.

—Je sais que tu dois partir. Je ne dis pas ça pour essayer de te faire rester. Mais tu as demandé.

Elle hocha la tête. Elle avait demandé. Et la vérité était qu'elle avait aussi pensé à être sans lui, aujourd'hui. Elle aurait pu laisser échapper le même soupir.

—Je ne sais tout simplement pas comment faire fonctionner cela. Pas avec la vie que j'ai chez moi.

—Je sais.

Son sourire était tendu et résigné.

Elle eut l'impression d'avoir un peu plombé l'ambiance.

—Si je pouvais...

—Tu n'as pas à le dire. Je savais dès le premier jour que c'était temporaire. Ce que je ressens n'est pas de ta faute. Ce n'est pas non plus quelque chose que tu dois réparer, d'accord ?

Il prit sa main et embrassa ses phalanges.

—D'accord.

Mais la date d'expiration de leur relation demeurait, et elle était la seule à pouvoir changer cela.

Grant ne ressemblait en rien à Marty sur le plan de la personnalité, mais à d'autres égards, ils avaient beaucoup en commun. Ils possédaient tous deux ce quelque chose d'indéfinissable qui semblait attirer les femmes comme des mouches autour du miel. Ils avaient tous deux de l'argent. Ce qui attirait aussi les femmes. Grant était plus séduisant et en meilleure forme physique. Difficile de ne pas être attirée par un homme qui prenait soin de lui.

Tous deux avaient leur propre genre de pouvoir, mais ils évoluaient dans des cercles très différents, ce dont elle était reconnaissante.

Elle mangea une autre bouchée de salade. Déraciner sa vie actuelle pour un homme était quelque chose qu'elle s'était juré de ne plus jamais faire.

Et pourtant, elle était là, envisageant sérieusement de faire exactement cela.

Chapitre Onze

Après avoir montré à Grace l'un des bungalows du personnel, pendant lequel Iris est restée au rez-de-chaussée et a laissé Grace monter les marches seule, Iris lui a dit au revoir et est retournée chez elle. Nick avait envoyé un texto pour dire qu'il était en route.

Iris était nerveuse à l'idée qu'il vienne ici, il n'y avait pas d'autre façon de le dire. Elle ne pouvait se défaire de l'impression qu'il était venu pour des raisons au-delà de ce qu'il prétendait.

Il ne lui semblait pas être quelqu'un de fourbe, et elle se considérait comme une bonne juge de caractère, mais elle n'était plus sûre de pouvoir faire confiance à ses instincts. La vieillesse était une chose terrible. Surtout quand ton corps et ton esprit commençaient à te trahir.

Avec une main ferme sur la rampe et l'autre sur sa canne, elle commença à monter le petit escalier qui menait au premier étage.

Vera était dans la cuisine, en train de faire un pain aux bananes.

— Comment s'est passée la visite de la cuisine ?

Iris hocha la tête.

— Bien, je pense. David est un homme difficile à déchiffrer. Même Grace l'a dit. Mais ensuite je l'ai emmenée voir l'un des bungalows du personnel et elle l'a beaucoup aimé.

— Ils sont magnifiques et ils ont tous des vues superbes, dit Vera. Qu'est-ce qui ne plairait pas ?

— Je suis d'accord, mais on ne sait jamais.

Iris regarda autour d'elle.

— Il n'est pas encore arrivé, dit Vera.

— Il ne devrait pas tarder. Il a dit qu'il viendrait à la première heure, mais peut-être qu'il a dormi un peu plus longtemps.

— J'ai fait le tour des deux étages et j'ai rassemblé tout ce qui pourrait être personnel, mais il n'y avait pas grand-chose.

Iris s'assit dans son fauteuil. Les trois chats étaient étalés dans divers rayons de soleil sur la véranda latérale. Les portes étaient ouvertes des deux côtés de la maison, laissant une merveilleuse brise traverser la pièce. Elle allait vraiment regretter cet endroit.

— Je ne pensais pas qu'il y en aurait. La plupart des affaires personnelles avaient déjà été descendues ici.

Lorsqu'elle avait décidé de vivre définitivement au rez-de-chaussée, elle avait fait un grand ménage et s'était débarrassée de beaucoup de choses. Elle avait gardé les objets les plus sentimentaux, mais avait fait don de nombreuses autres choses. Comme la plupart des vêtements d'Arthur.

Mais si Nick voulait parcourir les albums photos, il était le bienvenu. Iris les lui remettrait volontiers. Elle lui raconterait aussi toutes les histoires qu'il voudrait entendre sur son défunt père.

Elle ne voulait rien lui cacher d'Arthur. En fait, elle envisageait sérieusement de lui donner une somme d'argent forfaitaire, bien que son avocat lui déconseilllerait probablement. Elle pouvait déjà l'entendre dire que cela pourrait ouvrir une boîte de Pandore.

Malheureusement, elle n'avait pas encore pu parler à Roger Lawrence. Il était absent pour affaires personnelles, mais sa réceptionniste avait promis à Iris de le prévenir dès qu'il appellerait.

En attendant, Iris ne savait pas quoi faire. Elle souhaitait désespérément qu'Arthur soit encore en vie, mais elle n'aurait pas ce dilemme si c'était le cas.

Peut-être qu'Olivia pourrait l'aider. Après tout, elle était comptable. Douée avec les chiffres. Peut-être qu'elle aurait une idée sur la façon de donner de l'argent à quelqu'un pour qu'il s'en aille.

Mais Iris craignait que si les filles apprenaient que le fils d'Arthur venait d'apparaître, elles pourraient penser qu'Iris retirait son offre.

Ce n'était pas le cas. Elle n'avait pas l'intention de revenir sur quoi que ce soit.

Et elle ne voulait certainement pas en arriver là. Mais

si Nick décidait de mener cette bataille sur le plan juridique, impossible de savoir combien de temps cela pourrait traîner.

Iris soupira.

— Je m'inquiète pour ce garçon, Vera.

— Je sais. Moi aussi. Arthur saurait comment gérer cette situation.

Iris acquiesça.

— Je pensais justement la même chose.

Des coups assurés retentirent à la porte d'entrée.

— J'y vais, dit Vera.

Elle se dirigea vers la porte, s'essuyant les mains sur un torchon en marchant.

C'était Nick. Sans surprise.

— Désolé, je sais que j'arrive plus tard que prévu. D'une manière ou d'une autre, le temps passe ici sans qu'on s'en rende compte.

— Le rythme de l'île, dit Iris. Entre, ce n'est pas grave. As-tu apprécié ton petit-déjeuner ?

Il acquiesça, portant son sac par la poignée.

— Oui, merci. La nourriture ici est excellente.

— J'en suis ravie.

Elle resta assise.

— Je ne monte plus beaucoup les escaliers de nos jours, mais Vera va te montrer le premier et le deuxième étage pour que tu puisses décider où tu veux t'installer.

— Ça m'est vraiment égal, dit-il. Après avoir travaillé avec Med United, je peux dormir à peu près n'importe où et dans n'importe quelles conditions.

Vera jeta le torchon de cuisine par-dessus son épaule.

— Viens. Je vais te faire la visite rapide.

Elle l'emmena vers l'escalier intérieur. Il y avait un autre escalier qui montait à l'extérieur de la maison, rendant possible l'accès au premier et au deuxième étage sans passer par le rez-de-chaussée.

Cela conviendrait parfaitement à Iris. Cela préserverait son intimité, et la sienne, et l'empêcherait d'avoir accès à son espace de vie principal. Elle devrait lui donner une clé une fois qu'il aurait décidé où il voulait s'installer.

Si elle se souvenait bien, ces clés étaient accrochées dans l'ancien bureau d'Arthur. Elles y étaient probablement encore. À moins que Vera ne les ait déplacées. Ce qu'elle avait probablement fait. Vera gérait tout. Elle était en grande partie la raison pour laquelle Iris avait réussi à rester sur l'île aussi longtemps.

Iris mit ses lunettes de lecture et fit des mots croisés en attendant leur retour. Elle essaya de deviner quel étage il choisirait. À sa place, elle prendrait le deuxième. Les vues étaient incroyables de là-haut et les brises gardaient tout l'endroit agréablement frais.

Bien que le premier étage ait des vues et des brises assez similaires.

À part ça, les deux étages étaient presque identiques, ayant été construits selon des plans presque identiques. Quand Arthur était en vie, il avait de grands projets d'inviter des amis à séjourner chez eux, mais ces amis étaient devenus de moins en moins nombreux au fil des ans.

Sa sœur, Daisy, venait chaque année et restait au moins deux semaines, jusqu'à l'année dernière où elle était tombée et s'était cassé la hanche. Peu après, Daisy avait décidé qu'une résidence pour personnes de plus de cinquante-cinq ans avec des soins disponibles était ce dont elle avait besoin. Maintenant, cependant, Daisy se trouvait essentielle-ment dans l'établissement de soins assistés de sa communauté.

Iris trouvait cette progression triste. Même si c'était son propre avenir proche. Au début, Iris s'était moquée du plan de sa sœur, mais elle pouvait maintenant comprendre cette façon de penser.

Elle posa son crayon pour regarder par les fenêtres vers l'eau. Le Kentucky était magnifique, sans aucun doute, mais il n'y avait aucune comparaison possible avec le paysage d'ici.

Son cœur se serrait à l'idée que ses jours à Compass Key étaient comptés. Mais quel choix avait-elle ?

Des bruits de pas l'avertirent du retour de Vera et Nick. Elle afficha un visage heureux.

— Quel étage as-tu choisi ?

— Le deuxième, dit-il. Les vues de là-haut vous coupent le souffle.

— C'est vrai.

Elle sourit. Peut-être que son esprit était plus vif qu'elle ne le pensait.

— C'est ce que j'aurais choisi aussi.

Elle jeta un coup d'œil à Vera.

— Peux-tu lui donner la clé de cet étage ?

Vera acquiesça.

— Je reviens tout de suite avec.

— Est-ce que toi et mon père viviez au deuxième étage ? demanda Nick.

— Nous avons vécu à tous les étages dans une certaine mesure. Mais le deuxième étage était celui où nous avons commencé.

Iris lui fit signe de s'asseoir.

— Aimerais-tu regarder certains de nos vieux albums photos ?

Il prit le fauteuil à côté d'elle, acquiesçant immédiatement.

— J'adorerais. Ce serait fantastique.

Elle utilisa sa canne pour pointer vers l'étagère inférieure de la table basse en verre.

— Ils sont tous là. Nous pouvons même faire faire des copies si tu vois des photos que tu aimerais avoir pour toi-même.

— C'est une offre vraiment généreuse. Merci.

Il la regarda étrangement.

— Qu'y a-t-il ?

— Désolé, je ne voulais pas être impoli, c'est juste...

— Quoi ?

— Tu sembles pâle aujourd'hui. Peut-être que ce n'est rien, mais je ne l'avais pas remarqué hier soir. Bien sûr, l'éclairage était différent.

Elle haussa les épaules.

— Je suis une vieille femme. Et malgré l'endroit où je vis, je ne suis pas beaucoup au soleil.

Il acquiesça.

— Je suis sûr que c'est tout.

Il sourit.

— C'est difficile d'éteindre le médecin en moi.

— J'en suis certaine, mais je peux t'assurer que je vais très bien.

Elle n'allait pas laisser un jeunot essayer de l'examiner, quelles que soient ses qualifications.

Pas quand il pourrait aussi être ici pour lui prendre sa maison.

Chapitre Douze

Grace s'installa près de la piscine. Elle avait un livre à lire, une bouteille de sa nouvelle eau pétillante préférée et une magnifique journée à apprécier.

Son esprit, cependant, n'était ni sur le livre, ni sur la piscine, ni sur la journée. Elle ne pouvait s'empêcher de penser à David dans la cuisine et au bungalow du personnel qu'Iris lui avait montré.

Elle avait très envie de savoir quelle magie David était en train de concocter. Peut-être lui enverrait-il un message quand il aurait un plat prêt à déguster. Il lui demandait toujours son avis lorsqu'il composait un nouveau plat. Elle avait hâte de voir ce qu'il allait créer.

Mais il y avait encore le bungalow du personnel à considérer. Et l'argent qu'Iris avait promis dans son offre, pour qu'ils puissent le rénover comme bon leur semblait.

L'espace était déjà très agréable, avec un grand séjour au rez-de-chaussée comprenant une cuisine lumineuse et un espace repas ouvert, ainsi qu'une chambre et une salle de bain complète. À l'étage, il y avait un espace mezzanine spacieux, avec une chambre plus grande et une salle de bain. Un généreux dressing également. Plus que suffisant pour eux deux.

Depuis la terrasse du premier étage, il y avait une belle vue sur l'eau. Elle s'imaginait y prendre le café le matin, tous les deux. Quelle merveilleuse façon de commencer la journée, même s'ils n'avaient pas l'habitude de se lever aussi tôt que certains.

Mais peut-être que cela changerait un peu ici. La salle à manger fermait à vingt-deux heures, et il semblait y avoir un nombre décent de personnel pour aider à nettoyer et préparer l'espace pour le petit-déjeuner. Parfois à la maison, David ne rentrait pas avant presque minuit à cause du nettoyage, de l'inventaire et de la vérification des recettes de la soirée.

Elle s'occupait toujours de la comptabilité pour la salle, mais il aimait passer en revue les reçus quand même, comparant le nombre de couverts à ce que la cuisine avait produit. Il disait que cela l'aidait à voir les tendances alimentaires.

Elle n'allait pas discuter. Il prenait bien soin d'eux depuis longtemps. Si seulement ils n'avaient pas été aussi ambitieux en reprenant le bâtiment voisin pour agrandir le restaurant, ils seraient peut-être encore en train de le gérer.

Mais alors, ils ne seraient pas ici.

Un endroit où elle avait vraiment envie de rester.

Elle prit une profonde inspiration, puis expira lentement. Elle ne voulait pas penser que cela pourrait ne pas se produire. Elle voulait seulement se concentrer sur le positif. Elle ferma les yeux, rejeta la tête en arrière et commença à redécorer mentalement le bungalow.

C'était un bon exercice de pensée positive. Elle voyait exactement comment elle le ferait aussi. Avec beaucoup de couleur. Ce n'était pas son style habituel. Leur maison dans l'État de New York était assez traditionnelle, avec beaucoup de beige, de bleu marine et de vert forêt.

Mais cela ne fonctionnerait pas ici. Elle imaginait un tapis turquoise avec des coussins dans d'autres nuances de bleu. Beaucoup de motifs floraux et tropicaux qui feraient entrer l'extérieur à l'intérieur. Peut-être quelques plantes. Et du blanc au lieu du beige aussi.

L'ambiance générale devrait être aussi joyeuse et insouciante que la vie qu'elle imaginait ici.

Son téléphone vibra avec une sorte de message entrant. Elle ouvrit les yeux, poussa ses lunettes de soleil sur le dessus de sa tête et le sortit de son sac.

Ce n'était pas un message de David, comme prévu. C'était plutôt d'Amanda. Et elle semblait paniquée.

Grace poursuivit sa lecture.

Je n'arrive pas à y croire, mais ma mère est ici. ICI. Sur Compass Key. Tout ça parce qu'elle pensait que j'allais me « compromettre » avec le mauvais genre d'homme. Comment peut-elle ne pas réaliser que je suis adulte ? Désolée de me défouler mais si je n'arrive pas à régler ça, j'aurai peut-être besoin d'argent pour ma caution. MDR. Peut-être.

Grace relut le message une seconde fois. « Mon Dieu », marmonna-t-elle. Pauvre Amanda.

Un second message apparut.

Je ne vous demande pas d'intervenir, je sais que je dois régler ça moi-même. J'avais juste besoin de me défouler. Merci de m'écouter. De me lire ? Dans tous les cas, merci.

Ne t'inquiète pas, répondit Grace. *J'aimerais pouvoir faire quelque chose pour t'aider. Dis-moi s'il y a quoi que ce soit.*

Un message de Leigh Ann arriva. *Ma fille, cette femme est folle. On doit absolument trouver un plan.*

J'adorerais ça, répondit Amanda. *Mais je suis à court d'idées. Et je suis censée aller dîner chez les parents de Duke ce soir.*

Grace haussa les sourcils. Les choses étaient-elles si sérieuses entre Amanda et Duke ? Ou s'amusait-elle simplement ? Quoi qu'il en soit, c'était l'affaire d'Amanda, mais Grace comprenait pourquoi elle ne voulait pas que sa mère s'en mêle.

Il n'y eut pas de réponse immédiate de Katie ou d'Olivia, mais Katie passait une journée au spa et Olivia était sortie en bateau avec sa fille. Quand Grace était allée avec Olivia pour la croisière au coucher du soleil, la réception sur l'eau n'avait pas été excellente. Et le téléphone était probablement la dernière chose à laquelle Olivia pensait.

Grace regarda les messages sur son écran et essaya de trouver un moyen de distraire la mère d'Amanda. Cela lui fit penser à une question. Elle commença à taper. *Ça t'ennuie si elle est au courant pour ton rendez-vous de ce soir ? Ou essaies-tu de le lui cacher ? Parce que peut-être que Leigh Ann et moi pourrions la distraire.*

Je ne peux pas, répondit Leigh Ann. *Désolée. Je vais chez Grant pour dîner.*

Oh, c'est vrai, répondit Grace. *J'avais oublié.* Leigh Ann avait envoyé un message plus tôt à ce sujet, et sur l'annulation du yoga au lever du soleil.

Amanda répondit : *Grace, je ne sais pas. Leigh Ann, amuse-toi bien !*

Grace réfléchit un peu plus. Une idée commençait à germer. *J'ai peut-être quelque chose... mais je dois d'abord vérifier avec David. Je te tiens au courant.*

Bien que Grace n'aimait pas interrompre David quand il travaillait, c'était en quelque sorte une urgence. Elle lui envoya un message rapide. *Comment ça se passe ?*

Les chances d'une réponse immédiate étaient minces. Elle joua à un jeu d'association sur son téléphone tout en buvant son eau pétillante.

Elle était à la moitié de sa troisième partie quand le téléphone sonna à nouveau.

Ça va bien. Les ingrédients ici sont d'un autre niveau. Je travaille sur un plat de coquilles Saint-Jacques. Comment se passe ta journée ?

Elle sourit. *Bien. Je me demandais si je pouvais t'utiliser comme excuse pour aider une amie ce soir. Je voudrais inviter sa mère à manger avec moi et essayer ton nouveau plat. C'est une de ces femmes de country club avec de l'argent. J'aurais besoin que tu passes à la table, que tu en fasses vraiment des tonnes.*

Il lui renvoya un visage riant avec sa réponse. *Je pour-*

rais faire ça. Va-t-elle détester quoi que ce soit de toute façon ?

Ça, je ne sais pas. Mais tu es le meilleur. Je le pense vraiment. Et je sais déjà que ton nouveau plat sera cinq étoiles.

Merci, chérie. <3 U

Son sourire s'élargit. *<3 U 2*

Ses doigts volèrent tandis qu'elle envoyait un message à Amanda. *Que penserait ta mère d'une invitation exclusive pour goûter au nouveau menu du chef invité ? Elle pourrait partager une table avec moi et Iris. Je m'assurerais que David vienne la saluer et tout.*

C'était clairement une exagération. David ne faisait qu'un seul plat, pas un menu entier. Mais la mère d'Amanda n'en saurait rien.

Hmm, répondit Amanda. *Ça pourrait marcher.*

C'est tout ce à quoi je peux penser pour le moment. Grace savait que c'était un plan assez mince, mais peut-être que ce serait suffisant.

Et j'apprécie beaucoup. Donne-moi un peu de temps pour tester le terrain. Elle pourrait être trop têtue pour faire quoi que ce soit sans moi.

Tiens-moi au courant, répondit Grace. Ce serait bien d'aider Amanda. Grace n'était pas trop sûre de ce que serait un dîner avec la mère d'Amanda. Elle avait rencontré la femme il y a des années lorsqu'elles étaient toutes à l'école et que les parents d'Amanda étaient venus leur rendre visite, mais Grace n'en gardait pas beaucoup de souvenirs.

Sauf le fait qu'elle était une femme très correcte avec des standards élevés. Mais David avait déjà cuisiné pour des palais exigeants. Des maires, des gouverneurs, des critiques gastronomiques, et même quelques célébrités.

La mère d'Amanda ne pouvait pas être si différente.

Chapitre Treize

Un poisson jaune fluo passa comme une flèche, suivi par un banc d'une vingtaine d'autres.

Les journées parfaites étaient rares, mais alors que Jenny flottait face contre l'eau, respirant à travers son tuba et observant le monde aquatique technicolor en dessous d'elle, elle était presque certaine d'en vivre une. Elle ne s'y attendait pas du tout. Pas ici, avec sa mère, de toutes les personnes.

Quelle idiote elle avait été. Combien d'années avait-elle gaspillées à cause de sa fierté, de son entêtement et de sentiments qui convenaient davantage à une adolescente qu'à une femme adulte ?

C'était embarrassant, et franchement, elle savait à quel point elle avait de la chance d'avoir une mère si disposée à tout oublier et à repartir à zéro.

Ça lui donnait presque envie de pleurer à nouveau. Bien que la première fois, c'était entièrement à cause des dauphins. Quelle rencontre ça avait été. Elle avait déjà vu des dauphins dans un aquarium, mais les voir de près dans leur habitat naturel, les regarder vraiment dans les yeux et qu'ils lui rendent son regard ?

Elle n'avait pas encore complètement assimilé l'expérience.

Et elle avait sa mère à remercier pour ça. Combien d'autres expériences incroyables Jenny avait-elle manquées à cause de ses problèmes avec sa mère liés à son père ? Elle préférait ne pas trop y penser.

Mieux valait se concentrer sur l'instant présent.

— Jenny ! Jenny, regarde !

Elle releva la tête et vit sa mère lui faire signe à quelques mètres de là.

Sa mère pointa l'eau du doigt. — Une tortue de mer !

— J'arrive. Jenny nagea vers sa mère, pas très rapidement avec la frite sous ses bras. Elle remit son visage dans l'eau, battant des jambes et essayant d'utiliser ses palmes pour gagner le plus de vitesse possible.

À quelques pas de sa mère, elle la vit. La grande créature semblait voler sous elles tandis qu'elle nageait avec grâce à travers l'eau. Elle était étonnamment grande, sa carapace mesurant au moins 60 centimètres de large. Jenny savait que les tortues de mer pouvaient atteindre une taille impressionnante, mais en voir une en personne rendait cela évident.

La tortue ne lui prêtait aucune attention et continuait son chemin, le soleil parsemant sa carapace brune et verte de lumière et d'ombre. Elle l'observa jusqu'à ce qu'il devienne difficile de la distinguer.

Elle releva la tête à nouveau et chercha sa
mère. — C'était tellement cool.

— C'était une grosse, dit sa mère. Plus grande que ce
que j'ai vu la première fois que je suis venue. Mais je
n'en ai vu aucune dans l'eau, seulement depuis le
bateau.

— J'aurais aimé avoir un appareil photo étanche.

Olivia hocha la tête. — Ce serait une bonne chose à
avoir pour un voyage comme celui-ci. Elle
sourit. — Journée sympa, hein ?

— Une des meilleures de toute ma vie. Jenny le
pensait vraiment.

Depuis le bateau, Eddie leur cria : — Prêtes pour le
déjeuner ?

Olivia regarda Jenny. — Qu'en penses-tu ? On peut
toujours retourner dans l'eau après.

— Je suis prête. Mes doigts sont tout fripés, aussi. Je
ne suis pas sûre qu'on puisse faire mieux que cette tortue
de toute façon. Elle avait faim. Même si elle avait flotté,
elle avait dû lutter un peu contre le courant pour éviter
de dériver trop loin.

— On arrive, cria Olivia à Eddie.

Jenny remit son visage dans l'eau pour un dernier
regard, essayant de graver les couleurs, les mouvements et
la vie marine dans sa mémoire.

Au bateau, Eddie prit la frite de Jenny, puis les aida,
elle et sa mère, à grimper l'échelle à l'arrière jusqu'à la
petite plateforme de baignade, ce qui était délicat avec
des palmes.

Une fois à bord, elles retirèrent leur équipement de

plongée, s'enveloppèrent dans des serviettes et trouvèrent des sièges sous l'auvent du ponton.

Eddie remit le bateau en marche. — Bien, nous partons pour notre lieu secret pour le déjeuner.

En quelques minutes à peine, le lieu secret apparut.

Jenny se leva. — C'est un banc de sable ? La pâle étendue de plage semblait s'étendre sur plus d'un kilomètre.

— Oui, dit Eddie. C'est connu sous le nom de Richmond Key. C'est l'un des plus grands bancs de sable entre nous et Key West. Donnez-moi quelques minutes et j'aurai installé un parasol et des chaises.

— Ça a l'air d'être beaucoup de travail, dit Olivia. Pourquoi ne pas simplement manger sur le bateau, puis aller explorer le banc de sable après ?

Il ralentit le ponton à leur approche. — Tu es sûre ?

Olivia acquiesça. — Ça te va, Jenny ?

— Absolument.

— Alors c'est ce qu'on va faire. Il regarda Jenny. — Qu'as-tu pensé de ta première aventure de snorkeling ?

Jenny n'eut pas besoin de réfléchir longtemps. — Incroyablement génial. C'était comme être dans l'aquarium le plus fascinant du monde. Tu as tellement de chance de vivre ici.

Il sourit. — Je le ressens tout le temps. Et je suis d'accord. Il jeta un coup d'œil à Olivia. — J'ai de la chance.

Ce regard n'était pas la première indication pour Jenny que quelque chose se passait entre sa mère et Eddie, mais c'était un signe certain que quoi qu'il se passe, cela continuait. Peut-être n'était-ce que du flirt, mais son instinct lui disait que ces deux-là s'appréciaient vraiment. Elle ne savait pas ce qu'elle en pensait, mais elle avait assez mûri pour comprendre que ce n'était pas ses affaires.

Elle pouvait choisir d'être heureuse pour sa mère ou choisir de l'ignorer. Elle supposait qu'il y avait une troisième option, qu'elle pourrait en quelque sorte y prendre part — elle pourrait encourager sa mère. Mais elle n'était pas sûre d'être prête pour ça.

Elle venait à peine de rencontrer Eddie et bien qu'il semblait assez gentil, que savait-elle vraiment de lui ? Pas grand-chose.

Il ouvrit la grande glacière et commença à sortir des contenants. — Le déjeuner est servi. Poulet frit froid, salade de macaroni, cornichons maison, salade de fruits et les célèbres brownies double chocolat d'Iris.

Olivia mit sa main sur son ventre. — Ça a l'air tellement bon. J'ai tellement faim que je pourrais dévorer un cheval. Et son cavalier.

Eddie rit. — Être dans l'eau ouvre vraiment l'appétit.

Jenny hocha la tête. — Je suis d'accord. Que puis-je faire pour aider ?

Il fit un geste vers le compartiment à côté du poste de pilotage. — Ce deuxième bac est une autre glacière. Il y a des boissons dedans. Tu peux les prendre.

— D'accord. Elle se leva et alla vers le bac qu'il avait indiqué. Il avait un couvercle à charnière. Il y en avait un autre à côté qui correspondait. Par curiosité, elle souleva le second. En dessous se trouvait une plaque de cuisson. — Hé, on peut cuisiner sur ce truc ?

Il hocha la tête. — On peut. Bien que je ne l'aie jamais utilisé. Rico le fait, par contre.

— Cool. Elle ouvrit le deuxième bac et regarda la sélection. — Maman, il y a de la limonade, du cola, de la racinette, de l'eau en bouteille, de la bière normale et de la bière légère.

— De l'eau, c'est bien pour moi.

Jenny prit une bouteille. — Eddie ?

— De la racinette, merci.

Jenny attrapa deux bouteilles de ça. — Je vais essayer aussi. Une racinette me semble vraiment bonne en ce moment. Surtout avec du poulet frit.

Elle rapporta les boissons là où ils étaient assis, juste à temps pour surprendre la fin d'un sourire complice que sa mère adressait à Eddie. Elle distribua les bouteilles.

Il devait y avoir plus que du flirt. Ça en avait tout l'air. Autant Jenny voulait questionner sa mère à ce sujet, elle décida d'attendre qu'elles soient seules.

Si sa mère aimait vraiment Eddie, c'était bien. Mais laissait-elle ses sentiments dicter sa décision de s'installer ici ? Ça pourrait mal tourner rapidement.

Jenny ne voulait pas voir sa mère souffrir. Jenny lui avait déjà causé assez de peine. Tout comme Simon.

La dernière chose dont Olivia avait besoin était de tomber amoureuse d'un homme qui ferait la même chose. Puis Jenny réalisa qu'après avoir parlé à sa mère, elle devrait peut-être aussi parler à Eddie.

Chapitre Quatorze

Katie avait l'impression d'être comme de la gelée qui n'avait pas encore pris. Les journées au spa lui faisaient toujours cet effet. Mais alors qu'elle était assise dans le fauteuil de la coiffeuse qui lui faisait un brushing pour obtenir une coiffure rebondie, ondulée et sexy, elle se sentit reprendre du poil de la bête.

Le cola light qu'elle buvait y était probablement pour quelque chose. Elle s'était dit qu'un petit coup de caféine en fin d'après-midi serait parfait pour tenir le reste de la soirée. Peu importe où Owen l'emmenait.

Il avait parlé d'un dîner, donc elle supposait qu'il s'agissait d'un restaurant haut de gamme. Sur le continent, probablement. Après tout, tout ceci consistait à donner aux paparazzi quelque chose de concret dont parler.

Est-ce que cela signifiait qu'il allait prévenir les paparazzi à l'avance ? Elle avait entendu dire que certaines célébrités faisaient ça. Elle pensa à lui demander, mais il avait été si mystérieux concernant cette soirée qu'elle se doutait qu'il ne lui dirait rien.

Elle sortit quand même son téléphone pour voir si elle avait des messages.

Elle en avait plusieurs. Apparemment, elle avait manqué la grande nouvelle de Leigh Ann concernant l'annulation du yoga parce qu'elle passait la nuit chez Grant, et la nouvelle encore plus importante d'Amanda dont la mère était arrivée à l'improviste. Wow. Ça, c'était une surprise.

Elle parcourut les messages. Elle hocha la tête en lisant la solution proposée par Grace. Ce n'était pas une mauvaise idée. Elle envoya son propre message après avoir tout lu.

Je viens juste de voir tout ça, j'étais au spa. Je me fais coiffer pour mon grand rendez-vous avec Owen. Amanda, tu as trouvé quoi faire avec ta mère ?

N'ayant pas de réponse immédiate, Katie fit défiler ses réseaux sociaux. Elle publiait parfois elle-même sur ces comptes, mais la plupart du contenu était généré par sa sœur, Sophie, pour promouvoir les livres et la marque Iris Deveraux.

Sophie faisait un travail formidable, d'ailleurs. Une raison de plus pour laquelle elle méritait des vacances comme celles-ci.

Une notification apparut. Elle avait un nouveau message. Elle appuya sur la bulle pour le voir.

Amanda avait répondu. *J'essaie de la convaincre d'aller dîner avec Grace, mais elle fait sa tête de mule. Je vais peut-être devoir avouer mes projets avec Duke, ce qui va probablement provoquer une scène épique. Ou annuler avec Duke. Ce que je ne veux vraiment, vraiment pas faire. #frustrée*

Katie pouvait imaginer. Elle avait un bref souvenir de Mme Preston. Les parents d'Amanda étaient venus leur rendre visite à l'école. Amanda les avait présentés aux filles de la maison Delta Sig. Mme Preston avait tout de suite remarqué que Katie était la plus jeune de plusieurs années.

— Tu dois être très intelligente pour avoir commencé l'université si jeune, avait dit Mme Preston.

Katie avait simplement hoché la tête, ne sachant pas vraiment comment répondre.

Mme Preston avait regardé Amanda, pincé les lèvres et dit : — Si seulement tu avais fait plus d'efforts, peut-être que tu aurais pu faire la même chose.

Amanda avait levé les yeux au ciel, mais il y avait de la douleur dans son regard également.

Il semblait que Mme Preston n'avait pas beaucoup changé au fil des ans. L'idée même qu'elle se soit présentée pour essayer de contrôler Amanda était tout simplement absurde.

Mais cela donnait aussi à Katie toutes sortes d'idées intéressantes pour une nouvelle héroïne. Imaginez une femme comme Amanda qui décide soudainement de vivre la vie qu'elle a toujours voulue mais qu'on ne lui a jamais permis d'avoir.

Voilà une histoire à raconter. Une histoire avec toutes sortes de possibilités folles et osées. Katie ferma les yeux pendant que la coiffeuse faisait des merveilles. Qui serait le héros dans cette histoire ? Ce devrait être un homme qui incarnerait tout ce que la mère de l'héroïne déteste, mais qui serait en même temps fort, viril et incroyablement séduisant.

Sauvage et Impudique. Oh, c'était bon. Elle adorait quand un titre lui venait à l'esprit comme ça. Elle reprit son téléphone et commença à prendre des notes.

Peu après, la coiffeuse recula. — Voilà, c'est terminé.

Katie leva les yeux. Certes, elle n'était pas maquillée, mais sa coiffure était parfaite. Volumineuse, rebondie et brillante. — Wow. C'est facilement le meilleur brushing que j'ai jamais eu. Je ne savais même pas que mes cheveux pouvaient avoir cet aspect. Merci.

La femme plus âgée sourit. — Je vous en prie.

Katie rangea son téléphone et se leva, jetant un nouveau coup d'œil à ses cheveux. — Vous me reverrez peut-être avant mon départ.

— Ce serait merveilleux. Profitez bien du reste de votre journée.

— Vous aussi. Katie se dirigea vers le hall d'accueil, où elle laissa de généreux pourboires à tous les employés du spa qui s'étaient occupés d'elle, puis elle mit ses lunettes de soleil et partit vers son bungalow.

Elle savait déjà quelle robe elle allait porter. Cette incroyable robe bustier noire à motifs floraux qu'elle avait achetée hier lors de leur excursion shopping en ville. Elle ajouterait quelques bijoux, ses sandales Chanel noires, une petite pochette en raphia pour contenir son téléphone, sa clé et un rouge à lèvres, et elle serait prête.

Après s'être maquillée.

Elle vérifia l'heure. Il lui restait une heure avant de retrouver Owen à la marina. Où qu'ils aillent, ils s'y rendraient en bateau. Ce qui était un autre indice qui la faisait penser qu'ils se dirigeaient vers le continent.

Elle entra, prit une bouteille d'eau glacée dans le mini-réfrigérateur, puis alla directement dans la salle de bain pour se maquiller.

Puisqu'elle avait le temps, et que ce soir était manifestement une soirée spéciale, elle allait faire ce qu'elle appelait Le Grand Maquillage. Ce qui signifiait commencer par une base. Pas question de faire tout ce travail si c'était pour que ça fonde.

Elle tapota de la base sur son visage et ses paupières, puis mit de la musique pendant qu'elle attendait que ça prenne. Un peu de calypso pour garder l'ambiance légère.

Quarante minutes méticuleuses plus tard, elle avait terminé. Elle avait même recourbé ses cils et tracé le contour de ses lèvres. Et elle était très satisfaite du résultat. Si les paparazzi allaient la prendre en photo ce soir, ils allaient avoir de belles images. Du moins, elle l'espérait.

Elle s'habilla rapidement, ce qui impliquait de mettre son soutien-gorge ajustable en configuration sans bretelles, puis sa toute nouvelle robe, qui rendait encore mieux avec le bon soutien-gorge en dessous. Les bijoux et les sandales suivirent. Elle déposa un peu de parfum sur son cou, ses poignets et l'arrière de ses genoux, mit ses effets essentiels dans la pochette en raphia, puis se regarda une dernière fois dans le miroir.

Il n'y avait vraiment pas de meilleure version d'elle-même que celle qu'elle avait préparée ce soir.

Elle était sur le point de partir quand, sur une impulsion, elle glissa le stylo Montblanc qu'Owen lui avait offert dans son sac. Les chances d'avoir réellement besoin d'un stylo étaient minces, mais elle voulait l'avoir avec elle tout de même.

Lunettes de soleil remises, elle quitta le bungalow pour se rendre à la marina. Elle avait le temps, alors elle en profita, marchant tranquillement pour ne pas transpirer.

Mais la marina venait à peine d'apparaître quand elle réalisa qu'Owen était déjà là. Était-elle en retard ?

Elle regarda l'heure. Non. Il était simplement en avance. Elle lui fit signe.

Il lui rendit son salut. Puis il se redressa, poussa ses lunettes de soleil sur le dessus de sa tête et la regarda avec une appréciation flagrante dans les yeux. — Wow. Tu es incroyable.

— Merci. Elle sourit en prenant sa main et le laissa l'aider à monter à bord. — Tu n'es pas mal non plus.

C'était vrai. Il portait un pantalon en lin blanc avec une chemise en lin blanc ornée de deux fines rayures bleu pâle sur le devant de chaque côté.

Il ne lui avait toujours pas lâché la main. Il la fit tourner une fois. — Tu as des épaules magnifiques. Mais je suppose qu'on te l'a déjà dit.

Elle sourit. — Pas que je me souvienne.

— Alors le monde est rempli d'imbéciles aveugles. Il l'embrassa.

Elle apprécia beaucoup ce moment, reconnaissante pour son gloss longue tenue et anti-bavures. Elle l'avait quand même glissé dans son sac. Au cas où elle aurait besoin d'une retouche. — Bon. Où allons-nous ? Je suis sur le bateau. Tu dois me le dire maintenant.

Il pencha la tête sur le côté. — Vraiment ?

Elle rit. — Oui !

Il secoua la tête et démarra le bateau. — J'ai bien peur que notre destination finale ne soit communiquée que si nécessaire, et tu n'as pas besoin de le savoir. Pas encore.

— Tu es horrible, tu le sais ça ?

Il acquiesça. — Ouais. Je suis le milliardaire contre lequel ta mère t'a mise en garde.

— Je me posais justement la question. Elle gloussa. — Tu ne vas vraiment pas me dire où on va ?

Son regard resta fixé droit devant lui pendant qu'il naviguait. — Non.

Elle n'eut d'autre choix que de s'installer confortablement et de profiter du paysage. Ils se dirigeaient vers le continent, mais au lieu d'aller à la marina, il tourna le bateau et descendit le long de la côte vers le sud.

Elle s'amusa à regarder toutes les magnifiques maisons au bord de l'eau. Devant, la côte s'avançait en formant une pointe. Sur cette pointe se dressait une énorme maison, d'un blanc étincelant avec un toit de tuiles bleues qui lui faisait penser à une villa grecque, mais dans un style Floride Keys. C'était somptueux, pour dire le moins.

L'espace piscine était délimité par des colonnes et de

flottants rideaux blancs qui lui donnaient l'allure d'un décor de cinéma.

Un couple leur fit signe alors que le bateau s'approchait. Ils lui semblaient familiers, mais ce n'est que lorsqu'Owen les rapprocha que le cerveau de Katie fit le lien.

Elle se leva et poussa Owen du coude. — Regarde ce couple là-bas. Ceux qui nous font signe. On dirait Marcus Steele et sa femme, Veronica. Bien sûr, ce ne pouvait pas être eux, car pourquoi Marcus et Veronica Steele leur feraient-ils signe ?

Marcus Steele était seulement l'une des plus grandes stars du cinéma de tous les temps. Il était récemment devenu réalisateur, prenant du recul par rapport au grand écran. Sa femme, Veronica, était aussi une grande star du cinéma. Ils formaient littéralement le couple le plus puissant d'Hollywood. Il n'y avait aucune chance que ce soit eux qu'elle regardait.

— C'est vrai qu'ils leur ressemblent, dit Owen. Parce que ce *sont* Marcus et Veronica.

— Pas possible. Tu plaisantes. Elle les fixa, espérant que ses lunettes de soleil cachaient à quel point elle était impressionnée.

Souriant effrontément, il dirigea le bateau vers la terre. — Je vais bien devoir descendre dans une minute. Toi aussi. Parce que c'est avec eux que nous dînons.

Chapitre Quinze

AMANDA N'AVAIT PLUS BEAUCOUP DE TEMPS AVANT son rendez-vous avec Duke. Elle devait soit dire la vérité à sa mère et espérer que les conséquences ne fassent pas tout exploser, soit inventer un mensonge vraiment convaincant.

Le problème, c'est qu'elle n'était pas douée pour mentir. Elle ne l'avait jamais été. Sa mère lui avait fait perdre cette capacité à force de la culpabiliser depuis des années.

Elle décida de faire une dernière tentative pour convaincre sa mère d'aller dîner avec Grace. — C'est un chef exceptionnel, maman. Et il recherche des personnes avec des palais avertis.

Sa mère la regardait avec son expression désabusée habituelle. — Je n'en doute pas, mais je n'ai pas fait tout ce chemin pour aller dîner sans toi. Je ne comprends pas pourquoi tu n'es pas invitée aussi.

Amanda n'avait pas de bonne réponse à cela. Et ses

piètres talents de menteuse l'empêchaient d'en inventer une sur-le-champ. — Je ne sais pas, mais je ne le suis pas. Mais ne t'inquiète pas pour moi.

— Absurde. Tu peux venir, et s'il ne veut pas de ton opinion, il n'a qu'à ne pas la prendre. Comment sait-il même que je suis ici ?

— J'ai dit aux filles que tu étais arrivée, Grace l'a mentionné à son mari, et il a pensé que tu serais la convive parfaite pour sa première expérience dans la cuisine du resort. Tu étais la rédactrice du livre de cuisine caritatif de la Junior League.

Margaret plissa les yeux. — Bien que ce soit vrai, et que ce projet ait rapporté plus d'argent que les éditions précédentes, comment pourrait-il le savoir ? De plus, tu dois bien manger quelque part ce soir. Si tu ne manges pas avec moi, où irais-tu ?

— Je trouverai quelque chose.

— C'est une *île*. Ce qui prouve justement mon point sur l'aspect non viable de ce mode de vie.

Amanda était en train de perdre cette bataille. Le sol se dérobait sous ses pieds, et elle allait bientôt se retrouver le nez par terre. Elle avait déjà envoyé un message à Duke, dont la solution à son problème était : *Amène-la.*

Ce n'était pas ce qu'Amanda considérait comme une solution. Il y avait tant d'aspects de cette soirée que sa mère n'allait certainement pas apprécier. À commencer par Duke.

Elle expira, se sentant au bord de la crise de nerfs.

Sa mère tendit la main pour examiner sa manucure,

qui était impeccable. — Quelle est la vraie raison pour laquelle tu ne veux pas dîner avec moi ?

Typique de Marge la Militante. Pas grand-chose ne lui échappait. Le téléphone d'Amanda sonna, signalant un message entrant. Sauvée par le gong. — Un instant. Elle le sortit et regarda l'écran.

Duke. *Comment ça se passe ?*

Pas terrible, répondit-elle. *Elle sent qu'il y a quelque chose.*

Sérieusement, amène-la simplement. Mes parents n'y verront pas d'inconvénient.

Elle va détester et elle va gâcher la soirée. Désolée, mais c'est ce qui va se passer.

Et alors si elle n'aime pas ? Quel est le problème ? Tu sais déjà qu'elle ne va approuver aucun aspect de tout ça, non ? Et elle ne gâchera la soirée à personne d'autre qu'à elle-même.

Amanda soupira. Il n'avait pas tort concernant le fait que sa mère n'approuverait rien de tout ça. *Elle ne gâchera peut-être pas la soirée, mais elle la rendra insupportable.*

Seulement si nous la laissons faire.

Elle secoua la tête. Il n'avait vraiment aucune idée de ce qui l'attendait. Elle lui envoya un dernier message. *Ne dis pas que je ne t'ai pas prévenu.*

Puis elle regarda sa mère. — Très bien, nouveau plan pour le dîner. Tu viens avec moi. J'avais un engagement préalable et les personnes qui organisent ce dîner ne voient pas d'inconvénient à ce que tu viennes, alors j'espère que tu pourras te montrer sous ton meilleur jour.

Margaret renifla avec dédain. — Je me montre toujours sous mon meilleur jour. Et je savais qu'il se passait quelque chose d'autre.

— Tout est relatif, marmonna Amanda.

— Qu'est-ce que tu as dit ?

— Rien. Je dois me préparer. Mais tu n'es pas obligée de venir. Tu peux rester ici si tu préfères.

— Absolument pas. Je dois savoir quel genre de personnes ce sont. Bien que je puisse déjà me faire une idée.

Amanda ferma les yeux un instant et essaya de se calmer. Était-ce vraiment en train d'arriver ? Apparemment, oui. — Si tu viens, nous avons environ quarante minutes avant qu'on vienne nous chercher. Et sache que nous ne reviendrons que lorsque la soirée arrivera à sa conclusion naturelle, alors si tu t'ennuies ou te fatigues ou quoi que ce soit, tu devras simplement prendre ton mal en patience jusqu'à ce moment-là.

Margaret grimaça. — On vient nous chercher ?

— Oui. Nous y allons en bateau parce que nous nous rendons sur le continent. Alors habille-toi en conséquence.

Margaret se leva en secouant la tête. — Tellement primitif.

Amanda ne prit pas la peine de commenter. Elle envoya un message à Grace pour lui dire qu'elle était libérée puis alla se préparer. Elle sentait l'anxiété monter à l'idée de ce que sa mère pourrait faire ou dire ce soir. Après cette soirée, Duke pourrait ne plus jamais vouloir lui adresser la parole.

Elle priait pour que cela n'arrive pas, mais Margaret avait le don de diviser les gens. Surtout les personnes avec qui elle ne voulait pas qu'Amanda s'associe.

Elle alla dans la salle de bain, ferma la porte et se regarda dans le miroir. — Sois forte, murmura-t-elle. Ne la laisse pas avoir le dessus sur toi.

Elle prit quelques respirations profondes, puis chassa tout de son esprit sauf le fait de se préparer. Du moins, elle essaya. Non seulement elle voulait être belle pour Duke, mais elle voulait aussi faire bonne impression à ses parents. Elle voulait vraiment qu'ils l'apprécient et, malgré les assurances de Duke qu'ils l'aimeraient, elle avait des doutes.

Elle savait qu'elle pouvait paraître froide. Elle travaillait à changer cela, mais avec sa mère dans les parages, elle se demandait s'ils la jugeraient par le comportement de sa mère. Espérons que non.

Elle opta pour un pantacourt beige, un simple t-shirt rayé bleu marine et blanc, et un cardigan marine. Comme ils allaient prendre un bateau, elle choisit des tennis blanches toutes simples. Elle compléta sa tenue avec des créoles en or, un collier en or et un bracelet en émail orange et or.

Un maquillage léger finalisait le tout. Elle laissa ses cheveux détachés. Être sur le bateau signifiait qu'elle serait un peu décoiffée par le vent, mais elle avait un peigne dans son sac à main. Elle pourrait arranger ses cheveux en arrivant à quai.

Elle ressortit pour trouver sa mère dans un tailleur-pantalon d'été vert sauge.

Margaret haussa les sourcils. — C'est ça que tu portes ? On dirait que tu vas à une partie de pêche.

Amanda acquiesça. — C'est un peu l'effet que je recherchais. Tu as l'air de te rendre à un déjeuner mondain.

— C'est la tenue la plus décontractée que j'ai apportée.

— Veux-tu emprunter quelque chose ? Un jean ?

Sa mère laissa échapper un rire sec. — Un jean ? Ne sois pas ridicule. Tu sais bien que je ne porte pas ce genre de chose.

— Maman, tout le monde porte des jeans de nos jours. Il n'y a rien de mal à ça. Mais comme tu veux. Tu es prête ? Nous devrions nous diriger vers la marina.

Tandis qu'elles partaient, Margaret demanda : — Qui sont ces gens avec qui nous allons dîner ?

— Monsieur et Madame Shaw. Amanda savait que tout allait finir par ressortir, mais elle hésitait à trop en dire trop tôt.

— Et comment connais-tu les Shaw ?

Amanda ne voulait pas avoir cette conversation. Elle choisit ses mots avec soin. — Ce sont les parents d'un ami à moi.

— Quel ami ? Quelqu'un que tu as rencontré ici ?

Amanda hocha la tête. — Oui. Tu vas le rencontrer dans un instant.

— Le ? Sa mère s'arrêta de marcher. — C'était sa voix que j'ai entendue au téléphone ?

Amanda n'était pas prête à ce que la soirée tourne mal si vite. — Continue à marcher ou on va être en retard.

— Je ne vais nulle part tant que tu ne m'auras pas expliqué *qui* est cet homme et pourquoi tu vas rencontrer ses *parents*.

Amanda se sentait à la croisée des chemins. Elle le sentait. *Sois forte. Ne la laisse pas t'atteindre. Défends-toi.* Elle haussa les épaules. — À plus tard, alors.

Chapitre Seize

—Nous n'allons pas à la marina de Bluewater, n'est-ce pas ? demanda Leigh Ann.

—Non. J'habite au bord de l'eau, donc je gare mon bateau chez moi. Grant dirigea l'embarcation dans un canal.

—C'est vrai, j'avais oublié. Comme c'est pratique. Les maisons étaient magnifiques. Rien de trop grand ou d'extravagant. En fait, la plupart semblaient plutôt anciennes, mais Leigh Ann les trouvait charmantes. Elles étaient toutes bien entretenues et témoignaient clairement de la fierté de leurs propriétaires.

—Exactement. Ça me facilite l'accès au studio. Et c'est aussi pourquoi ça ne me dérangera pas de te ramener ce soir si c'est ce que tu décides.

—J'apprécie. Pourtant, elle voulait rester. Elle voulait goûter, même brièvement, à la vie ici en dehors du contexte des vacances.

Il ralentit le bateau. —C'est chez moi.

La maison à deux étages paraissait un peu plus moderne que certaines de ses voisines. Elle était d'un turquoise pâle avec des bordures blanches et un toit blanc plat. Un escalier en colimaçon sur un côté menait jusqu'à ce toit. L'arrière qui faisait face à l'eau était presque entièrement vitré. Il y avait une grande terrasse avec piscine au premier étage, et une autre grande terrasse au second, celle-ci entourée de panneaux de verre élégants qui la clôturaient. Une rambarde métallique blanche encadrait l'espace sur le toit.

De grands palmiers et des plantes tropicales colorées ornaient le jardin, le tout magnifiquement éclairé par des lumières paysagères qui le mettaient parfaitement en valeur.

—Je croyais que tu avais dit que c'était la maison de tes grands-parents ?

—C'était le cas. J'y ai apporté quelques modifications au fil des ans. Plus que quelques-unes, je suppose. Il amarra le bateau le long du quai, coupa le moteur et l'attacha. —À l'intérieur comme à l'extérieur.

—J'ai hâte de voir ça.

—J'ai hâte de te la montrer. Il descendit, puis lui tendit la main pour l'aider à monter sur le quai. —Bienvenue à Casa Shoemaker.

Il porta son sac tandis qu'il la guidait à l'intérieur. Il retira ses chaussures dès qu'il franchit le seuil, alors elle fit de même, laissant ses sandales près de la porte coulissante.

Dès qu'il alluma les lumières, elle reconnut son style.

Beaucoup de peinture blanche, mais aussi beaucoup de bleus et de verts pastels avec quelques touches plus vives de ces mêmes couleurs. L'îlot de cuisine était recouvert de lambris, surmonté d'une surface marbrée bleu-gris incrustée ici et là de morceaux de verre coloré. Elle ne reconnaissait pas le matériau, mais quoi qu'il en soit, il correspondait au reste des comptoirs.

Elle le toucha. —Qu'est-ce que c'est ?

—Du béton poli. Les morceaux de verre ont été intégrés, puis polis pour être au même niveau que la surface.

—C'est vraiment intéressant. J'adore ce rendu.

—Merci. Un ami l'a fait pour moi.

Trois grandes cloches de verre contenant des ampoules Edison étaient suspendues au-dessus du grand îlot, l'éclairant parfaitement. Le sol dans tout l'espace ressemblait à du bambou, recouvert ici et là de tapis colorés qui lui semblaient être faits main. L'art sous toutes ses formes était abondant. Peintures, sculptures, poteries, et même un mobile suspendu dans un coin.

—Cet endroit te ressemble, dit Leigh Ann. On dirait qu'il est habité et vivant. Elle rit. —Je suppose que c'est une façon étrange de décrire une maison, mais ça me semble approprié.

Il sourit. —Je prends ça comme un compliment. J'aime recevoir, donc je trouve que « vivant » est parfait. Ça donne l'impression que la maison est plus un participant qu'un simple lieu.

—Tu peins ici aussi ?

—Oui. Mais mes grands projets commerciaux sont tous réalisés au studio de Compass Key.

—Alors sur quoi travailles-tu ici ?

—Sur tout ce que je veux. Dessins, croquis, un peu de sculpture. J'ai l'impression que ça me garde créatif. Je serais ravi de te montrer ce studio dans une minute, si tu veux. Je dois juste sortir les steaks et les assaisonner.

—Ce serait super. Je m'occupe de la salade, c'est ça ?

—Exactement.

Ensemble, ils travaillèrent côte à côte dans la cuisine. C'était agréable, et ce n'était pas quelque chose à laquelle elle était habituée. Marty ne s'intéressait à rien qui concernait la cuisine. Il était toujours prêt à griller, s'ils organisaient un barbecue, mais la moitié du temps, il finissait par être distrait par une conversation ou par un jeu de fer à cheval, donc elle devait quand même surveiller la nourriture.

Grant semblait très à l'aise dans cet espace. Bien sûr, c'était sa maison, mais ce n'était pas une preuve qu'il utilisait réellement la cuisine. Sa façon de s'y déplacer l'était. Il savait où tout se trouvait. Et ses ustensiles n'étaient pas les premiers prix de supermarché.

Il avait de beaux couteaux allemands, de magnifiques assiettes et verres, et le contenu de son réfrigérateur semblait soigneusement sélectionné.

Les entrecôtes qu'il avait achetées étaient emballées dans du papier de boucher. Il les déballa, les disposa, puis les assaisonna en les frottant d'huile d'olive, de poivre noir concassé, de romarin émietté, d'ail et de sel de mer fraîchement moulu.

Il la laissa fouiller dans le bac à légumes pour trouver tout ce qu'elle voulait mettre dans la salade. Elle trouva une tête de laitue iceberg, de la chicorée rouge, des oignons nouveaux, des concombres anglais, un poivron rouge et des champignons de Paris. Elle sortit également un paquet de fromage de chèvre. Sur le comptoir, il y avait quelques barquettes de tomates cerises anciennes aux couleurs arc-en-ciel.

Sur le rebord de la fenêtre au-dessus de l'évier se trouvaient des pots d'herbes – persil, basilic, thym, sauge, menthe et ciboulette. À côté, sur le comptoir, il y avait quelques contenants en verre de produits secs – flocons d'avoine, quinoa, lentilles, riz, macaronis et graines de citrouille.

Elle reviendrait chercher ce dernier.

Tout en découpant les ingrédients, elle l'observait travailler.

Il jeta un coup d'œil vers elle. —Quoi ?

Elle sourit et secoua la tête. —Rien. Je regarde, c'est tout.

Il sourit et se remit au travail.

—Quelle vinaigrette préfères-tu ?

—Habituellement, je me contente d'un filet de vinaigre balsamique et d'huile d'olive avec du sel et du poivre. La plupart des soirs, je suis trop fatigué pour faire plus.

—Rien de mal à ça. Elle trouva un grand bol dans l'un des placards et commença à y mettre les ingrédients.

—Je devrais aller allumer le gril. Il s'essuya les mains sur un torchon. —Quand je reviendrai, que dirais-tu si j'ouvrais une bouteille de vin ?

—Ça me semble parfait.

Il tint parole, et peu après leur avoir servi à chacun un verre de vin, il lui fit visiter le reste de la maison.

Tout avait la même sensation exubérante et vivante. Beaucoup de couleurs, beaucoup d'art, et plein de meubles inhabituels et faits à la main.

Elle était un peu jalouse. Pas d'une façon qui jouait contre lui, juste qu'une manière de vivre si différente et vibrante existait, et qu'elle n'y était initiée que maintenant. —Ta maison te ressemble vraiment et elle est merveilleuse.

—Merci. Ça a été un travail d'amour. Je ne voulais pas trop changer, parce que mes souvenirs de cet endroit quand j'étais enfant me sont très chers. J'ai essayé de ne faire que des changements que mes grands-parents auraient approuvés. En fait, il y a une pièce que je n'ai pas du tout modifiée. Tu veux la voir ?

Elle acquiesça. —J'adorerais.

Il la conduisit dans le couloir, ouvrit une porte, tendit le bras à l'intérieur et alluma la lumière. —La seconde salle de bain. Toujours dans toute sa splendeur des années 1950.

Elle regarda à l'intérieur. Tout était carrelé en bleu pâle avec une bordure de carreaux bleu marine. L'évier, les toilettes et la baignoire/douche combinée étaient du même bleu pâle. On aurait dit une capsule temporelle. Elle sourit. —C'est vraiment incroyable, en fait.

—N'est-ce pas ? Et tout fonctionne parfaitement. J'ai quand même fait reglacer la baignoire et les éviers. Mais je ne voyais aucune raison de tout arracher.

Elle s'appuya contre l'encadrement de la porte. —
J'adore que tu l'aies gardée.

Il se tenait un peu plus près d'elle. —Tu sais combien
de bains j'ai pris dans cette baignoire ? Il rit, son regard
rempli de la chaleur de la nostalgie.

—C'est vraiment touchant. Quel joli souvenir.

—En effet. Après un moment, il se tourna de nouveau
vers elle. —Tu veux voir le studio ?

—Oui, s'il te plaît.

—Viens. C'est à l'étage. Il la conduisit au deuxième
étage. Le palier était assez grand pour accueillir deux
canapés bleus originaux. En dessous se trouvait un tapis
blanc pelucheux. Un mur était entièrement occupé par
des étagères remplies de livres. —C'était une chambre
avant, mais je l'ai ouverte pour en faire un coin lecture.

—J'aime beaucoup ça.

Il traversa la porte en face de cet espace. —Et voici
mon studio.

Dès qu'elle entra, elle reconnut l'odeur de peinture,
d'huile de lin et de térébenthine. Les mêmes odeurs qui
imprégnaient son espace à Compass Key. L'aspect était
similaire aussi. Beaucoup de choses éclaboussées de peinture. Un établi avec des étagères au-dessus couvertes de
pots de pinceaux, de piles de carnets, de tubes de peinture partiellement utilisés.

Des toiles étaient empilées contre un mur, la plupart
vierges. Quelques-unes ressemblaient à des projets
inachevés.

La pièce avait une énorme baie vitrée qui donnait sur
l'eau. Un chevalet était installé devant, supportant un

grand carnet de croquis à spirale. Quelques bâtons de fusain reposaient sur le plateau.

Le croquis sur le papier semblait différent de tout ce qu'elle avait vu auparavant. Il était brut, mais pas au point qu'elle ne sache pas ce qu'elle regardait. Une femme dans une robe diaphane se tenait sur une plage, le vent tirant sur le tissu. Au-dessus, les étoiles avaient formé la silhouette d'une baleine. Comme si le ciel était la mer, mais la créature ressemblait à une constellation qui aurait pris vie.

—C'est magnifique. Une nouvelle idée de tableau ?

—Quelque chose avec lequel je joue. Un peu comme réfléchir sur papier. Ça te plaît ?

—Beaucoup. C'est très onirique.

Il hocha la tête, fixant le croquis. —C'est une bonne description. Paysage onirique. Ça pourrait être le nom de la série. Je ne suis juste pas sûr.

—Pourquoi pas ?

—Les gens sont très habitués à mes œuvres de Déesse de la Mer. C'est très différent de ça. Beaucoup plus cérébral. Je ne suis pas sûr de comment quelque chose comme ça serait reçu.

Elle se tourna vers lui. —Est-ce que ça t'importe ?

Il sourit. —Un peu. Mais tu as raison. Si c'est ce que je me sens poussé à faire, je devrais le faire. C'est ce que tu veux dire, n'est-ce pas ?

Elle acquiesça. Puis son estomac gargouilla.

Il rit. —Je crois que tu dis aussi que tu as faim. Allons mettre ces steaks sur le gril. Qu'en dis-tu ?

—Je dis que ça me semble bien. Elle jeta un dernier regard au croquis.

—Et oui, si tu te poses la question, c'est toi.

Elle sourit.

Il l'embrassa sur la joue. —Je t'ai dit que tu m'inspires.

Il l'inspirait aussi.

Surtout à déménager à Compass Key.

Chapitre Dix-Sept

Olivia était fatiguée après la longue journée qu'elle et Jenny avaient passée sur l'eau avec Eddie, mais quand elle a vu la multitude de textos qu'elle avait manqués, elle les a lus, puis a répondu immédiatement pour voir si elle pouvait faire quelque chose pour aider.

Il n'y avait rien qu'elle puisse faire, mais Grace les a invitées, elle et Jenny, à dîner avec elle pour goûter au nouveau plat de David.

Olivia a levé les yeux vers sa fille. — Deux choses. Pas de yoga demain sur la plage, puisque Leigh Ann ne sera pas disponible. Et Grace nous a invitées à manger avec elle et Iris au Palms ce soir. David cuisine au restaurant ce soir. Qu'en penses-tu, Jenny ? Tu es partante pour dîner ? Ou tu es trop fatiguée ?

Jenny a secoué la tête. — Je dois prendre une douche, mais le dîner me semble parfait. Ce poulet frit, c'était il y a des heures. Je pourrais définitivement manger. Je veux dire, on allait dîner de toute façon, non ?

— Exact. D'accord, je vais dire à Grace qu'on la rejoint. On doit se préparer rapidement, cependant. En fait, vas-y, prends la première douche. Mes cheveux sont plus courts et sèchent plus vite.

— Je serai rapide. Jenny a attrapé quelques affaires et a disparu dans la salle de bain.

Olivia a répondu par texto. *Nous serons là.*

Elles n'avaient qu'une demi-heure pour se préparer, mais elles y sont arrivées, entrant avec les cheveux encore légèrement humides.

Grace leur a fait signe depuis sa table. Olivia était instantanément contente d'avoir dit oui. Grace était assise toute seule à une table pour quatre.

— Où sont les autres ? Où est Iris ? a demandé Olivia.

Grace a haussé les épaules. — Iris a annulé, elle a dit qu'elle ne se sentait pas bien, et toutes les autres filles avaient des projets. Je suis si contente que vous ayez pu venir. Merci.

— Bien sûr, a dit Olivia. Et je ne dis pas ça uniquement parce qu'on a toutes les deux faim.

Jenny a acquiescé. — Je meurs de faim. Ton mari pourrait me servir une tong frite et je serais contente.

Grace a ri. — Je te promets que ce sera mieux que ça.

— Désolée pour Iris, a dit Olivia. Tu crois qu'on devrait aller voir comment elle va ?

Grace a secoué la tête. — Je lui ai demandé s'il y avait quelque chose que je pouvais faire, et elle m'a dit que Vera s'occupait de tout.

— C'est bien que Vera soit avec elle. Quand même, je m'inquiète pour elle.

— Moi aussi. Grace a regardé Jenny. — Comment était votre journée sur l'eau ?

Jenny s'est immédiatement illuminée. — C'était littéralement la journée la plus incroyable de ma vie. On a vu des dauphins et des tortues de mer et plus de poissons que tu ne pourrais imaginer qu'il en existe.

— Et un bébé requin, lui a rappelé Olivia.

— Oui ! Jenny s'est penchée. — Un bébé requin. Tu peux le croire ? C'était à la fois mignon et effrayant. Eddie a dit que les eaux peu profondes autour des Keys sont comme une nurserie pour beaucoup d'espèces différentes. J'ai vraiment adoré voir une tortue de mer de près, aussi. C'était tellement beau.

Grace a souri. — Ça a l'air fantastique. Eddie fait une super visite, n'est-ce pas ?

Jenny a acquiescé. — C'est vrai. Il connaît vraiment bien son sujet, aussi. Je ne me souviendrai jamais de tous les noms des choses qu'il nous a montrées. Après la tortue de mer, les dauphins étaient définitivement le point fort pour moi, cependant. Ils étaient incroyables.

Olivia, toujours la mère fière, a ajouté un commentaire. — Elle et Eddie ont même parlé espagnol ensemble.

Jenny a esquissé un sourire. — Juste un peu. Je suis assez rouillée comparée à lui. Évidemment.

— C'est super, a dit Grace.

Un serveur s'est approché pour les accueillir. — Bonsoir, mesdames. Attendez-vous une autre personne ?

Grace a fait une grimace. — Malheureusement, je ne pense pas.

— Hé, a dit Jenny, les yeux fixés sur la porte. Nick

vient d'entrer et il est tout seul. Ça vous dérangerait si je l'invitais à s'asseoir avec nous ?

Olivia savait que Nick était en partie responsable d'avoir raisonné Jenny, alors elle n'allait pas refuser sa demande. — Pas du tout. Personne ne devrait avoir à manger seul s'il ne le souhaite pas. Tant que c'est d'accord pour Grace.

— Bien sûr, a dit Grace. Qui est-ce ?

Jenny s'est levée pour lui parler et, pendant ce temps, Olivia a expliqué à Grace. — Nick était sur le bateau avec nous quand Jenny est arrivée. Ils ont discuté sur la plage l'autre soir et ils se sont vraiment bien entendus.

— Sympa, a dit Grace. La compagnie ne me dérange pas. Puis elle s'est adressée au serveur. — Je suppose que nous aurons peut-être cette quatrième personne après tout.

Il a acquiescé. — Parfait. Je vais chercher de l'eau pour la table et je reviens tout de suite.

Jenny est revenue avec Nick. — Maman, Grace, voici Nick Oscott. Il va manger avec nous.

Nick leur a souri. — Merci pour l'invitation. C'est très gentil de votre part.

— Je vous en prie, asseyez-vous, a dit Grace. Je suis contente que vous puissiez vous joindre à nous.

— Moi aussi, a dit Olivia. Le mari de Grace est le chef invité en cuisine ce soir.

Les sourcils de Nick se sont haussés tandis qu'il prenait place. — Oh, wow, c'est vraiment cool. Comment est-ce arrivé ?

— Pour faire court, a dit Grace. Il envisage de reprendre le restaurant.

Olivia a apprécié cette réponse. Elle n'en révélait pas trop, ce qui semblait judicieux, étant donné qu'aucun d'entre eux ne savait vraiment à quel point le projet de retraite d'Iris était connu. Eddie le savait, mais Eddie était là depuis longtemps.

Elle ne voulait pas que l'un d'entre eux soit responsable de rumeurs.

Nick a acquiescé. — J'ai hâte de voir ce qu'il a concocté. Jeu de mots intentionnel, je suppose.

Ils ont tous ri.

— Le serveur sera là dans un instant, a dit Grace. Il est allé chercher de l'eau pour la table.

Olivia ne pouvait s'empêcher de remarquer la façon dont Jenny regardait Nick. Elle semblait sous le charme. Nick était un bel homme, sans aucun doute. Mais peut-être que leur conversation sur la plage les avait également rapprochés d'une certaine manière.

Jenny avait dit qu'il avait des problèmes avec sa mère. Cela faisait de la peine à Olivia. Et peut-être aussi à sa mère. Difficile de dire qui était en faute sans connaître les deux versions.

Le serveur est revenu avec un plateau de verres. Il en a posé un devant chacun d'eux, puis a glissé le plateau sous son bras. — Je m'appelle Justin, au fait, et je m'occuperai de vous ce soir. Nous avons quelques plats du jour, tous les trois créés par notre chef invité en cuisine ce soir, le Chef David McKellen.

— C'est mon mari, a dit Grace. Et je ne savais pas qu'il faisait trois plats spéciaux.

Justin a souri brillamment. — Il a dit que vous seriez là. Merveilleux. Eh bien, permettez-moi de vous dire quels sont ces plats spéciaux, puis je vous laisserai un moment pour consulter vos menus. D'abord, nous avons des coquilles Saint-Jacques poêlées sur un lit de salade de maïs tiède avec des lardons, des tomates anciennes, de l'avocat local frais et des oignons doux de Floride.

— Je veux ça, a dit Grace. Des Saint-Jacques et du bacon ? Oui, s'il vous plaît. Mais continuez avec les autres plats.

Justin a acquiescé. — Les Saint-Jacques ont déjà eu beaucoup de succès, je peux vous le dire. Ensuite, nous avons une bavette finement tranchée et garnie d'un chimichurri d'inspiration cubaine avec des jalapeños, de la coriandre, de l'ail et du citron vert. Elle est servie avec du riz jaune, des haricots noirs et des bananes plantains frites.

Olivia a hoché la tête. — Ça pourrait être pour moi. Après avoir mangé de la cuisine cubaine avec Eddie, elle avait vraiment développé un goût pour cela.

— Enfin, a poursuivi Justin. Nous avons notre pêche du jour, qui est le thazard. C'est un poisson maigre, ferme avec une saveur délicate. Ce soir, il est poché au beurre de citron vert, servi avec des salicornes et de la purée de pommes de terre.

Jenny a laissé échapper un petit gémissement. — Sérieusement ? On est censés en choisir un seul ?

Nick a ri. — Ils ont tous l'air incroyables.

— Puis-je faire une suggestion ? a demandé Justin.

— Bien sûr, a répondu Grace.

— Commandez deux portions de Saint-Jacques et une de chacun des autres plats, puis partagez. J'apporterai des assiettes supplémentaires.

— Ça me semble bien, a dit Olivia. Mais pourquoi deux portions de Saint-Jacques ?

— Parce qu'il n'y a que quatre Saint-Jacques dans une portion et vous voudrez chacun en avoir deux. Cela devrait tout de même vous laisser de la place pour le dessert, qui ce soir comprend au choix une tarte à la crème de mangue, un gâteau à la crème de noix de coco, ou un gâteau fondant au Kalua.

Jenny a posé son menu. — Je marche. Avoir de la place pour le dessert me semble une excellente idée.

Grace avait l'air ravie. — J'aime aussi cette idée. Faisons ça.

— Vendu, a dit Nick.

Justin a acquiescé et a pris leurs menus. — Je m'en occupe. Et pour les boissons ?

— L'eau me convient, a dit Grace.

— Moi aussi, a ajouté Olivia.

— Pareil pour moi, a répondu Jenny. Après avoir été au soleil toute la journée, j'ai besoin de me réhydrater.

— Je vais prendre une bière, a dit Nick. Avez-vous quelque chose de local ?

— Oui. Islamorada Brewing Company. Blonde ou brune ?

— Blonde, a répondu Nick.

— Très bien, a dit Justin. Je reviens tout de suite avec ça.

Alors que Justin s'éloignait, Nick a regardé Grace. — Je ne veux pas porter malchance, mais votre mari semble avoir toutes ses chances pour le poste. Tous ces plats semblaient incroyables.

Elle a acquiescé. — Ils avaient l'air incroyables. Croisons les doigts pour qu'ils soient aussi bons au goût. Ce dont je suis sûre, mais je ne suis pas exactement le juge le plus impartial.

— Voulez-vous qu'on vous dise la vérité quand on les goûtera ? a demandé Jenny.

— Oh, la vérité, absolument. Grace a souri. David a la peau dure quand il s'agit de sa cuisine. Il dit toujours que les critiques honnêtes sont le seul moyen de s'améliorer.

— Il a l'air d'un type intelligent, a dit Nick.

— Aimez-vous cuisiner ? a demandé Olivia. Elle s'est dit que ça ne pouvait pas faire de mal d'en savoir un peu plus sur le gars qui avait attiré l'attention de sa fille.

Il a ri. — Les nouilles instantanées sont à peu près l'étendue de mes capacités. Je n'ai jamais vraiment appris, malheureusement.

— Non ? Olivia s'est demandé si c'était la faute de sa mère. — Que faites-vous dans la vie, si ça ne vous dérange pas que je demande ?

— Je suis médecin, a-t-il répondu. Médecine générale, mais j'ai passé toute ma carrière à l'étranger à travailler avec un groupe appelé Med United.

— C'est comme Médecins Sans Frontières, non ? a demandé Grace.

— Très similaire, a-t-il dit.

Olivia était impressionnée. — C'est louable. Je ne pense pas que beaucoup de jeunes feraient ça.

Il a placé sa serviette sur ses genoux. — Je ne pense pas que beaucoup d'étudiants en médecine pourraient se le permettre s'ils avaient des prêts à rembourser. J'ai été très chanceux que mon père paie mes études.

— C'était une chance. Et maintenant, Olivia se demandait dans quel domaine travaillait son père.

Nick a acquiescé. — J'en suis reconnaissant chaque jour. Cela m'a permis de prendre un chemin que peu auraient pu choisir.

Justin est revenu avec la bière de Nick, posant une bouteille et un verre refroidi devant lui, puis les a laissés à nouveau.

— Merci. Nick a versé la bière dans le verre puis l'a levé. — À mon père, un homme formidable que j'aurais aimé mieux connaître.

Ils ont tous levé leurs verres également.

Après avoir bu, la curiosité d'Olivia a pris le dessus. — Votre père est décédé ? C'est pour ça que vous avez dit que vous auriez aimé mieux le connaître ?

Nick a acquiescé. — Oui. Ça et aussi que ma mère avait des problèmes avec lui, alors elle a fait de son mieux pour nous tenir éloignés.

— Je suis désolée d'entendre ça. Que faisait votre père ? Je veux dire, comme métier. Pas pour contrarier votre mère.

Le sourire de Nick contenait une certaine tristesse. — Il faisait toutes sortes de choses. Principalement, il était dans le transport maritime. Croyez-le ou non, il possédait autrefois cette île.

— Arthur Cotton possédait autrefois cette île. Olivia l'a fixé du regard. — Ce n'est pas possible que ce soit de lui dont vous parlez.

— Si, c'est lui, a répondu Nick.

Olivia a regardé Grace. Grace lui a rendu son regard avec une expression écarquillée qui correspondait à ce qu'Olivia ressentait à l'intérieur.

Si Nick était le fils d'Arthur, comment Iris pouvait-elle léguer l'île et le complexe à elles cinq ?

Chapitre Dix-Huit

—Est-ce qu'Iris sait que vous êtes ici ? Sur l'île, je veux dire. C'était peut-être une question stupide, mais Grace devait savoir. C'était peut-être la raison pour laquelle Iris s'était soudainement sentie trop mal pour les rejoindre pour le dîner. Grace ne se sentait pas très bien non plus maintenant qu'elle savait qui était Nick. Elle n'était pas sûre qu'Olivia se porte beaucoup mieux.

Nick hocha la tête.

—Elle le sait. Je séjourne chez elle, en fait. Enfin, je suis au troisième étage de sa maison. C'est un peu comme un appartement indépendant, vraiment. C'est très gentil de sa part. Surtout parce que nous ne nous étions jamais rencontrés avant.

Les salades arrivèrent, interrompant temporairement la conversation.

Grace aurait aimé pouvoir parler à Olivia seule à seule. Il y avait tant de choses qu'elles devaient découvrir. Elle décida d'essayer l'une de leurs vieilles techniques de l'université : l'excuse de la salle de bain. Être avec des béquilles était une bonne raison.

—Je reviens tout de suite. Je vais juste faire un saut aux toilettes des dames. Olivia, ça t'ennuierait de m'aider ? Ces béquilles. Quelle galère.

—Bien sûr.

Olivia se leva immédiatement.

—Je devrais me laver les mains de toute façon. On revient tout de suite, Jenny. Allez-y, mangez, ne nous attendez pas.

—Pas de problème, maman.

Dès qu'elles furent hors de portée d'oreille, Grace regarda Olivia.

—C'est le fils d'Arthur. Tu sais ce que ça signifie, n'est-ce pas ?

Olivia hocha la tête.

—Oui. Je n'arrive pas à y croire. Iris vient probablement de l'apprendre. Il a dit qu'ils venaient juste de se rencontrer. Et elle ne nous cacherait pas quelque chose comme ça. N'est-ce pas ?

Elles passèrent les portes, laissant la salle à manger derrière elles.

—J'espère que non. Je ne veux priver personne de son héritage légitime, mais j'ai le cœur un peu brisé. J'ai passé la dernière semaine à réimaginer ma vie sur cette île.

—Pareil pour moi.

Olivia jeta un coup d'œil vers la salle à manger.

—J'ai les documents dans ma chambre en ce moment, prêts à être signés, pour prendre ma part. Iris ne me les aurait pas donnés si Nick était sur le point de tout prendre. Cela dit, elle ne le savait peut-être pas.

Grace exhala.

—Il faut qu'on lui parle. Il n'y a pas d'autre solution.

—Je suis d'accord.

Il y avait une inquiétude sérieuse dans les yeux d'Olivia.

—Je suis presque sûre qu'Amanda compte là-dessus aussi. Leigh Ann et Katie ne s'en soucieront probablement pas trop, parce que je ne pense pas qu'elles aient l'intention d'accepter l'offre, mais pour toi, moi et Amanda, perdre Compass Key serait comme si on nous retirait le tapis sous les pieds.

Grace hocha la tête.

—C'est vrai. J'ai fait tout ce que j'ai pu pour convaincre David. Imagine si, juste au moment où il décide d'accepter, Iris annonce que l'offre est annulée.

Elle s'appuya sur ses béquilles, posant une main sur son front.

—Je ne suis pas sûre qu'il puisse supporter un autre coup comme celui-là après avoir perdu notre restaurant.

—Et si on faisait ça ? Ce soir, après le dîner, j'encouragerai Nick et Jenny à aller faire une promenade. Ensuite, toi et moi, on ira directement chez Iris pour lui parler. D'ici là, on doit agir comme si tout allait bien, parce que je ne pense pas qu'il ait la moindre idée de ce qu'Iris prépare. Je veux dire, à propos de nous céder cet endroit.

—Je ne pense pas qu'il soit au courant non plus. Très bien, c'est ce qu'on va faire.

Grace pria pour que ce ne soit qu'un petit accroc.

—J'espère vraiment que la cuisine de David sera spectaculaire. J'ai besoin d'une distraction.

Olivia hocha la tête.

—Je suis sûre qu'elle le sera, mais ma distraction pourrait prendre la forme d'un dessert.

—Ça aussi. Je suppose qu'on ferait mieux d'y retourner.

Grace se tourna vers les portes.

—Je suis contente qu'on soit sur la même longueur d'onde.

—Moi aussi. J'ai failli tomber de ma chaise quand il a dit qu'Arthur Cotton était son père.

Olivia avança, ouvrant les portes pour que Grace puisse passer.

—Tu imagines la réaction d'Iris ?

Grace secoua la tête.

—Je suppose qu'on connaîtra toute l'histoire bien assez tôt.

Elles retournèrent à table et mangèrent leurs salades, faisant la conversation. Grace était heureuse de poser des questions à Nick sur son expérience avec Med United. N'importe quoi pour en apprendre plus sur lui et évaluer ses intentions.

Ses propres pensées tourbillonnaient de possibilités. S'il était médecin, voudrait-il vraiment prendre en charge cet endroit ? Il ne semblait pas désespérément chercher de l'argent, bien qu'il ait parlé de son besoin de trouver un emploi, mais plus il parlait de sa mère, plus elle semblait ambitieuse.

Peut-être que la mère était derrière tout ça ? Peut-être l'avait-elle envoyé ici ?

Tant de questions. Et chacune menait à une autre.

Enfin, les plats arrivèrent. Les présentations de David étaient superbes. Fidèle à sa parole, Justin apporta des assiettes supplémentaires. Il apporta aussi de grandes cuillères, pour qu'il soit plus facile de se servir.

Grace essaya d'abord une coquille Saint-Jacques. Elle était crémeuse, délicieuse et parfaitement saisie. Puis elle goûta une bouchée de la salade de maïs chaude qui se trouvait en dessous.

—Je sais que c'est mon mari qui l'a préparée, mais c'est la meilleure coquille Saint-Jacques que j'aie jamais mangée. Et la salade de maïs se marie si bien avec elle.

Nick finit de mâcher une bouchée de steak.

—Goûtez le steak. Cette sauce chimichurri devrait être mise en bouteille et vendue en magasin.

—Désolée, vous deux, intervint Jenny. Mais c'est le wahoo qui est imbattable. Sérieusement, goûtez le poisson. Je pourrais en manger tous les jours. Je ne savais même pas que le beurre au citron vert des Keys existait.

Chaque plat était meilleur que le précédent, mais tout dépendait de la bouchée qu'on mangeait, pensa Grace.

Ils avaient presque fini leurs assiettes quand David sortit. Il portait une veste de chef empruntée. Elle sourit. Il était si beau dans cette veste blanche.

Il lui rendit son sourire.

—Désolé d'arriver seulement maintenant. La cuisine

est occupée. L'équipe de ligne gère bien, cependant. De bonnes personnes là-dedans.

Il posa une main sur le dossier de sa chaise.

—Comment était votre dîner ? Je crois comprendre que vous avez goûté mes trois plats ?

Elle hocha la tête.

—Nous voulions goûter à chacun d'eux. Je ne suis pas sûre de pouvoir choisir un favori. Ils étaient tous incroyables. D'accord, c'est un mensonge. Les coquilles Saint-Jacques étaient mes préférées.

Il rit doucement.

—Tu as toujours eu un faible pour les coquilles Saint-Jacques. Pourquoi penses-tu que j'ai créé ce plat ?

—Pour moi ?

L'idée même la remplit de chaleur et d'un sentiment d'amour.

—Eh bien, c'était spectaculaire.

Olivia se joignit à la conversation.

—C'est vrai. Mais le steak et le poisson étaient tout aussi délicieux. Vraiment excellent. Je pourrais manger n'importe lequel de ces plats à nouveau et être très heureuse.

Elle fit un geste vers sa fille.

—Voici Jenny, ma fille, au fait. Et son ami Nick. C'est un client ici.

David leur fit un signe de tête.

—Enchanté de vous rencontrer tous les deux.

Jenny venait de finir une bouchée de haricots noirs et de riz.

—Ravie de vous rencontrer. C'était l'un des meilleurs

repas que j'aie jamais mangés. J'aimerais presque pouvoir tout recommencer.

Le rire de David fut plus fort cette fois.

—Eh bien, peut-être que vous le pourrez. Il semble qu'ils aimeraient que je cuisine à nouveau demain soir.

Il leva les mains.

—Je n'ai pas encore dit oui. Je pense que je dois d'abord en parler à ma femme.

Il jeta un coup d'œil à Grace.

—Qu'en penses-tu, Gracie ?

Elle leva les yeux vers lui. Il y avait de l'excitation dans son regard. Cette étincelle brillante qui disait qu'il avait retrouvé sa passion.

—Bien sûr que tu peux. Si tu en as envie.

—J'en ai envie, dit-il.

—Alors c'est réglé, répondit-elle.

Il tombait amoureux de l'endroit. Elle pouvait le voir. Elle espérait simplement que lorsqu'il déciderait que c'était là qu'il voulait être, ils auraient encore une chance d'y être réellement.

Chapitre Dix-Neuf

KATIE SE RÉPRIMANDA POUR ÊTRE RESTÉE BOUCHE bée devant Marcus et Veronica Steele. Ils se tenaient debout sur le bord de la piscine, attendant qu'elle et Owen les rejoignent. Le couple star était aussi magnifique en personne que sur toutes les couvertures de magazines où elle les avait vus.

Elle ferma la bouche et tenta d'assimiler ce qui allait se passer.

— Ça va ? demanda Owen. Tu as l'air d'une biche prise dans les phares d'une voiture.

Elle prit une profonde inspiration et se concentra sur lui. C'était préférable que de dévisager leurs futurs hôtes. — Tu aurais pu me dire où nous allions. J'aurais peut-être évité cette mini-crise cardiaque à l'idée que nous dînons avec le couple le plus célèbre d'Hollywood.

— Mais si je te l'avais dit, tu t'en serais inquiétée toute la journée. Tu aurais remis en question chaque décision prise pour te préparer. Ça t'aurait probablement stressée.

Elle plissa les yeux. Il n'avait pas tort. — Comment me connais-tu si bien déjà ?

Son sourire espiègle lui donna envie de lui donner un coup de poing dans le bras. Un coup léger. Mais quand même. — Savoir lire les gens fait partie de ce qui me rend si performant.

Il lança une corde à l'un des membres du personnel des Steele qui était venu les aider à amarrer. — Mais il y a autre chose que tu dois comprendre.

Elle n'était pas sûre de pouvoir encaisser d'autres révélations. — Quoi donc ?

— Ils sont aussi très impatients de te rencontrer.

— Moi ? Pourquoi ?

Son rire tranchant la surprit. — Tu es Iris Deveraux, bon sang. Ronnie est une grande fan. *Très* grande. Et Marcus sait à quel point le premier film a bien marché. Quiconque peut écrire quelque chose qui génère ce type de revenus gagne son respect. Si ça peut t'aider, ils te considèrent plus comme une collègue que simplement comme ma cavalière.

Elle expira tandis que cette nouvelle information calmait légèrement ses nerfs. — Vraiment ? D'accord, ça aide. Un tout petit peu. Je suis quand même nerveuse comme pas possible.

— C'est normal. Ce serait étrange de ne pas l'être.

Il y avait pas mal de trafic nautique sur l'eau. Elle examina certains bateaux. — Y a-t-il des paparazzi sur ces bateaux ?

Il les regarda, son sourire disparu. — Probablement. Il

devrait y en avoir. Marcus m'a dit qu'il avait fait passer le mot concernant ce soir.

— Donc c'était planifié ? Pourquoi faire ça ?

Il la regarda à nouveau. — Parce que je veux qu'ils sachent que ce n'est pas une simple aventure. S'ils vont parler de toi, et de nous, alors je veux leur montrer que c'est sérieux pour moi. J'ai pensé que t'amener ici et te présenter à certains de mes amis ferait l'affaire. Mieux vaut contrôler le récit que de se faire prendre par surprise.

Elle ne put s'empêcher de sourire. — Sérieux, hein ?

— Oui.

Elle voulait l'embrasser, mais elle n'était pas prête à voir cette photo diffusée sur tous les réseaux sociaux. — Merci. Je ressens la même chose pour toi.

Son sourire était revenu. Il ouvrit l'un des compartiments de rangement du bateau, sortit une bouteille de vin et lui tendit la main. — On y va ?

Elle acquiesça. Ils ne pouvaient certainement pas rester sur le bateau. Serait-il bizarre de demander un autographe à Marcus et Veronica ? Probablement. Mais Sophie la tuerait si elle n'essayait pas.

Ils marchèrent main dans la main jusqu'à l'espace piscine. Marcus était habillé très décontracté comme Owen, en pantalon de lin beige et une chemise hawaïenne douce, blanche et bleue.

Grande et élancée, Veronica portait une combinaison en mousseline jaune pâle à fines bretelles, ses cheveux lâchés flottant dans la brise du soir. La couleur de la combinaison mettait en valeur sa peau bronzée et ses cheveux foncés, la rendant d'une beauté impossible.

Les seuls bijoux de Veronica étaient des boucles d'oreilles à clous en diamant et sa célèbre bague de fiançailles ornée d'un diamant jaune de la taille approximative d'une pastille.

Même dans sa nouvelle robe, Katie se sentait terriblement insuffisante. Elle espérait qu'ils ne pensaient pas la même chose d'elle.

Owen fit les présentations. — Katie, je te présente mes bons amis, Marcus et Veronica Steele. Marcus, Ronnie, voici Katie Walchech, que vous connaissez déjà sous le nom d'Iris Deveraux.

Veronica la salua instantanément, prenant la main de Katie. — Je suis si heureuse que toi et Owen ayez pu venir ce soir, Katie. Appelle-moi Ronnie, s'il te plaît.

— Merci beaucoup de nous avoir invités. Votre maison est magnifique. « Domaine » serait plus approprié. Leur propriété ressemblait à un complexe. Il y avait même quelques gardes de sécurité aux périmètres.

— Merci. Ronnie lança un sourire à Owen. — Quand il nous a dit qu'il était devenu ami avec Iris Devereaux, je l'ai carrément réprimandé pour s'être moqué de moi.

Katie rit. — Quoi ?

Ronnie hocha la tête. — Il adore faire des blagues. Tu verras. Et ce serait tout à fait son genre d'inventer une histoire pareille. Elle se pencha, laissant Katie respirer son délicat parfum floral. — Je suis une grande fan. Je ne veux pas t'embarrasser – ni moi-même – mais ça t'ennuierait terriblement de me dédicacer quelques livres ?

Katie la fixa. — Tu veux que je signe des livres pour... bien sûr que je le ferai. J'adorerais. Je suis une grande fan de ton travail, d'ailleurs. *Star Fall Five* ? Quel film de science-fiction incroyable. Tu étais phénoménale dedans. J'ai sérieusement envisagé d'abandonner la romance pour écrire des space operas après ça.

Ronnie sourit. — S'il te plaît, *s'il te plaît*, n'arrête pas d'écrire de la romance.

Katie rit à nouveau. — Je ne le ferai pas, je te le promets. Je sais où se situent mes talents.

— Viens, dit Ronnie. Je vais te faire visiter, ce qui est ma façon pas si secrète de t'emmener dans la bibliothèque, où j'ai une pile de livres qui t'attend.

Katie jeta un coup d'œil à Owen.

Il hocha la tête. — Vas-y. On se retrouvera plus tard.

Elle regarda à nouveau Ronnie. — Montre-moi le chemin.

— Parfait. Ta robe est fantastique, au fait.

— Merci. Je l'ai achetée dans une petite boutique en ville. Ta combinaison est incroyable.

— Je ne peux pas m'en attribuer le mérite. J'ai une excellente styliste. Entre nous, le shopping me manque, mais ça finit généralement en scène de foule avec paparazzi et fans. Ronnie haussa les épaules tandis qu'elles entraient dans la maison. — Je sais, les problèmes de célébrité, pas vrai ? Je ne veux pas me plaindre. Mais parfois, j'aimerais que personne ne sache qui je suis.

— D'une manière très modeste, je commence à comprendre ça, dit Katie. Lors de notre sortie shopping, nous sommes entrées dans une librairie et la vendeuse m'a reconnue. D'après la photo de moi avec Owen. Je n'étais pas préparée à ça. Pas le moins du monde.

— Je suis sûre que c'est écrasant pour toi. Je suis sous les projecteurs depuis si longtemps que c'est simplement devenu ma vie.

— Owen a dit que Marcus avait prévenu les paparazzi pour ce soir ?

Ronnie acquiesça. — C'est quelque chose que nous faisons occasionnellement. Parfois, leur donner une opportunité comme celle-ci où nous sommes en contrôle aide à calmer les choses. Sinon, ils feront tout ce qu'ils peuvent pour avoir accès. Mieux vaut qu'ils nous prennent en photo quand nous sommes à notre avantage et conscients de leur présence plutôt qu'en se faufilant pour obtenir des clichés moins flatteurs.

Katie commençait à comprendre, mais la maison vola son attention. Chic îlien aurait été sa description. Tout était blanc et beige avec des luminaires en cristal et des touches audacieuses de verdure. — Cet endroit est incroyable.

— Merci. Encore une fois, je ne peux pas m'en attribuer le mérite. Tout a été fait pour nous. En tenant compte de nos goûts, bien sûr, et avec notre approbation, mais c'est comme ça que ça se passe. Ronnie roula des épaules. — J'aurais adoré le faire moi-même, mais je n'avais pas le temps. Ni l'énergie pour affronter les foules. Parfois, c'est juste plus facile de s'adapter au système que de le combattre.

— Je comprends.

— Viens. Je te montrerai le reste en chemin vers la

bibliothèque. Ça ne te dérange vraiment pas de me dédicacer quelques livres ?

Katie sourit. — C'est avec plaisir. Vraiment. Je n'arrive pas à croire que je sois ici, honnêtement. Signer
quelques livres me semble être le minimum que je puisse
faire.

Ronnie rit. — Rappelle-toi simplement que tu as
dit ça.

Katie ne comprit pas tout à fait jusqu'à ce qu'elles
atteignent la bibliothèque, où une énorme pile de livres
l'attendait sur un bureau. Un assortiment de stylos était
posé à côté. — C'est beaucoup de livres.

— Je sais, dit Ronnie. C'est trop ? Je me disais que ce
seraient des cadeaux merveilleux. De plus, si ma mère,
ma sœur ou mon assistante apprennent que tu étais chez
moi et que tu n'as rien signé pour elles, elles ne me le
pardonneront jamais.

Katie rit. — Je sais exactement comment c'est, c'est
pourquoi je ne pourrai pas signer tout ça à moins que toi
et ton mari ne signiez quelque chose pour ma sœur.

Ronnie sourit. — Ma grande, je m'en occupe.

Katie sortit son nouveau cadeau d'Owen de son sac et
brandit le stylo. — Alors commençons.

Chapitre Vingt

D<small>UKE MÉRITAIT UNE MÉDAILLE</small>. A<small>MANDA N'ARRIVAIT</small> pas à croire qu'il prenait avec autant de décontraction le fait que sa mère s'était invitée à dîner chez ses parents. Amanda ne comprenait pas comment il pouvait rester aussi serein à ce sujet.

Elle ne cessait d'avoir des fantasmes où elle poussait sa mère par-dessus bord du bateau. Manifestement, elle était une fille horrible et ingrate, mais franchement ? Sa mère n'avait été invitée ni sur l'île ni au dîner, et pourtant, elle était là.

Incroyable.

— Amanda ?

Elle jeta un coup d'œil à Duke. Il était au gouvernail.

Il fit un petit mouvement de tête, lui indiquant qu'il voulait qu'elle le rejoigne.

Avec plaisir. Elle laissa sa mère assise sur la banquette rembourrée qui bordait les côtés du bateau et alla se placer à côté de lui.

— Ta mère va bien ? Je maintiens une vitesse réduite pour qu'elle ne soit pas trop décoiffée par le vent.

Amanda fronça les sourcils et lança un regard en coin à sa mère.

— Tu peux accélérer autant que tu veux, ça m'est égal.

Il esquissa un sourire narquois.

— Je sais que tu es contrariée, mais ça ne sera pas aussi terrible que tu le penses.

Elle le regarda.

— Tu ne la connais pas comme moi.

— C'est vrai, je ne la connais pas. Mais elle va vite comprendre qu'elle est en infériorité numérique.

— Je ne suis pas sûre que ça lui importe. En fait, elle pourrait prendre ça comme un défi.

Il haussa les épaules, les yeux de nouveau fixés sur l'eau.

— Alors qu'elle le prenne comme ça. Tu ne peux pas la faire changer. Elle seule peut le faire.

Amanda hocha la tête. Difficile d'argumenter contre ça.

— Le mieux que tu puisses faire, c'est te concentrer sur ton propre bonheur. Elle n'appréciera peut-être pas cette soirée, mais ça ne veut pas dire que tu ne peux pas en profiter. Son attitude est sa responsabilité. Mes parents ne t'en tiendront pas rigueur.

— Mais c'est à cause de moi qu'elle vient.

— Oui et non. Ils comprendront. Je te le promets.

Il se pencha comme s'il allait lui chuchoter quelque chose, mais il l'embrassa sur la joue à la place.

— Ne la laisse pas t'atteindre. C'est probablement exactement ce qu'elle veut. Concentre-toi sur toi. C'est ce que je vais faire, en tout cas.

Elle rit doucement. Il lui faisait tellement de bien.

— Merci pour ça. Pour tout ça. Mais surtout pour avoir acheté ce bouquet de fleurs que je vais offrir à ta mère.

Avec un petit sourire au coin des lèvres, il garda les yeux droit devant lui.

— C'est moi qui devrais te remercier. J'ai le sentiment que ce sera l'un des dîners de famille les plus intéressants auxquels j'ai assisté depuis longtemps.

Il accosta à la marina de Bluewater, dans l'une des places réservées au resort, puis les aida à descendre du bateau et les conduisit vers une camionnette. Le pick-up double cabine semblait presque neuf. Il portait le logo de Mother's Resort sur le côté.

Margaret l'examina, les sourcils levés.

— C'est un véhicule de fonction ?

— Oui. Il fait partie de mon job, ce qui signifie qu'Iris ne voit pas d'inconvénient à ce que je l'utilise à titre personnel.

Il ouvrit la porte arrière côté passager.

— Voulez-vous un coup de main pour monter ?

Margaret releva le menton.

— Je peux me débrouiller, merci.

Amanda retint presque son souffle, mais sa mère monta dans le pick-up sans incident.

Duke ferma cette porte, puis ouvrit la porte avant côté passager pour elle.

— Votre carrosse vous attend.

— Je ne suis pas sûre d'être jamais montée dans un pick-up auparavant.

Cela sembla l'amuser.

— Ce n'est pas très différent de n'importe quelle autre voiture. Tu es juste assise plus haut.

Elle s'installa, faisant attention au bouquet. Elle fut surprise par la propreté du véhicule. Elle avait toujours imaginé que l'intérieur d'un camion de travail serait couvert de sciure de bois ou quelque chose du genre.

Dès que Duke eut fermé la porte et commencé à contourner l'avant du véhicule, Margaret émit un petit bruit.

Amanda regarda en arrière.

— Tu as quelque chose à dire ?

— Je l'ai vu t'embrasser.

Amanda connaissait ce ton et ce regard. Sa mère essayait de lancer une polémique. Amanda était déterminée à ne pas emprunter cette voie.

— Je sais. Il n'essayait pas de le cacher.

Margaret ouvrit la bouche pour dire autre chose, mais Duke monta dans le véhicule.

Elle se rassit. Amanda se retourna, son attention portée sur l'homme à côté d'elle.

— C'est loin, chez tes parents ?

— Pas tellement.

Il mit le contact. La radio s'alluma sur une station country. Il baissa le volume, mais ne l'éteignit pas. Il regarda Margaret dans le rétroviseur.

— Vous aimez la musique, Madame Preston ? Ma sœur pourrait passer. C'est une musicienne.

— J'aime la musique classique et un peu de jazz, répondit Margaret. Un peu d'opéra aussi.

— Eh bien, ma sœur reprend beaucoup de chansons, mais pas d'opéra. Elle compose aussi ses propres morceaux. Son style est une sorte de folk insulaire, je dirais.

Margaret ne répondit pas. Amanda sourit en regardant défiler les rues.

Ils s'arrêtèrent dans l'allée d'une maison de plain-pied, dans un quartier résidentiel plus ancien, environ quinze minutes plus tard. La maison jaune pâle avait des boiseries blanches et une porte bleu vif. De nombreuses fleurs et plantes, ainsi qu'un aménagement paysager légèrement envahi par la végétation, ne dissimulaient en rien la variété de décorations de jardin disséminées parmi les arbres et les arbustes.

Duke sauta hors du véhicule et fit le tour pour ouvrir la porte de Margaret. Amanda ouvrit la sienne, heureuse qu'il fasse tant d'efforts pour conquérir sa mère et souhaitant que ses efforts aient cet effet, mais elle savait à quoi s'en tenir. Il était facile de voir, rien qu'à l'extérieur de la maison, que des personnes intéressantes y vivaient.

Sa mère sortit, s'époussetant comme si c'était nécessaire.

Duke indiqua le chemin qui menait à la porte d'entrée.

— Bienvenue chez mes parents.

Margaret examina la maison avec une méfiance

évidente, comme si quelque chose lui envoyait déjà des signaux d'avertissement.

— Tu as grandi ici ?

— Oui. Enfin, à partir de l'âge de sept ans. C'est à ce moment-là que nous avons déménagé ici depuis la Géorgie. Ma sœur est née juste après.

— Je vois.

C'était la réponse typique de sa mère pour quelque chose sur laquelle elle ne voulait pas faire d'autres commentaires.

Petites bénédictions, pensa Amanda. Elle serra le bouquet dans ses bras, heureuse d'avoir quelque chose à offrir à la mère de Duke. C'était si prévenant de sa part.

— Bon, allons-y. Je suis sûr que mes parents sont impatients de vous rencontrer.

Il les guida, ouvrant la porte d'entrée. Un mince chien beige et blanc accourut vers eux, s'arrêtant en dérapant devant Duke. Il gratta la tête du chien.

— Salut, Goose. Sois sage maintenant. Nous avons de la compagnie.

Amanda sourit.

— Bonjour, Goose. Quel beau garçon tu es.

Elle caressa le chien, puis lui gratta derrière l'oreille.

Goose se pencha vers sa main.

— Oh là, maintenant tu l'as fait, dit Duke. C'est son point faible. Tu viens de devenir sa meilleure amie instantanément.

Margaret ne dit rien. Elle ne fit aucun geste pour caresser Goose non plus.

Duke s'annonça.

— Maman, Papa, on est là.

— Entrez, mon chéri, dit une voix de femme.

Il les conduisit jusqu'à la cuisine. Goose les suivit, trottant à leurs côtés. La maison était un joyeux mélange de styles de meubles, mais elle était accueillante, chaleureuse et rayonnait de chaleur humaine. Il y avait beaucoup à dire sur une maison qui semblait accueillante.

Alors qu'ils entraient dans la cuisine, sa mère sortit de derrière le comptoir pour venir à leur rencontre.

— Bonjour ! Tu dois être Amanda.

Elle avait des boucles grises qui étaient torsadées et attachées à l'arrière de sa tête, des lunettes bleu vif et le sourire de Duke. Elle portait un jean capri à l'ourlet effiloché couvert de tournesols brodés et un t-shirt vert, mais tout cela était couvert par un tablier à carreaux rouges.

Amanda lui rendit son sourire.

— C'est bien moi.

Elle lui tendit les fleurs.

— Et voici pour vous.

— Comme elles sont jolies ! C'est très gentil. Merci.

Duke semblait aussi content que possible.

— Voici ma mère, Dixie.

— C'est un plaisir de vous rencontrer, Dixie. Et c'est très gentil à vous de nous accueillir chez vous.

Dixie balaya cela d'un geste de la main.

— Nous sommes ravis de vous avoir.

Amanda fit un geste vers sa mère.

— Voici ma mère, Margaret.

Dixie lui fit un signe de tête.

— Ravie de vous rencontrer aussi, Margaret. Comme c'est amusant que vous puissiez vous joindre à nous.

Amanda faillit pouffer de rire.

— Un plaisir, dit Margaret avec un sourire crispé.

Dixie sentit les fleurs, qui étaient un mélange de toutes sortes.

— Je ferais mieux de les mettre dans l'eau.

Duke regarda au-delà de sa mère alors qu'un homme de grande taille entrait dans la pièce.

— Salut, Papa.

— Fiston.

Il avait la taille de Duke et la carrure d'un ancien joueur de football américain, mais avec un peu de surplus au niveau de la taille.

— Je vois que nos invités sont arrivés. Bonjour, mesdames. Bienvenue dans notre humble demeure. Je suis Jack Shaw.

Il tendit la main.

— Ravi de vous rencontrer.

— Moi aussi.

Amanda lui serra la main. Il avait une poigne ferme et la peau calleuse. Beaucoup comme son fils.

— Je suis Amanda Preston et voici ma mère, Margaret.

Il tendit ensuite la main à Margaret.

— Facile de voir d'où Amanda tient sa beauté.

À contrecœur, Margaret lui serra la main, son sourire crispé ne faiblissant jamais.

— Vous êtes trop aimable.

Jack mit ses mains sur ses hanches.

— Puis-je vous offrir quelque chose à boire, mesdames ? De l'eau, du thé glacé, du vin, de la bière, des spiritueux... nous avons de tout.

— Un verre de vin serait parfait, dit Amanda. Ce que vous avez d'ouvert me conviendra.

— Et pour vous, Margaret ? demanda Jack.

— Du blanc, je suppose. Si vous en avez.

— Nous en avons.

Il lui fit un clin d'œil, ce qui fit presque pouffer Amanda une seconde fois.

— Duke, pourquoi n'emmènes-tu pas nos invitées sur la terrasse ? Je vous rejoins tout de suite avec les boissons.

— On mange dehors ? demanda Duke.

— Oui, répondit Jack. J'ai déjà allumé les lanternes.

— D'accord.

Duke les guida vers les portes coulissantes.

— Le jardin est en quelque sorte l'endroit où tout le monde se réunit. Surtout à cette période de l'année, avant que l'humidité ne devienne trop forte.

Il ouvrit les portes coulissantes et attendit qu'elles passent.

C'était une petite oasis. La piscine de forme libre avait une cascade en marche et les lumières allumées, donnant à l'ensemble un éclat particulier. Dans le coin arrière du jardin, un hamac était suspendu entre deux palmiers. Une table était dressée sous la partie couverte de la véranda. Et tout autour de la propriété, des torches tiki très similaires à celles du resort illuminaient l'espace.

Goose sortit en trottinant avec Duke, l'air très heureux de faire partie du groupe.

— Ça me rappelle Mother's, dit Amanda. Les torches, je veux dire.

Duke sourit.

— D'où crois-tu que mes parents ont tiré l'idée ?

Margaret ne semblait pas impressionnée.

Amanda la regarda.

— Quelque chose ne va pas, Maman ?

— Je m'inquiète juste des insectes.

Elle regarda autour d'elle comme si elle s'attendait à être envahie à tout moment.

— Les moustiques transmettent toutes sortes de maladies, tu sais.

— Si vous préférez manger à l'intérieur, commença Duke.

— On est très bien ici, dit Amanda. C'est un fait bien connu dans notre famille que les insectes n'aiment pas ma mère. Tout le monde autour d'elle se fait piquer, mais elle reste intacte.

Elle sourit gentiment à sa mère.

— N'est-ce pas, Maman ?

Sa mère fronça les sourcils.

— Il y a une première fois à tout.

Chapitre Vingt-Et-Un

Leigh Ann était allongée sur l'une des chaises longues de Grant sur sa terrasse arrière, le regardant s'affairer au barbecue pendant qu'elle sirotait son vin et contemplait le canal. Des bateaux passaient de temps en temps, lui offrant un spectacle plus varié que la simple vue des voisins. Elle sourit, se sentant un peu comme une reine. Et pas seulement parce qu'il la mettait dans l'une de ses peintures.

La soirée était pratiquement parfaite. Une station Billie Holiday jouait doucement depuis son téléphone, connecté par Bluetooth aux enceintes extérieures. Le ciel virait au violet crépusculaire tandis que le soleil disparaissait sous l'horizon. Ici et là, les premières étoiles commençaient à scintiller.

Tout était simplement magnifique, paisible et harmonieux.

Il lui jeta un coup d'œil. — Tu as l'air heureuse.

— Je le suis. Parfaitement heureuse. C'est une

superbe maison dans un endroit formidable. Je suis surprise que tu en sortes, honnêtement.

Il sourit, les longues pinces à barbecue à la main. — Je suis d'accord que c'est une superbe maison dans un endroit formidable, mais elle n'a pas le même espace ni la même qualité de lumière que l'atelier sur l'île. C'est la seule chose que je changerais ici. Mais je ne me plains pas. J'ai la maison et l'espace de travail. C'est le meilleur des deux mondes.

— Je comprends.

Elle hocha la tête, se sentant un peu paresseuse. Peut-être que la journée la rattrapait. Ou peut-être que le vin commençait à faire effet. C'était cette sensation qui vous envahit par un chaud dimanche après-midi quand tout ce que vous voulez, c'est *être*.

Elle soupira de bonheur. — Je devrais mettre la table. On mange dehors ?

— Si tu veux. Ça te dit ?

— Ça me va parfaitement.

— Parfait pour moi aussi.

Il posa les longues pinces. — Il commence à faire nuit. Je vais allumer la piscine et les guirlandes lumineuses. Ça devrait suffire pour voir.

Elle se redressa. — Je viens avec toi chercher ce qu'il faut pour la table.

Il s'approcha et lui tendit la main.

Elle posa son verre sur la petite table à côté de la chaise longue et la prit.

Il la tira vers lui, mais sans la lâcher, l'enlaçant pour

un rapide baiser. — Je suis si content que tu sois venue ce soir.

— Moi aussi. J'aime voir où tu habites. Et j'aime découvrir cette partie de la région. C'est bon de savoir que ce n'est pas juste plein de touristes et de snowbirds.

Il rit. — Je ne peux qu'être d'accord avec toi.

Il prit sa main et la conduisit à l'intérieur. Il appuya sur un interrupteur sur le panneau près de la porte.

La piscine s'illumina, d'un bleu doux qui donnait à tout une légère lueur. Les guirlandes lumineuses ajoutaient à cette lueur depuis l'endroit où elles pendaient autour du bas de la terrasse du deuxième étage, qui formait le toit partiel de la terrasse du premier étage.

Elle sourit. — C'est tellement joli. La piscine surtout.

— N'est-ce pas ? Je ne sais pas ce qu'il y a avec l'eau éclairée comme ça, mais c'est captivant. Ça me rappelle un peu la plongée par une journée ensoleillée.

Il rassembla rapidement tout ce dont ils auraient besoin sur le comptoir de la cuisine, empilant assiettes, couverts et serviettes. — Ça devrait aller. Je ne crois pas avoir oublié quelque chose.

— Parfait.

Elle prit la pile. Tout semblait complet. — Ça a du sens que tu fasses de la plongée. Tu sais, avec les tableaux que tu peins.

— J'adore ça. Je n'y suis pas allé depuis un moment. Trop occupé, je suppose, mais ce n'est pas vraiment une excuse. Pas quand c'est fondamentalement de la recherche pour moi. Tu as déjà essayé ?

— Non. Je n'y connais rien. J'ai fait du snorkeling à Aruba une fois, il y a des années. Mais c'est tout.

Elle prit la pile de vaisselle. — Tu peux porter la salade dehors ?

Il acquiesça et alla la chercher sur le comptoir. — Tu voudrais y aller ?

Elle se dirigea vers les portes coulissantes. — Faire de la plongée ?

— Oui.

Elle prit une profonde inspiration et s'arrêta. — Je ne sais pas. Pour être honnête, être en eau profonde me fait un peu peur. Il n'y a pas... des requins ?

Il sourit. — Il y en a, mais ils sont bien plus intéressés par les poissons que par nous.

— Je te crois sur parole.

Elle sortit jusqu'à la table et posa la vaisselle.

Il mit la salade sur la table, puis retourna au barbecue. — Si jamais tu veux essayer, je serais ravi de t'emmener. Après que tu sois certifiée, bien sûr.

Elle ouvrit la bouche pour dire qu'elle ne resterait pas assez longtemps, mais elle s'arrêta. Non seulement cela risquait de gâcher l'ambiance, mais elle ne savait plus vraiment si c'était vrai. Parce que plus elle restait ici, et plus elle passait de temps avec Grant, moins elle voulait rentrer chez elle.

Jamais.

Ça l'inquiétait toujours que ses sentiments pour un homme puissent l'influencer autant. Mais comment pouvait-elle arrêter de ressentir ce qu'elle ressentait ? Elle était humaine, pas un robot. Et après Marty, quelque chose en elle avait besoin de Grant.

Il était attentif et gentil et l'adorait d'une façon qu'elle n'avait jamais expérimentée auparavant. Quand ils étaient ensemble, il lui montrait clairement qu'il lui était dévoué. Peut-être que Marty lui avait fait ressentir ça il y a bien longtemps, mais c'était tellement loin qu'elle n'en était plus vraiment sûre.

Ses mains glissèrent autour de sa taille, et il embrassa le côté de son cou. — Tu sembles perdue dans tes pensées.

Elle plaça la dernière fourchette puis se pencha contre lui. — C'est vrai.

— À propos de ?

Elle hésita. — Toi.

— Tu essaies de me convaincre de te donner le plus gros morceau de steak ? Parce que je le ferai.

Elle rit et se retourna pour lui faire face. — Tu me donnes toutes sortes d'émotions contradictoires. C'est juste que tu le saches.

— Je peux faire quelque chose pour aider ?

— Non. Continue juste d'être toi-même. Je suis sûre que je vais y voir clair.

— Tu veux en parler ?

Elle secoua la tête. — Pas encore.

Bien que parler pourrait aider. Mais cette conversation devait avoir lieu avec les filles, pas avec l'homme à qui elle abandonnait son cœur.

— D'accord. Je suis là si tu changes d'avis.

Il jeta un coup d'œil au barbecue. — Ces steaks sont probablement prêts à être mangés.

— Tant mieux. Parce que j'ai faim.

Il la lâcha pour prendre les assiettes. — Moi aussi.

Il mit un steak sur chacune, puis les rapporta à table. Il plaça une assiette devant elle, puis une autre de son côté avant de retourner chercher son verre de vin. — Je t'ai dit que j'avais pris un dessert quand j'ai acheté ces steaks hier ? Il y a une petite boulangerie géniale près d'ici qui fait le meilleur tiramisu que tu aies jamais goûté. Bref, j'en ai pris un gros carré pour qu'on le partage.

Elle s'assit, étalant sa serviette sur ses genoux. — J'adore le tiramisu. Je ne me souviens même pas de la dernière fois que j'en ai mangé.

— Ça veut dire que tu en prendras ?

Il prit place à côté d'elle. Ils étaient tous les deux face à l'eau, assis côte à côte.

— Absolument.

Elle se servit de la salade. — Je ne vais pas sauter le dessert ce soir.

— Parfait.

Il prit son verre de vin. — À une journée merveilleuse, un excellent dîner et la femme qui a rendu tout cela possible.

Elle sourit et fit tinter son verre contre le sien. — Tu y es pour beaucoup aussi. Merci pour cette journée merveilleuse. Et pour l'invitation.

— Je suis content que tu sois venue.

Il prit une gorgée, puis ajouta de la salade dans son

assiette avant de prendre son couteau et sa fourchette. — Tu sais, tu es la première femme que j'ai reçue ici depuis la visite de mon agent il y a deux ans. Je veux dire, seule. J'ai organisé quelques réunions avec des hommes et des femmes, mais aucune femme individuellement depuis Jules.

Elle sourit. — Vraiment ?

Il acquiesça. — Je t'ai dit que je n'ai pas eu de rendez-vous depuis longtemps. Ça n'en vaut simplement pas la peine.

Elle coupa son steak. Il était parfaitement cuit. — Est-ce que ça te semble être une corvée ?

Son sourire disparut. — Je ne voulais pas... c'était mal dit.

Elle rit. — Je te taquine. Je comprends ce que tu voulais dire. Et je suis d'accord. L'idée de sortir à nouveau avec quelqu'un me semble aussi attirante que d'essayer de traverser un champ de mines les yeux bandés. Je n'en ai aucune envie.

— Et pourtant, te voilà.

— Ça ne ressemble pas à des rendez-vous.

Ça n'y ressemblait vraiment pas, bien qu'elle supposât que c'était ce que c'était, d'une certaine façon.

— À quoi ça ressemble alors ?

— À... une amitié romantique.

Il hocha la tête. — C'est une façon parfaite de le décrire. C'est facile d'une manière qu'aucune relation n'a jamais été pour moi.

— Je suis d'accord. C'est le cas.

Il attrapa une tomate cerise au bout de sa four-chette. — Qu'est-ce que tu penses que ça signifie ?

Elle avait presque peur de répondre. Parce que pour elle, c'était quelque chose de très spécial. Quelque chose qu'elle devrait arrêter de combattre et commencer à accepter.

Ce qu'elle pensait que cela signifiait, c'est qu'elle serait folle de ne pas déménager ici et de ne pas tenter sa chance avec ce qui pourrait être l'amour de sa vie.

Mais cette vieille peur d'être trahie à nouveau la retenait et elle ne savait pas vraiment comment la surmonter.

Il devait y avoir un moyen. Et pour Grant, elle était prête à travailler dur pour le trouver.

Chapitre Vingt-Deux

Jenny porta la main à son estomac. — J'ai l'impression de n'avoir pris que quelques bouchées de différents plats, mais je suis gavée.

À côté d'elle, Nick rit. — C'est peut-être vrai, mais j'ai remarqué que tu n'étais pas si encline à partager ce gâteau coulant au Kahlua.

Jenny retint un rire. — Il était *très* petit.

Il pouffa. — Je vois. C'est comme ça, hein ?

— Tu aurais peut-être dû insister davantage. Elle lui sourit. C'était vraiment agréable de flirter avec lui. Et très plaisant à regarder, aussi.

— Je m'en souviendrai pour la prochaine fois, dit-il, les yeux pétillants d'amusement.

Sa mère soupira d'un air profondément satisfait. — C'était un repas exceptionnel, mais je ressens la même chose que toi, Jenny. Je suis *repue*. Je n'aurais pas dû prendre ce gâteau à la noix de coco, mais c'était tellement bon que je ne peux pas le regretter.

Grace acquiesça. — C'était fantastique. Je suis contente que tu m'en aies donné une bouchée. Et la tarte à la crème de mangue valait aussi les calories.

Olivia se pencha vers elles. — Une promenade sur la plage serait agréable, non ?

— Ce serait bien, dit Grace. Mais je ne pense pas en être capable.

— Je comprends, dit Olivia. Les béquilles et le sable ne font pas vraiment bon ménage.

Jenny jeta un coup d'œil à Nick. Une promenade sur la plage lui paraissait vraiment tentante. Surtout avec lui. — Qu'en dis-tu ? Tu veux qu'on aille se promener ?

Il hocha la tête. — Avec plaisir. Tant que ta mère ne voit pas d'inconvénient à ce que je t'enlève.

Olivia secoua la tête. — Allez-y. Amusez-vous. Je raccompagnerai Grace à son bungalow. Je suis sûre que son mari restera encore quelques heures.

Grace posa sa serviette à côté de son assiette. — Ce serait parfait, merci.

Jenny repoussa sa chaise. — Alors on va y aller. Merci encore pour l'invitation, Grace.

— Je t'en prie.

Nick aida Jenny à se lever en tirant sa chaise. — Oui, c'était vraiment gentil de m'inclure. Je suis sûr qu'on se verra demain. Passez une bonne soirée.

— C'était agréable d'avoir de la compagnie, dit Olivia. Jenny, on se retrouve au bungalow.

Jenny acquiesça. — À tout à l'heure.

Elle et Nick sortirent ensemble. — C'était honnête-ment un des meilleurs repas que j'aie jamais mangés.

Peut-être que tout a meilleur goût dans un endroit comme celui-ci, mais wow, c'était délicieux.

Il sourit. — Je suis d'accord. Mais tu as raison, le cadre y est peut-être pour quelque chose.

Alors qu'ils quittaient le bâtiment, il lui tint la porte. — Ta mère est vraiment sympa. Et vous sembliez bien vous entendre. J'imagine que tu lui as parlé ?

Jenny acquiesça. — Oui. On a eu une longue conversation sur toutes sortes de choses. Et j'ai réalisé que je devais grandir et dépasser certains de mes problèmes. Les choses se passent plutôt bien entre nous jusqu'à présent. On a passé un super moment sur le bateau aujourd'hui. En fait, je ne me souviens pas qu'on ait déjà eu une journée comme celle-là. Du moins, pas depuis que j'étais petite.

— C'est vraiment bien.

Elle retourna la question contre lui. — Tu as parlé à ta mère depuis que tu es ici ?

— Non. Et je n'en ai pas l'intention. Il soupira. — Je ne veux pas déboucher cette bouteille, tu comprends ?

— Pourquoi pas ? Tu penses qu'elle serait fâchée que tu sois ici ? Ton père n'est plus là. Ce n'est pas comme s'il pouvait encore t'influencer maintenant.

Ils traversèrent le chemin et s'aventurèrent sur la plage.

— Non, ce n'est pas ça, dit Nick. Bien qu'elle serait probablement furieuse que je sois ici pour essayer d'en savoir plus sur lui malgré tout. Et si elle apprenait que je logeais chez Iris, elle péterait un câble. Il n'y a aucune logique là-dedans non plus. Iris n'avait rien à voir avec le divorce de mes parents. Elle n'était même pas dans le paysage à ce moment-là. Crois-moi quand je te dis que je suis à peu près sûr que c'était entièrement la faute de ma mère.

— Alors qu'est-ce que c'est ?

Il s'arrêta au bord de l'eau. — Elle me... pousserait à prendre cet endroit.

Jenny fronça les sourcils, ne comprenant pas tout à fait. — Le prendre ?

Il fixa l'horizon, qui se fondait rapidement dans la ligne sombre de l'eau. — Je suis le seul enfant d'Arthur. Ma mère me répète depuis toujours qu'un gros héritage m'attend. Je suis presque sûr qu'elle parlait de cet endroit. Mais il l'a laissé à Iris.

— Si elle était si certaine que tu allais hériter de tout ça, pourquoi ne t'a-t-elle pas encouragé à avoir une relation avec Arthur ?

— Je suppose qu'elle pensait qu'il me le laisserait de toute façon. Elle m'a toujours dit que c'était un homme très capricieux, sujet à des accès de colère noire. Ce sont ses mots. Elle ne voulait pas que je sois exposé à ça. Et elle ne voulait pas que je le contrarie. Il haussa les épaules. — Je n'ai aucune idée s'il était vraiment comme ça ou non. Les souvenirs que j'ai de lui ne le confirment certainement pas.

— Elle ne le décrit certainement pas comme un homme qui paierait les frais de scolarité médicale de son fils avec qui il est en froid. Mais Jenny se demandait pourquoi Arthur n'aurait rien laissé à Nick. Bien sûr, de l'aveu même de Nick, il n'avait pas été présent dans la vie d'Arthur et n'avait pas permis à Arthur d'être dans la sienne. Certes, sa mère y était pour beaucoup, mais peut-être qu'Arthur avait été blessé par tout cela. — Tu penses qu'elle te pousserait à contester son testament ?

Nick acquiesça. — Probablement. Et je ne veux pas faire ça. Iris est adorable et tellement gentille. Elle m'a accueilli chez elle, m'a donné un endroit où séjourner, a partagé ses albums photos avec moi... Je ne pourrais pas lui faire ça.

Jenny retira ses sandales et s'approcha de l'eau. — Et pourtant, je sens une certaine hésitation dans ta voix.

Il poussa un long soupir. — Je comprends pourquoi je n'étais pas dans le testament de mon père. Vraiment. Mais je mentirais si je disais que ça ne me fait pas mal d'en avoir été exclu.

— Il a payé tes études. Peut-être qu'il considérait que c'était ton héritage.

— Oui. C'est possible. J'y ai pensé. Et il ne me doit rien. C'est à peu près ce que je mérite. Je suppose que je veux juste... je veux savoir si mon père pensait au moins à moi.

Jenny le regarda fixement. Même dans la lumière de la lune, des étoiles et des torches qui bordaient le chemin, Nick semblait blessé. — Je suis sûre qu'il pensait à toi.

— Ouais, dit Nick. Il passa une main sur son visage. — Il se demandait probablement pourquoi diable j'étais un si mauvais fils.

— Je suis certaine que ce n'était pas du tout ça. Il savait comment était ta mère, n'est-ce pas ?

Nick cligna fort des yeux. Comme s'il refoulait des larmes. — Oui.

— Alors il devait savoir qu'elle était un facteur dans votre relation.

— Il le savait, j'en suis sûr. Mais il savait aussi que je n'ai pas fait beaucoup d'efforts pour arranger les choses. Pas avant qu'il ne soit trop tard. C'est un lourd fardeau à porter, tu sais ? Ce sentiment d'avoir échoué et de ne jamais pouvoir réparer ça. Ses yeux brillaient d'un éclat liquide dans la lumière du soir.

Elle voulait le réconforter mais ne savait pas comment s'y prendre. — Je suis sûre qu'il ne pensait pas que tu avais échoué. Tu devrais peut-être en parler à Iris. C'est pour ça que tu es ici, non ?

— Ouais. Il fixait le sable, le tapant du pied. — Je ne veux pas qu'elle pense que je suis ici pour pêcher un héritage. J'ai peur de l'effrayer si elle croit que je suis venu pour lui prendre cet endroit.

— Comment sais-tu qu'elle ne le pense pas déjà ? Tu dois vraiment lui parler. Tu m'as poussée à parler à ma mère et regarde comment ça s'est terminé.

Il eut un petit rire. — C'est vrai. Il sourit. — Merci. Tu as raison. Je dois lui parler et lui dire exactement ce que je ressens. Mais pas ce soir. J'ai le sentiment que ça va être une longue conversation. Le genre qu'il vaut mieux avoir autour d'un café et d'un long petit-déjeuner.

Jenny sourit aussi. — De rien. Maintenant, tu me dois cette promenade sur la plage.

Il lui prit la main. — C'est une dette que je peux payer.

Chapitre Vingt-Trois

—Très habile, dit Grace en se déplaçant péniblement vers la maison d'Iris. Plus vite elle en aurait terminé avec ces béquilles, mieux ce serait.

—De quoi parlez-vous ? demanda Olivia.

—D'avoir utilisé la suggestion pour que votre fille aille se promener avec Nick. C'est un homme sympathique. Même s'il risque de tout ruiner pour nous.

Olivia secoua la tête. —Je vous en prie, ne dites pas que c'est vrai.

—J'espère que non, mais je pense que nous devons être réalistes à ce sujet.

—Je ne ferai aucun jugement avant d'avoir parlé à Iris.

—J'essaie de faire pareil, mais c'est difficile.

Olivia toucha l'épaule de Grace. —Ne perdez pas espoir tout de suite.

Devant elles, la maison d'Iris apparut à travers les

arbres. Les lumières étaient allumées et il y avait du mouvement à l'intérieur. Vera, peut-être.

Elles montèrent les marches jusqu'à la porte. Olivia frappa. Grace souhaitait de tout son cœur que cette rencontre leur apporte de bonnes réponses et qu'elles découvrent que rien n'avait changé.

Vera ouvrit. —Bonjour, mesdames. Iris est sur la véranda latérale si vous voulez entrer. Je vais l'informer de votre présence.

—Merci, dit Grace.

Vera hocha la tête. —Sachez simplement que ce n'est pas un de ses meilleurs jours.

Grace fronça les sourcils. —Elle ne va pas bien ?

Vera jeta un coup d'œil vers la véranda latérale. —Elle n'est simplement pas tout à fait elle-même. Je préfère ne pas en dire plus.

—Pauvre Iris, dit Olivia. —A-t-elle besoin de consulter un médecin ?

—Probablement, dit Vera. —Mais elle refuse d'en voir un. Ou de me laisser en appeler un. Elle peut être très têtue quand elle le veut.

—A-t-elle peur des médecins ? demanda Grace.

—Peut-être, répondit Vera. —Je pense qu'une partie de cette crainte vient du fait qu'elle les associe au décès d'Arthur, ce qui ravive des souvenirs douloureux.

—Je peux comprendre cela, dit Olivia.

Grace hocha la tête. —Merci de nous avoir prévenues, Vera.

—Je vous en prie. Voulez-vous quelque chose à manger ou à boire ?

—Ça va pour moi, dit Grace. —Nous venons de dîner.

—Pareil, dit Olivia. —Je ne pourrais pas avaler une bouchée de plus.

—Très bien, alors. Laissez-moi juste aller voir comment elle va.

Quand Vera les quitta, Grace jeta un coup d'œil à Olivia. —Saviez-vous qu'Iris avait des mauvais jours ?

Olivia secoua la tête. —Pas vraiment. Je me demande depuis combien de temps cela dure.

Grace exhala. —Je ne sais pas, mais ça rend encore plus important de comprendre tout ça. Pour elle.

Vera revint. —Allez-y. Elle sera heureuse de vous recevoir.

Grace et Olivia se dirigèrent vers la véranda. Iris était assise dans l'un des fauteuils, ses chats à proximité. Elle semblait pâle et plus fragile que la veille. —Bonjour, Iris.

Iris la regarda. —Bonjour. Elle hésita, plissant les yeux avec concentration. —Grace ?

Grace hocha la tête, le cœur serré. Est-ce qu'Iris allait vraiment si mal qu'elle avait du mal à se souvenir des prénoms ?

Iris se mit soudain à rire. —Bien sûr que vous êtes Grace. Elle regarda Olivia. —Et vous êtes Olivia. C'est juste un peu sombre ici. Ma vue n'est plus ce qu'elle était.

Grace regarda Olivia, mais il ne semblait pas qu'elle croyait non plus à cette excuse. Vera lui aurait sûrement dit qui était venu lui rendre visite. Elle se tourna à nouveau vers Iris. —Merci de nous recevoir un petit moment. Nous aimerions vous parler de quelque chose.

—Je suis toujours heureuse de vous voir, les filles. Asseyez-vous, dit Iris. Elle semblait concentrée sur les palmiers juste au-delà de la véranda. —Venez profiter de la soirée avec moi. N'est-ce pas joliment ? Ça va tellement me manquer.

Elles prirent place sur le canapé voisin. Grace jeta un nouveau regard à Olivia. Elle avait l'air aussi bouleversée que Grace. Ce n'était peut-être pas le bon moment pour parler de Nick après tout. Elle aurait aimé pouvoir communiquer mentalement cette pensée à Olivia.

Mais Olivia attaqua directement. —Nous avons dîné avec Nick ce soir.

Iris hocha la tête, regardant toujours l'eau. —C'est un gentil garçon. Il séjourne ici chez moi. Au troisième étage. Le saviez-vous ?

—Oui. Grace prit une inspiration. Il n'y avait plus de retour en arrière possible maintenant. —Il nous a dit que vous veniez juste de vous rencontrer. Alors que...

Iris tourna la tête, une lueur claire dans les yeux. — Alors qu'il est le fils d'Arthur ? La sérénité quitta son visage. —N'est-ce pas quelque chose ? Après toutes ces années, il se pointe ici. C'est surtout la faute de sa mère. J'en suis convaincue.

Olivia s'éclaircit doucement la gorge. —Est-il ici pour... prendre possession de l'île ?

Iris laissa échapper un rire amer. —J'aimerais bien le savoir. Après tout ce que j'ai promis à vous, les filles, je n'arrive pas à croire que cela soit arrivé. Quand Arthur est tombé malade, il a essayé de contacter Nick par l'intermédiaire de Yolanda, le seul moyen dont il disposait, mais elle a bloqué ses efforts. Il a même engagé un détective, mais sans résultat parce que Yolanda en a engagé un de son côté pour envoyer l'homme d'Arthur sur de fausses pistes avec des informations bidon. Vous pouvez le croire ?

—Wow. Elle ne voulait vraiment pas qu'il parle à Nick, n'est-ce pas ? Grace observa la façon dont Iris serrait ses mains en poings serrés. Elle était visiblement bouleversée par tout cela. Ça ne semblait pas être le cheminement mental le plus sain pour elle, mais en même temps, elle paraissait avoir l'esprit assez clair pour le moment.

Iris soupira. —Je ne voulais pas vous le dire, les filles, parce que je ne voulais pas que vous vous inquiétiez. J'ai appelé l'avocat d'Arthur, celui qui a rédigé son dernier testament, mais il ne m'a pas encore rappelée. Je ne sais pas s'il est absent ou quoi, mais j'espère qu'il pourra me donner des réponses bientôt.

—Ce serait bien, dit Olivia. —Et écoutez, si c'est pour ça que Nick est ici et qu'il est censé hériter de tout cela, alors nous comprenons qu'il est de la famille et pas nous. Vous ne nous devez rien. Vous ne nous avez jamais rien dû.

Iris les fixa d'un regard d'acier. —Je ne vois pas les choses ainsi du tout. Vous, les filles, avez fait de moi une mère, quelque chose que je n'aurais jamais pu vivre autrement. Et je sais que vous confier cet endroit est la bonne chose à faire. La meilleure façon de préserver tout ce qu'Arthur et moi avons construit. Nick...

Elle secoua la tête et se tut à nouveau.

Grace hasarda une conjecture. —Vous pensez qu'il le
vendrait ?

Iris haussa les épaules. —Pour ce que j'en sais, oui. Et
un Marriott quelconque l'achèterait pour le transformer
en un de leurs hôtels en plastique, tous identiques, et y
faire venir des gens par centaines, et cet endroit magnifique et magique ne serait plus rien d'autre qu'un moyen
de gagner des points de fidélité.

Elle déglutit comme si quelque chose lui obstruait la
gorge. —Arthur se retournerait dans sa tombe si cela arrivait. Qu'il repose en paix.

Grace pensa qu'un changement de sujet s'imposait. —
Iris, puis-je vous demander quelque chose ?

Le visage d'Iris s'adoucit. —Absolument, Grace. De
quoi s'agit-il ?

—Pourquoi devez-vous quitter l'île ? Je sais que vous
avez une sœur dans le Kentucky, mais ne pourrait-elle
pas venir ici ? Vous avez certainement les moyens d'engager du personnel à demeure.

Le menton d'Iris s'abaissa légèrement. —Je ne vous ai
pas dit ça, les filles, mais ma santé n'est pas au mieux.
Vieillir est une chose terrible. Surtout quand votre corps
et votre esprit commencent à vous trahir. Rester ici serait
merveilleux. Mais je ne pense pas que ce soit la meilleure
décision pour moi. Même ces marches devant la porte
d'entrée sont compliquées pour moi. Et ma sœur est
plusieurs années plus âgée et en moins bonne santé.

Une larme coula sur sa joue. Olivia laissa échapper
un léger sanglot. Grace prit la main d'Iris. —Je déteste
vous voir partir. Vraiment. Cet endroit a été votre foyer

pendant très, très longtemps. En plus, vous allez terriblement nous manquer à toutes.

Iris lui adressa un faible sourire. —Le temps passe. Nous n'y pouvons pas grand-chose. Elle prit une profonde inspiration, l'exhalant avec un petit frémissement, puis secoua la tête comme si elle en avait assez de cette conversation. —Comment David s'est-il débrouillé en cuisine ?

—Il a fait un travail remarquable, dit Olivia. —Il a préparé l'un des meilleurs repas que j'aie jamais mangés.

—Vraiment ? Un grand sourire s'étendit sur le visage d'Iris. —Comme c'est merveilleux. Je suis si contente de l'entendre. Elle regarda Grace. —Pensez-vous qu'il voudra prendre la relève en cuisine alors ?

Grace n'était pas sûre de comment répondre à cela. —Je suppose que je le saurai ce soir quand il reviendra. Il semblait s'amuser. Mais je ne sais pas si je devrais l'encourager à se projeter dans cet endroit alors que nous ne savons pas ce qui va se passer.

Elle détestait ramener la conversation sur le sujet de Nick et de ses projets, mais tellement de choses en dépendaient.

Le sourire d'Iris s'évanouit. —Je comprends.

—Avez-vous demandé directement à Nick quelles sont ses intentions ? demanda Olivia.

—Non, dit Iris. —J'avais peur de lui mettre des idées en tête, au cas où elles n'y seraient pas déjà. Mais vous, les filles, vous avez besoin de savoir, n'est-ce pas ? Je suppose que je vais devoir le lui demander.

—Y a-t-il quelque chose que nous puissions faire ? demanda Grace.

Iris secoua la tête. —J'aimerais bien qu'il y ait quelque chose. Elle sourit. —Vos visites sont agréables, cependant. J'apprécie que vous veniez me voir.

—Nous vous aimons, dit Olivia.

—C'est vrai, renchérit Grace. —Voulez-vous que nous restions avec vous un moment ? Ou préférez-vous être seule ?

—Restez, murmura Iris. —S'il vous plaît.

—Bien sûr, dit Grace. Elle s'installa et utilisa soigneusement ses mains pour poser sa cheville blessée sur le pouf devant le canapé. Elle jeta un coup d'œil à Olivia. —Ça vous va ?

Olivia hocha la tête, puis posa ses pieds aussi.

Elles restèrent ainsi un moment, peut-être une vingtaine de minutes, jusqu'à ce que Vera sorte. —Puis-je vous apporter quelque chose ?

Elles secouèrent toutes la tête, sauf Iris, qui posa ses mains sur les accoudoirs du fauteuil comme si elle se préparait à se lever. —Je pense que je vais me coucher et laisser ces filles faire de même. M'aiderez-vous, Vera ?

—Oui, madame. Elle prit la canne d'Iris et la lui tendit.

Grace saisit ses béquilles et se redressa. —Nous allons vous laisser tranquille. Bonne nuit, Iris.

—Merci, Grace. J'espère que vous dormirez bien toutes les deux. Nous parlerons demain, d'accord ?

—D'accord, répondit Grace.

—Vera, dit Olivia. —Nous pouvons sortir seules.

Vera hocha la tête. —Bonne nuit, mesdames.

Olivia ouvrit la porte pour Grace. Aucune d'elles ne dit grand-chose jusqu'à ce qu'elles soient de retour sur le chemin vers les bungalows.

Grace secoua la tête. —Pauvre Iris.

—Je sais, dit Olivia. —N'y a-t-il rien qu'on puisse faire pour l'aider ?

—Je ne sais pas. Mes deux parents sont encore en bonne santé. Ma grand-mère avait une démence, mais ça n'affectait que son esprit. Elle était encore forte comme un bœuf jusqu'au jour de sa mort.

Olivia soupira. —Allons-nous garder cela secret ou le dire aux autres filles ?

—Vous voulez dire à propos de Nick ou d'Iris ?

—Les deux.

Grace fit une grimace. —Je pense que nous devons le leur dire. Même si ce ne sont pas exactement nos secrets à partager.

—D'accord. Vous savez, dit Olivia. —Nick est médecin.

Grace la regarda. —Qu'êtes-vous en train de suggérer ?

Olivia ne répondit pas tout de suite, comme si elle rassemblait ses pensées. —Qu'il pourrait être le seul médecin qui aurait une chance de l'examiner.

—Vous pensez que nous devrions lui parler ? Alors qu'il pourrait être l'ennemi ? Grace n'était pas totalement opposée à cette idée, mais que se passerait-il s'il utilisait la santé d'Iris contre elle ?

—Il ne l'est peut-être pas. Et je pense que ça vaut le coup d'essayer.

—Je n'aime pas beaucoup cette idée, mais vous avez probablement raison.

—Alors ce sera notre plan. Olivia hocha la tête. —Je verrai si je peux lui parler ce soir. Qui sait ? Peut-être que cela nous montrera quelles sont ses intentions.

—Peut-être, dit Grace. Mais il était aussi possible qu'elles lui donnent simplement un autre moyen de s'emparer de l'île. Elle ne voulait pas penser cela, mais Iris avait clairement besoin d'aide.

Nick pourrait-il vraiment être celui qui pourrait l'aider ?

Chapitre Vingt-Quatre

Au lieu d'entrer dans le bungalow, Olivia s'assit sur les marches pour essayer d'intercepter Nick. Avec un peu de chance, il serait assez galant pour raccompagner Jenny jusqu'au bungalow au lieu de la laisser revenir seule.

Une dizaine de minutes plus tard, deux personnes apparurent sur la plage. Elle sourit en reconnaissant Jenny et Nick. Ils se tenaient la main.

C'était touchant à voir, et elle était contente que Jenny ait trouvé quelqu'un qui lui plaisait, mais Olivia s'inquiétait toujours des motivations de Nick pour être ici.

Elle les observa, se sentant un peu gênée de le faire, mais ils la verraient de toute façon en se rapprochant. Ils s'arrêtèrent près des chaises longues, face à face. Étaient-ils en train de se dire bonne nuit ?

Oh. Ils s'embrassaient.

Maintenant, Olivia se sentait *vraiment* comme une

espionne. Peut-être devrait-elle essayer d'entrer sans faire de bruit. Mais alors, elle ne pourrait pas parler à Nick, ce qui était la raison même de sa présence ici.

Au lieu de cela, elle sortit son téléphone et s'occupa avec un jeu pour ne pas avoir l'air d'épier.

Quand Nick et Jenny approchèrent, elle fit semblant d'être surprise par leur arrivée.

— Je ne vous ai pas entendus. Comment était votre promenade ?

Mais Olivia savait déjà. Jenny était rouge et semblait aussi heureuse qu'Olivia ne l'avait vue depuis qu'elle était petite fille.

— C'était vraiment agréable, dit Jenny. On pensait aller nager. La piscine est ouverte vingt-quatre heures sur vingt-quatre ici, tu sais.

Puis elle fronça les sourcils.

— Il y a un problème ? Pourquoi es-tu assise dehors ?

— J'espérais parler à Nick.

Olivia se leva.

— Avez-vous un moment ?

— Maman.

Le ton de Jenny contenait un léger avertissement. Comme si elle craignait qu'Olivia ne l'embarrasse.

Olivia regarda sa fille.

— Je dois lui parler d'Iris.

Elle reporta son attention sur Nick.

— Grace et moi sommes finalement allées la voir ce soir. Nous savions qu'elle ne se sentait pas bien et quand nous sommes arrivées, elle semblait vraiment pas dans son assiette au début. Vera, sa gouvernante, a dit qu'elle passait une mauvaise journée. Vera nous a aussi dit qu'Iris refuse de voir un médecin. Ou d'en faire venir un.

Nick hocha la tête.

— Elle m'a semblé pâle plus tôt, mais quand je l'ai mentionné, elle m'a rembarré.

— Grace et moi sommes inquiètes pour elle. Vera aussi. Y a-t-il quelque chose que vous puissiez faire ?

Il haussa les épaules.

— Je ne peux pas forcer quelqu'un à accepter des soins. Mais je m'inquiète pour elle aussi.

— Elle semblait même incertaine de qui était Grace au début.

Nick fronça les sourcils.

— Sans connaître ses antécédents médicaux familiaux ou consulter son dossier, il m'est impossible de deviner ce qui se passe. Mais je verrai ce que je peux faire. Sans promesse, vous comprenez.

— Je comprends et je vous remercie.

Olivia pensa que c'était probablement le meilleur résultat qu'elle pouvait espérer.

— Maintenant, si vous voulez bien m'excuser, je vais aller lire sur la terrasse arrière. Bonne nuit.

— Bonne nuit, maman. Je rentre me changer dans une minute.

— Amusez-vous bien.

— Bonne nuit, Olivia, dit Nick.

— Bonne nuit.

Elle entra et se dirigea directement vers la chambre. Elle s'assit sur son lit et envoya un texto à Grace. *Nick va voir ce qu'il peut faire mais ne promet rien. Il ne peut pas la forcer.*

Grace répondit immédiatement. *Je comprends. C'est mieux que rien, non ?*

Exact. Et peut-être qu'après leur discussion demain matin, nous en saurons plus sur sa santé et ses intentions.

Je croise les doigts. Bonne nuit.

Bonne nuit. Olivia posa son téléphone.

La porte d'entrée s'ouvrit et se referma. Quelques instants plus tard, Jenny entra dans la salle de bain avec son maillot de bain.

— Je n'en ai que pour une minute.

— Prends ton temps.

Olivia sortit son pyjama, pensant se changer avant d'aller sur la terrasse arrière. Puis elle réalisa qu'elle n'avait pas vraiment envie de lire. Elle avait envie de voir Eddie.

Jenny sortit, portant un joli bikini à fleurs avec un long débardeur par-dessus.

— Avons-nous des serviettes de piscine ?

— Il y a un stand près de la piscine.

— Parfait. Merci.

— Amuse-toi bien.

Jenny sourit.

— Merci. Bonne nuit.

Dès qu'elle fut partie, Olivia prit son téléphone et sa clé et se dirigea vers les bungalows du personnel. Elle envoya un texto à Eddie en chemin. *Tu as envie de compagnie par hasard ?*

Cette compagnie, c'est toi ?

Elle sourit. *Oui.*

Alors j'en ai envie.

Elle lui envoya un pouce levé et un smiley. Elle prit l'embranchement du sentier et traversa l'espace commun des employés pour pouvoir contourner et arriver devant son bungalow.

Il était assis sur le porche, buvant un soda.

— *Hola, cariña.*

Elle lui sourit.

— Salut. Tu viens de m'appeler Carina ?

Il rit.

— Ça veut dire chérie. Ou ma douce. Ce n'est rien de mal, je te promets.

Elle monta les marches.

— Je ne pensais pas que c'était mal.

Il sortit un soda de la petite glacière à ses pieds.

— Tu veux boire ?

Elle le prit.

— Merci.

Elle se pencha et l'embrassa avant de s'asseoir.

Il haussa les sourcils.

— Je devrais t'offrir du soda plus souvent.

Elle rit en dévissant le bouchon et prit une gorgée. La boisson fraîche était bonne.

— Merci encore pour cette superbe journée avec Jenny. Elle était aux anges.

— Bien, j'en suis content.

Il mit ses pieds sur la balustrade.

— Comment était le dîner ?

— Incroyable. David, le mari de Grace, cuisinait dans la cuisine ce soir.

— J'ai entendu ça.

— Vraiment ? De qui ?

Il haussa les épaules.

— C'est une petite île avec un personnel très soudé. Les nouvelles circulent. J'ai entendu qu'il s'en est très bien sorti.

— D'accord, qui a dit ça ?

— Quelques employés à qui j'ai parlé. En salle et en cuisine.

— C'est super. Si les employés pensent qu'il a bien travaillé, c'est bon signe.

Il l'examina.

— Tout va bien ?

Comment arrivait-il à le percevoir ? Elle secoua la tête.

— Ça va, mais j'ai beaucoup de choses en tête.

— Je vois ça. Tu as une petite ride juste ici quand tu réfléchis à quelque chose.

Il pointa l'espace entre ses sourcils.

— Alors, qu'est-ce que c'est ?

— C'est Iris. Et Nick. Tu sais, le gars qui était sur le bateau avec nous le jour où Jenny est arrivée ? Lui.

— Quoi à propos de lui ? Et quoi à propos d'Iris ?

Olivia expira.

— Tu sais qu'Iris... a des problèmes de santé.

Eddie fronça les sourcils.

— Je sais. Ça dure depuis un moment maintenant.

— Ça fait combien de temps ?

— Six mois peut-être ? J'ai proposé plusieurs fois de l'emmener sur le continent pour voir un médecin, mais elle refuse d'y aller.

— Oui, ça semble être un refrain commun. Grace et moi sommes allées la voir ce soir et elle n'allait pas bien. Elle semblait plus elle-même au fil de la conversation, mais au début, elle paraissait un peu confuse.

— Elle a oublié mon nom plusieurs fois. Et une fois, elle m'a pris pour Rico.

Il soupira.

— Je m'inquiète pour elle. C'est pourquoi j'espérais que son idée de tout vous confier à vous cinq fonctionnerait.

— Oui, à ce sujet. Je ne suis pas sûre qu'il y aura quoi que ce soit à nous confier. Nick Oscott ? C'est le fils estrangé d'Arthur.

La bouche d'Eddie s'ouvrit et ses pieds quittèrent la balustrade.

— Tu en es sûre ?

— C'est ce qu'il a dit, et Iris semble le croire. Je suppose qu'il y a une chance qu'il mente, mais ce serait assez facile à vérifier.

— Alors quelqu'un enquête là-dessus ?

Elle secoua la tête.

— Pas que je sache. Et je ne saurais même pas à qui demander. Je veux dire, si Iris ne le fait pas...

— J'ai le numéro de son avocat. Elle me l'a donné il y a un moment au cas où il lui arriverait quelque chose. Je pense que maintenant serait le bon moment pour l'utiliser.

Olivia acquiesça.

— Je suis d'accord. Elle dit l'avoir appelé elle-même, mais qu'il ne lui a pas encore répondu. Merci. Je savais que venir te parler était une bonne idée.

— Mais tu t'inquiètes que Nick vienne pour prendre le terrain et l'entreprise, n'est-ce pas ?

— Absolument. C'est un type assez sympa. Jenny l'aime bien. Elle, Grace et moi avons dîné avec lui ce soir. Il ne donne pas l'impression de planifier une grande prise de contrôle, mais on ne peut jamais savoir avec les gens.

Ses yeux se plissèrent.

— Avant la mort d'Arthur, il m'a fait promettre de protéger Iris et cet endroit. Si son fils est ici pour causer des problèmes, il va se heurter à plus de résistance qu'il ne le pense.

Elle tendit la main et prit la sienne.

— Merci d'être de son côté. Iris a besoin de nous tous en ce moment. Mais écoute, à propos de sa santé. Nick est médecin. Je lui ai parlé d'elle ce soir et il a promis d'essayer de comprendre ce qui lui arrive. Peut-être pourra-t-il la convaincre de consulter quelqu'un. Ou peut-être même qu'elle le laissera faire une évaluation. Il séjourne chez elle.

— Chez elle ? Comment est-ce arrivé ?

— Iris l'a invité. Il est au troisième étage, apparemment.

Eddie fronça les sourcils.

— Je n'aime pas ça. Je n'aime pas ça du tout. Ça sent le complot pour se lier d'amitié avec elle, puis la prendre par surprise.

— Avec tout le respect et l'admiration que je te porte, ton passé pourrait colorer un peu ton présent. Nick semble vraiment être un type bien.

— Les types bien n'abandonnent pas leurs pères. Bien que je sache que sa mère est une vraie plaie.

— C'est ce que j'ai entendu dire. Et sans vouloir le défendre, selon lui, il est en Ouganda depuis longtemps avec un programme appelé Med United. Il est hors du pays pratiquement depuis qu'il a obtenu son diplôme de médecine.

— Encore quelque chose qui peut être vérifié. Et je compte bien le faire.

Il y avait du feu dans les yeux d'Eddie.

Olivia ne put s'empêcher de sourire.

— Je ne t'ai jamais vu comme ça.

— Arthur et Iris m'ont très bien traité au fil des ans. Et j'ai fait ma promesse à Arthur. Je ne laisserai personne profiter d'elle.

— Bien. Je ne veux pas non plus qu'il lui arrive quelque chose. S'il y a quelque chose que tu as besoin que je fasse, dis-le-moi.

— Il y a une chose, dit-il. Surveille Nick de près.

Chapitre Vingt-Cinq

Après le dîner, Leigh Ann insista pour aider Grant à nettoyer. Après tout, il devait s'occuper du barbecue et ça ne la dérangeait pas de donner un coup de main. Elle emporta les assiettes et les couverts à l'intérieur, les rinça et les mit dans le lave-vaisselle. Ensuite, elle rapporta ce qui restait de la salade et la rangea, puis retourna dehors pour essuyer la table.

— Hé, dit-il. J'allais faire du décaféiné pour accompagner le dessert. Ça te tente ?

— Bien sûr.

— Et si on regardait un film pendant qu'on prend le dessert ?

— D'accord, ce serait sympa. Qu'est-ce que tu veux regarder ? Rien d'effrayant. Je ne supporte pas l'horreur. Je ne suis pas non plus fan des trucs super violents.

Il sourit. — Pas de problème. J'ai un film préféré qui pourrait être parfait pour une soirée comme celle-ci. Et parfait pour le dessert qu'on va prendre.

— Ah bon ? Elle mourait d'envie de savoir ce que c'était. Les films préférés d'une personne en disaient long sur elle.

— *Moonstruck*. Tu sais, avec Nicolas Cage et Cher ? Il l'observait comme s'il voulait voir sa réaction.

— Sérieusement ?

Ses sourcils se levèrent. — Pas bon ?

— Tu plaisantes ? J'adore ce film. Et ça fait longtemps que je ne l'ai pas vu. Oui, regardons-le. Comme si ce n'était pas déjà suffisant qu'il soit proche de la perfection, il aimait l'un des films les plus romantiques jamais créés.

Il sourit en fermant le couvercle du gril. — D'accord. Laisse-moi juste me laver les mains, puis je vais tout installer.

— Je peux m'occuper du dessert.

— Tu as déjà fait assez de travail. Je m'en occupe. Il l'embrassa en passant. — Bien que je doive dire que pour une femme avec ton genre de beauté sauvage, tu es étonnamment domestiquée.

Elle rit. — Tu fais les compliments les plus intéressants de tous les hommes que j'ai connus.

Il s'arrêta juste avant d'entrer. — Ma mère disait que mon manque de filtre allait soit me causer des ennuis, soit m'aider à gouverner le monde.

— Eh bien, tu n'as pas d'ennuis.

— Tant mieux. Il rentra.

Elle resta sur la terrasse un moment, regardant l'eau. Lui n'avait peut-être pas d'ennuis, mais elle, si. Pas de doute là-dessus. Elle tombait amoureuse de lui. Son cœur était rempli de lui. Et elle voulait être avec lui tout le temps. S'imprégner de sa façon affectueuse de la traiter.

Cette prise de conscience l'effrayait. Elle commençait à sentir qu'elle avait besoin de lui. Et cela l'inquiétait. Elle ne voulait pas avoir besoin d'un homme. Elle ne voulait pas non plus prendre une décision importante en se basant sur les désirs de son cœur.

Cette décision devait être prise avec sa tête. En utilisant la logique et la raison. Tout autre choix la mettrait trop en danger d'être blessée à nouveau.

Elle soupira. Pourrait-elle supporter d'être blessée à nouveau ? Elle n'en était pas sûre. Cela avait fait tellement de dégâts la première fois. Elle ne faisait que commencer à se retrouver.

Mais une partie de cela était grâce à Grant. Elle se retourna pour le regarder à travers les portes coulissantes. Il avait déjà commencé une cafetière de décaféiné et sortait le dessert du frigo, une boîte blanche en carton attachée avec une ficelle rouge et blanche.

L'odeur du café flottait jusqu'à elle.

Un homme aussi incroyable pouvait-il être réel ? Il devait avoir des défauts. Tout le monde en avait. Alors, quels étaient les siens ? Elle avait besoin de le savoir maintenant. Elle n'avait pas le luxe du temps pour les découvrir. Pas quand ils pourraient l'aider à prendre cette décision.

Elle rentra. — Je peux être un peu autoritaire parfois. J'aime les choses comme je les aime et ça veut dire que j'ai tendance à être inflexible. Et je parle dans mon sommeil.

Il la regarda comme si une étrangère venait d'entrer chez lui. — D'accord.

— Ce sont mes défauts, expliqua-t-elle. Je suis sûre que j'en ai d'autres, mais ce sont les principaux que tu dois connaître. Quels sont les tiens ?

Il cligna des yeux. Elle l'avait clairement pris au dépourvu. — Je, euh... Je deviens grincheux si on me dérange quand je travaille, et je peux être secret à ce sujet. J'ai tendance à porter mon cœur en bandoulière. Et je ne range pas toujours après moi. Est-ce que je peux demander ce qui a provoqué ça ?

Elle secoua la tête. — J'essaie de... comprendre quelque chose.

— Ça va ?

Elle enroula ses bras autour de son corps. — Je ne sais pas.

Il posa la boîte et s'approcha d'elle, la prenant dans ses bras. — Hé, tu peux me parler. Si tu veux parler.

Elle le regarda, dans ces yeux bleus liquides qui semblaient contenir une richesse de connaissances. Il n'y avait pas grand-chose à dire à part la vérité. — Je suis en train de tomber amoureuse de toi, et ça me fait peur.

Il ne réagit pas de manière excessive, ce qu'elle apprécia. — Parce que ça te donne envie de rester et tu ne veux pas que tes sentiments pour moi en soient la raison.

— Oui. Sa bouche s'ouvrit de surprise. — Comment es-tu aussi perspicace ?

— J'écoute. C'est tout. Tu m'as dit ce que tu as traversé. Et je peux voir dans tes yeux quand tu parles de ton passé que tu ne veux pas revivre ça. Et tu ne devrais pas. Tes sentiments pour moi ne devraient pas non plus être la raison pour laquelle tu changes ta vie. Tu dois venir ici parce que tu le veux.

— Mais et si je le voulais à cause de toi ?

— Je pourrais ne pas être suffisant. Je peux te dire que je le suis, mais ça pourrait s'avérer faux et je ne veux pas te faire ça. J'aimerais pouvoir dire que je suis la seule raison dont tu as besoin, mais ce n'est pas le cas. Tu dois faire ce déménagement pour toi. Pour ton bonheur. Parce que c'est ce que tu veux là-dedans. Il tapota son doigt contre sa poitrine.

Elle prit une profonde inspiration et se pencha vers lui, nichant sa tête sous son menton. — Je sais que tu as raison. Je sais que c'est ce que je dois faire. Mais l'idée d'être séparée de toi dans une semaine est juste...

Elle secoua la tête, incapable d'en dire plus.

Il la tint dans ses bras. — Alors ne pars pas encore. Prends une semaine de plus. Prends-en deux de plus. Je pense qu'Iris, plus que quiconque, comprendrait que tu veuilles être sûre de cette décision.

Elle le regarda à nouveau. — Tu crois qu'elle comprendrait ?

— Elle te demande de changer ta vie à cent quatre-vingts degrés. Et c'est une femme très intelligente avec beaucoup d'expérience. Je suis sûr qu'un peu plus de temps ne serait pas un gros problème.

Leigh Ann hocha la tête. — Je lui parlerai demain matin.

— Ça veut dire que tu veux que je te ramène ce soir ?

Elle sourit et secoua la tête. — Ça veut dire que je

veux prendre mon dessert et boire mon décaféiné pendant qu'on regarde *Moonstruck* et ensuite je veux prendre le petit-déjeuner et un café avec toi demain matin. Je reste. De plus, j'ai déjà fait savoir que le yoga au lever du soleil n'aura pas lieu demain. Elle avait laissé une note à la réception, leur demandant de mettre l'annulation sur la feuille d'activités du jour.

Il la prit à nouveau dans ses bras. — Je suis content que tu restes. Si ça fait de moi un égoïste, qu'il en soit ainsi. Mais je n'aime pas non plus l'idée d'être séparé de toi.

Il la lâcha finalement, prenant sa main et l'embrassant avant de se diriger vers le dessert. Elle le suivit, l'observant depuis l'autre côté de l'îlot central. Il versa deux tasses de décaféiné et en posa une devant elle.

Il avait déjà mis du sucre et de la crème, alors elle prépara son café tout en le regardant couper en deux le grand carré de tiramisu saupoudré de cacao. Il posa les morceaux sur des assiettes, puis ajouta des fourchettes. Il poussa une des assiettes vers elle. Il lui avait donné le plus gros morceau.

Elle ne prit pas l'assiette. — Échange avec moi. C'est trop gros.

— C'est la même taille que l'autre.

— Non, ce n'est pas vrai et tu le sais. Elle attrapa son assiette, mettant la sienne à la place. — Mais c'était gentil de ta part.

— Tu es ma muse. C'est dans ma nature de vouloir te gâter. Il prit son café et son dessert jusqu'au canapé et les posa tous deux sur la table basse. Puis il ouvrit le meuble en face du canapé, révélant un grand écran. Il prit la télé-commande, alluma le téléviseur et commença à taper le titre du film dans la barre de recherche de son service de streaming.

Elle apporta sa tasse et son assiette et s'assit, posant également son dessert. Elle sirota le décaféiné. C'était bon, mais comme Grant semblait aimer ce qu'il y avait de mieux en tout, ce n'était pas surprenant que son café soit excellent.

Il trouva le film et revint la rejoindre sur le canapé, éteignant les lumières de la cuisine avant de le faire. Il lui sourit. — Tu as besoin de quelque chose ?

Elle secoua la tête. — Non. Je vais bien.

Il lança le film et s'installa à côté d'elle.

Elle prit son tiramisu. Ce n'était pas la réponse la plus honnête, mais ce dont elle avait besoin, c'était de prendre une décision. Et ça, c'était quelque chose qu'elle devait faire seule.

Chapitre Vingt-Six

AMANDA AURAIT VOULU QU'UN TROU S'OUVRE DANS la terre et engloutisse temporairement sa mère. Fidèle à elle-même, sa mère critiquait tout, faisant clairement comprendre qu'elle ne voulait pas être ici. Amanda décida qu'elle n'allait pas la materner et essayer de lui faire changer d'avis.

Margaret était là parce qu'elle avait insisté pour venir. Elle aurait tout aussi bien pu rester au bungalow. Si elle préférait s'asseoir seule dans l'une des chaises extérieures plutôt que d'interagir avec leurs hôtes, c'était son choix.

Duke s'apprêtait à mettre la table avec les assiettes et les couverts sur la grande table à plateau de verre. Amanda alla l'aider avec la nappe, un joyeux plaid jaune.

Elle prit une extrémité et l'étendit.

— Merci.

— De rien.

Jack Shaw sortit avec les boissons qu'ils avaient demandées, tendant à Amanda un verre de vin blanc, puis en apportant un autre à Margaret. Amanda espérait que cela la détendrait. Il s'assit en face d'elle et commença à lui poser des questions. D'où elle venait, ce qu'elle aimait faire. Le genre de bavardages dans lesquels n'importe quelle personne normale s'engagerait.

Amanda but une gorgée de son vin, qui était vif et délicieux. Puis elle se rapprocha de Duke.

— Je suis vraiment désolée pour ma mère. Tes parents doivent penser qu'elle est un cauchemar, ce qui est assez précis, donc peut-être que ça va. Mais j'ai l'impression qu'elle gâche la soirée et ça me met en colère.

— Elle ne gâche que sa propre soirée. Ne la laisse pas gâcher la tienne.

Amanda expira.

— J'essaie. Mais c'est gênant.

Il commença à placer les assiettes à chaque place.

— Ne t'inquiète pas. Vraiment. Dis, pourrais-tu demander à ma mère si Jamie vient ou pas ? J'ai besoin de savoir si je dois lui mettre un couvert.

— Bien sûr.

Amanda posa son verre de vin sur la table et entra.

— Dixie ? Duke veut savoir si Jamie vient.

Dixie était en train de sortir du riz d'un cuiseur pour le mettre dans un grand bol.

— Elle a dit qu'elle venait. Je suppose qu'elle est en retard. Je devrais peut-être vérifier mon téléphone pour m'assurer que ses plans n'ont pas changé.

— Je peux t'aider ? Sortir ce bol ?

— Bien sûr. Mets juste ce couvercle dessus d'abord.

— D'accord.

Amanda prit le couvercle, puis apporta le grand bol à la table.

— Ta mère dit qu'elle est censée venir.

— D'accord. Je vais lui mettre un couvert.

Amanda jeta un coup d'œil à sa mère. Jack lui parlait toujours. Cet homme méritait une médaille. Goose était assis à côté de lui, ayant l'air d'écouter attentivement la conversation.

— Je devrais probablement aller sauver ton père.

— Il sait se défendre.

Elle reprit son verre de vin.

— Et dire que j'essayais de ne pas me laisser affecter par tout ça.

Elle lui sourit faiblement.

— J'échoue assez lamentablement, non ?

Il hocha la tête.

— Mais tu es excusable. Elle en fait beaucoup, je te l'accorde. Mais si tu trouves un moyen de t'amuser quand même, et qu'elle voit que ses efforts n'ont pas l'effet désiré, elle pourrait s'adoucir.

Elle leva son verre vers lui.

— Bien vu.

Puis elle but.

— Je retourne à l'intérieur pour aider ta mère. À moins que tu aies besoin que je fasse autre chose ?

Il secoua la tête en souriant.

— Amuse-toi, c'est tout.

Elle retourna à l'intérieur avec son vin. Les arômes doux et acidulés qui s'échappaient du grand wok de Dixie étaient alléchants.

— Ça sent vraiment bon.

— Merci, dit Dixie en remuant la viande et les légumes avec une grande spatule en métal. C'est ma propre recette. J'ajoute un peu de jus d'orange frais et une pincée de flocons de piment rouge à la sauce aigre-douce. Ce qui la rend douce, acide, fruitée et épicée.

Elle rit.

— Ce n'est pas traditionnel, mais la famille adore.

Amanda s'appuya contre le comptoir.

— Y a-t-il quelque chose que je puisse faire pour aider ?

Dixie sourit.

— Tu peux me prendre une bière dans le frigo.

Amanda posa son verre et alla chercher la bière pour Dixie.

— Merci.

Dixie dévissa le bouchon et but une gorgée, puis posa la bouteille près de la cuisinière.

— J'ai cru comprendre que tu allais devenir l'une des propriétaires de Compass Key ?

Amanda acquiesça, jetant un regard dehors.

— C'est vrai. Mais ma mère ne le sait pas encore. Je n'ai pas eu l'occasion de lui annoncer la nouvelle.

Dixie secoua la tête.

— Elle ne l'apprendra pas par moi. Mais félicitations.

Amanda sourit.

— Merci. Je suis désolée de l'avoir amenée. Je n'avais pas vraiment le choix. Elle n'est pas la personne la plus... agréable qui soit. Comme tu l'as sûrement remarqué.

— Duke m'a expliqué la situation.

Dixie éteignit le feu sous le wok et versa un grand bol de sauce orange dedans, puis remua à nouveau.

— A-t-elle toujours été comme ça ?

— Depuis que je me souvienne.

— Ça me semble être un mécanisme de défense. Quelque part dans sa vie, quelque chose l'a blessée si profondément qu'elle ne s'en est jamais vraiment remise. La personne qu'elle est aujourd'hui est née de cette blessure.

Amanda la regarda fixement, légèrement déconcertée par cette évaluation perspicace.

— Je n'y avais jamais pensé.

Dixie haussa les épaules.

— Je ne suis pas une experte, mais j'ai enseigné la psychologie pendant sept ans à l'Université de Géorgie.

Elle indiqua un grand plat de service sur le comptoir.

— Tiens ce plat pour que je puisse y vider le contenu du wok, tu veux bien ?

— Bien sûr.

Amanda prit le plat et le tint.

La porte d'entrée s'ouvrit.

— Je suis là, annonça une voix.

— On est dans la cuisine, Jamie, répondit Dixie.

Une jeune femme menue avec les mêmes boucles folles que Dixie, les siennes blond sale aux mèches roses, entra vêtue d'une salopette en jean coupée avec un t-shirt Minnie Mouse en dessous.

— Salut. Tu dois être la nouvelle petite amie de Duke. Je suis sa sœur, Jamie.

Petite amie ? Amanda ne savait pas comment répondre à cela.

Heureusement, Duke entra, lui épargnant la peine de répondre. Il sourit à sa sœur.

— Tiens, voilà la fainéante qui se montre enfin.

Jamie lui fit un câlin.

— Ne parle pas de toi comme ça.

— Tu as rencontré Amanda ? demanda-t-il.

Jamie hocha la tête.

— En quelque sorte.

Amanda sourit.

— Ravie de te rencontrer, Jamie. Ton frère a dit des choses très gentilles à ton sujet.

— Je le paie pour ça, plaisanta-t-elle.

Duke s'approcha et prit le plat des mains d'Amanda.

— Qu'est-ce qu'il faut encore apporter à table, maman ?

— Juste les nems, qui sont en train de rester au chaud dans le four. Et ta sœur peut s'en occuper dès qu'elle se sera lavé les mains.

— Je m'en charge, dit Jamie.

Duke ouvrit la marche pour retourner dehors, plaçant le plat au centre de la table à côté du plat de riz qu'Amanda avait apporté plus tôt.

Dixie jeta un coup d'œil à son mari avant de s'asseoir.

— C'est l'heure de manger, Jack.

— On arrive, répondit-il. Je dois resservir du vin à Margaret.

Jamie sortit avec une assiette carrée empilée de nems et la posa à côté du poulet à la sauce aigre-douce.

Ils prirent tous place tandis que Jack revenait avec deux bières dans une main et une bouteille de vin dans l'autre. Une fois les boissons distribuées, il s'assit en bout de table. Dixie était à sa droite, puis Amanda, puis Margaret à l'autre bout. À côté d'elle se trouvaient Duke, puis Jamie.

Amanda était au moins en face de Duke, mais elle aurait préféré être à côté de lui. Comme si elle avait senti cela, Dixie se leva.

— Duke, chéri, échange ta place avec moi. Je ne peux pas facilement parler à Margaret d'ici et je sais déjà que ton père et toi allez parler de pêche.

Il se leva, prenant son verre.

— D'accord.

Dès qu'il fut installé et que Dixie fut assise, Jack tendit les mains. Tous les Shaw se prirent les mains.

— Pour le bénédicité, dit Jack.

Amanda ne s'y attendait pas. Elle prit la main de Duke, puis celle de sa mère. Margaret prit celle de Dixie.

Jack baissa la tête, fit une rapide prière, puis se frotta les mains.

— Mangeons.

La nourriture circula, les assiettes se remplirent, et pendant tout ce temps, Amanda jetait des coups d'œil furtifs à sa mère. Elle était devenue étrangement silencieuse. Amanda s'en accommodait. C'était mieux que d'affronter ses petits commentaires acerbes sur tout.

Amanda se demandait de quoi Margaret et Jack avaient parlé. Amanda ne pouvait s'empêcher de penser, aussi, à l'évaluation de Dixie. Était-il possible que sa mère ait subi une sorte de traumatisme qui l'avait transformée en cette femme dure et exigeante ?

Cela vaudrait peut-être la peine de lui en parler plus tard, mais Amanda doutait que sa mère admette une telle chose. Et même si elle le faisait, il y avait encore moins de chances qu'elle veuille en discuter. Cependant, cette idée lui permettait de voir sa mère sous un jour différent.

Un jour qui lui permettait d'être un peu plus patiente et compréhensive. Au moins pour ce soir.

Elle attaqua son repas. Le poulet à la sauce aigre-douce était vraiment bon. Rien qu'elle commanderait ou préparerait habituellement, car elle évitait généralement le sucre, mais c'était délicieux.

— C'est très bon, Dixie.

— Merci.

— Oui, dit Margaret. C'est un repas charmant.

Amanda baissa la tête pour regarder Duke du coin de l'œil, exprimant sa surprise face à la soudaine et inhabituelle civilité de sa mère.

Il se contenta de sourire et prit une grande bouchée croquante de son nem.

Jack utilisa son nem pour ponctuer ses mots.

— Ma femme est un génie en cuisine.

Dixie sourit.

— Merci.

Amanda poursuivit la conversation.

— Duke m'a parlé de ta boutique de poterie.

— C'est vrai, dit Dixie. Je vends mes propres pièces, mais je donne aussi des cours. Vous devriez venir en prendre un avec votre mère. C'est très amusant.

Amanda hocha la tête.

— Ça en a l'air.

— Je ne pense pas, dit Margaret. Je n'ai pas apporté le genre de vêtements qu'on devrait porter pour ce genre d'activité.

— Si vous vous inquiétez de vous salir, dit Dixie, ne vous en faites pas. Je fournis des blouses et des tabliers. Et les mains se lavent.

— C'est gentil à vous de proposer, mais je ne pense pas que j'aimerais faire ça, insista Margaret.

— Je pourrais vous y emmener demain, proposa Duke. Si ça convient à votre emploi du temps et à celui de ma mère.

Dixie acquiesça.

— Je pourrais donner un cours à quinze heures. On pourrait faire quelque chose de simple. Un bol, peut-être.

Amanda regarda sa mère.

— Qu'en dis-tu ? Ce serait agréable de faire quelque chose ensemble, tu ne crois pas ?

Margaret la fixa un moment, son expression totalement indéchiffrable.

— Tu veux vraiment faire ça ?

Amanda ne savait pas si sa mère parlait du cours de poterie ou de faire quelque chose ensemble. Peu importait, cependant. Elles n'auraient jamais une meilleure relation si elles n'y travaillaient pas, et faire quelque chose ensemble semblait être un pas dans la bonne direction.

— Oui, je le veux.

Elle se prépara à la réplique cinglante que sa mère utiliserait pour mettre fin à cette idée.

— Très bien, alors.

Margaret regarda Dixie.

— Demain à quinze heures, ce sera parfait. Mais il n'y aura que ma fille.

La bouche d'Amanda s'ouvrit, mais elle n'avait rien de gentil à dire, alors elle la referma. Tant pis pour tendre la main et essayer de créer un lien.

Pour le reste de la soirée, elle fit de son mieux pour ignorer sa mère. Il semblait que le léopard n'allait pas changer ses taches.

Chapitre Vingt-Sept

Le dîner chez Marcus et Ronnie Steele était excellent, grâce à leur chef personnel, Elmond, qui avait préparé un festin de fruits de mer composé de crevettes, de crabe, de homard et de coquilles Saint-Jacques. Les plats étaient petits et magnifiquement présentés, donnant à Katie l'impression d'être dans un restaurant très exclusif.

Ce qui, d'une certaine façon, était le cas. Difficile de trouver plus exclusif que chez les Steele.

Ils mangeaient à l'intérieur, mais toutes les parois extérieures face à l'eau étaient des panneaux de verre coulissants qui avaient été ouverts, donnant l'impression d'être dehors. Des dizaines de lanternes solaires éclairaient l'espace intérieur et extérieur, avec d'autres lumières solaires autour de la terrasse de la piscine et dans le jardin.

À la fin du dîner, ils sont restés à table, à discuter.

Enfin, Owen, Marcus et Ronnie discutaient. Katie se contentait d'écouter.

Elle n'arrivait toujours pas à croire où elle se trouvait et avec qui. Elle prit une gorgée de son spritzer au vin de pastèque, une des créations de Ronnie qui mélangeait du vin blanc, de l'eau gazeuse, une généreuse dose de jus de pastèque frais et un peu de menthe.

C'était très agréable à boire, et Katie était contente que ce soit léger en alcool. Elle ne voulait surtout pas se ridiculiser devant ces gens. Ni devant les paparazzi qui les observaient.

Elle réfléchit à cette idée. — Donc les paparazzi nous ont pris en photo toute la soirée ?

Ronnie secoua la tête. — Seulement jusqu'à vingt-deux heures. Ensuite, nous leur avons demandé de partir.

Katie secoua la tête. — Comment pouvez-vous les y obliger ?

— Sécurité maritime privée, répondit Marcus. Et une généreuse contribution au bureau du shérif du comté de Monroe. Il sourit. Je leur achète un nouveau bateau chaque année et en retour, ils s'assurent qu'on nous laisse tranquilles autant que possible.

Owen secoua la tête. — Il faut que je m'y mette aussi.

Marcus rit. — Tu as plus d'argent que nous tous réunis. Embauche simplement plus de sécurité privée. Est-ce que Gage ne s'occupe pas de ça pour toi ?

— Si, répondit Owen. Mais il n'est qu'un homme.

— Alors prends-en un autre.

— Je pourrais faire ça. Peut-être même deux de plus.

Owen jeta un coup d'œil à Katie. *Surtout maintenant que j'ai plus que moi-même à protéger.*

C'était gentil de sa part. Elle regarda vers l'eau. — Tu crois vraiment que leur donner la permission de prendre des photos les fera nous laisser tranquilles pendant un moment ?

Ronnie hocha la tête. — Ça les aide à se rassasier. Et nous ne faisons rien de vraiment divertissant, donc leur public se désintéressera assez vite. Ça enverra les paparazzi chercher quelque chose ou quelqu'un de plus excitant.

— J'espère que c'est exactement ce qui va se passer. Katie secoua la tête. J'aime vraiment ma vie privée. Bien que mon agent ait pensé que c'était un coup de marketing brillant de ma part. Ça a définitivement aidé pour la négociation de la suite.

Les yeux de Ronnie s'illuminèrent. — Il va y avoir une suite à *The Devil's Candy* ?

Katie acquiesça. — Je n'ai même pas encore relu le contrat, mais je dois le faire. Quoi qu'il dise, je vais le signer et la suite va se faire. *The Angel's Reward* devrait entrer en production cet été.

— Je veux un caméo, dit Ronnie. Peu importe si c'est une seule réplique. Je veux un rôle.

Katie faillit s'arrêter de respirer. — Ce serait incroyable. Mais je ne sais pas si j'ai ce genre d'influence.

— Tu as obtenu un droit de regard créatif ? demanda Marcus.

— Je sais qu'ils m'ont promis un rôle de consultant créatif, dit Katie. Mais on verra ce que ça donnera.

Marcus prit son verre et fit tournoyer les glaçons. — Je suis sûr que ton agent est bon, mais tu devrais peut-être avoir une représentation secondaire pour les droits cinématographiques et télévisuels. Tu y as pensé ?

Elle n'y avait pas pensé. — Non. J'aime bien Maxine. Je pense qu'elle fait du bon travail pour moi. Je détesterais la perdre.

— Tu ne la perdrais pas. Mais les agents littéraires ne connaissent pas toujours la meilleure façon de négocier un contrat de film. Ni ce qu'ils devraient demander. Ton agent pourrait apprécier ce genre d'aide. Certes, ça signifie une part supplémentaire du gâteau, mais un bon agent cinématographique devrait pouvoir compenser ça sur le contrat. Il but une gorgée. Je te mettrai en contact avec mes gens, si ça t'intéresse.

Elle hocha la tête. — Je pourrais certainement leur parler. Merci.

Elmond s'approcha avec un long plateau en verre. — Le dessert est servi. Truffes en chocolat équitable aux saveurs noix de coco-citronnelle, mangue-piment, tequila-citron vert, et goyave-rhum.

— Merci, Elmond. Ronnie prit une truffe dès qu'il posa le plateau au milieu de la table.

Il inclina la tête. — Je vous en prie. Quelqu'un désire-t-il un café ?

— J'en prendrai une tasse, dit Owen.

— Moi aussi, dit Marcus.

Katie et Ronnie secouèrent toutes les deux la tête.

Sur ces mots, Elmond les laissa de nouveau.

Ronnie poussa légèrement l'assiette vers Katie. — Vas-y, goûtes-en une. C'est Elmond qui les fait. Elles sont exceptionnelles. Et aussi pauvres en sucre que possible sans perdre leur douceur.

— Je n'arrive pas à croire que tu manges du chocolat. Katie regardait les truffes avec envie. Elles avaient toutes l'air délicieuses.

Ronnie rit. — Comme je l'ai dit, elles sont assez pauvres en sucre. Mais il faut bien s'amuser un peu dans la vie, non ?

— En effet. Katie en prit une. D'après le filet orangé sur la truffe, elle devinait qu'il s'agissait de mangue. Sa première bouchée le confirma. — Mmm. C'est vraiment bon. Il devrait les vendre.

— C'est le cas, dit Marcus. Enfin, sa famille le fait. Ils ont une boutique à L.A.

Elmond revint avec les cafés sur un plateau. Il en posa un devant Marcus, puis Owen, et ajouta de la crème et du sucre sur la table. — Autre chose pour quelqu'un ?

— Je pense que ça ira, Elmond, dit Ronnie. Peut-être devrions-nous aller sur le lanai ? La soirée est magnifique.

— Ça me paraît bien, dit Katie.

— Allez-y toutes les deux, dit Marcus. J'ai besoin de parler de quelque chose avec Owen.

— On se retrouve dehors. Ronnie prit l'assiette de truffes, mais un membre du personnel apparut quelques secondes plus tard pour la porter à sa place. C'était tout aussi bien, car elle avait son verre dans l'autre main.

Katie porta son propre verre.

Ronnie les conduisit à l'extérieur vers le coin salon confortable qui surplombait la piscine. Les chocolats furent déposés sur la table et le membre du personnel disparut à nouveau. Elle prit place.

Katie s'assit à côté d'elle. — Merci encore pour l'invitation. C'était vraiment gentil de ta part.

— Tout le plaisir est pour moi. Je le pense vraiment. Et pas seulement parce que tu as signé une centaine de livres pour moi.

Katie rit. — Ce n'était pas tout à fait une centaine.

— Je te promets que je vais faire envoyer ces photos dédicacées à ta sœur demain.

— Merci. Elle va adorer ça. Katie s'adossa, sirotant son spritzer à la pastèque.

— Owen t'aime vraiment bien, dit Ronnie.

Katie sourit. — Je l'aime vraiment bien aussi.

— Je ne pense pas que tu comprennes à quel point. Qu'il t'amène ici et accepte volontairement de se faire photographier... Ronnie secoua la tête. Il n'aime pas les paparazzi. Et toutes les fois où il est venu ici, il n'a jamais demandé à amener une femme. Jamais.

Katie prit une inspiration. — Je me sens honorée. C'était vraiment le cas.

— Je ne te dis pas ça pour te faire peur, juste pour te faire savoir. Owen peut parfois être difficile à déchiffrer. Mais c'est quelqu'un qui prend des décisions rapidement. Il sait en très peu de temps s'il aime quelque chose – ou quelqu'un – ou pas. Ronnie prit une deuxième truffe. C'est pourquoi on l'a associé à beaucoup de femmes différentes. Très peu d'entre elles dépassent le stade de la présentation, et encore moins le premier rendez-vous. Ça lui donne l'air d'un playboy, mais ce n'est pas le cas. Je te l'assure.

— C'est bon à savoir.

Ronnie mordit dans la truffe. — S'il te plaît, ne lui brise pas le cœur. Tu sembles être une bonne personne, et je ne pense pas que tu le ferais intentionnellement, mais si tu n'es pas sérieuse avec lui, tu devrais le lui dire. Il mérite de savoir ce que tu ressens.

— C'est une conversation assez profonde. Une conversation que Katie n'était pas sûre d'être prête à avoir. Pas quand cela pourrait signifier lui dévoiler son âme.

— Je suis d'accord, dit Ronnie. Ce n'est pas toujours facile à faire non plus.

— C'est certain. Katie finit son spritzer à la pastèque.

Elle avait à peine posé son verre qu'un membre du personnel en plaça un autre devant elle, disparaissant dans les ombres avec le vide.

Owen et Marcus sortirent, cafés à la main. Owen vint directement s'asseoir à côté de Katie. — Marcus vient de nous inviter chez eux à L.A. en avril. Qu'en penses-tu ?

Ronnie frappa dans ses mains. — Ce serait merveilleux. On pourrait faire du shopping. Je connais quelques endroits qui fermeront pour nous laisser faire nos achats en paix.

La sensation d'être submergée envahit Katie. Elle n'était pas vraiment une célébrité. Et même si elle s'en sortait bien, elle ne gagnait pas le genre d'argent qu'Owen et les Steele gagnaient. Elle avait l'impression d'être entrée accidentellement en eau profonde et d'avoir soudainement oublié comment nager.

Cependant, elle ne voulait pas être impolie. — Ça semble génial. Je vais devoir consulter mon agenda. J'ai des délais, malheureusement.

— Fais-nous savoir, dit Marcus. Nous ferons de notre mieux pour nous adapter à tes dates.

— Cela signifie-t-il que vous retournez bientôt à L.A. ? demanda Katie.

Il hocha la tête. — Nous repartons d'ici une semaine environ.

Ils restèrent assis à bavarder un moment encore. Assez longtemps pour que Katie termine son spritzer. Elle posa sa main sur le verre, espérant que le personnel comprendrait qu'elle en avait assez.

Ils semblaient avoir compris, emportant le verre vide sans en apporter un autre.

Katie bâilla sans le vouloir, couvrant sa bouche dès que l'envie la prit. — Je suis désolée. Elle rit. Ça m'a prise par surprise.

Ronnie bâilla aussi. — Tu me fais faire la même chose, maintenant.

Owen sourit. — Nous devrions probablement rentrer. Merci pour cette merveilleuse soirée.

Des accolades et des bises furent échangées, quelque chose qui semblait très hollywoodien à Katie, puis elle et Owen retournèrent vers son bateau.

Il l'aida à monter à bord. — Tu as passé un bon moment ?

Elle le regarda, étonnée qu'il puisse poser une telle question. — J'ai passé un si bon moment que je ne sais même pas comment répondre. C'était comme rien de ce que j'ai jamais fait. Je veux dire, je viens de dîner et de passer du temps avec Marcus et Ronnie Steele. Et elle veut être dans mon film. Je ne peux pas assimiler cette soirée tellement c'était bon.

Son sourire brillait presque dans l'obscurité. — J'en suis heureux.

Elle alla se tenir à côté de lui pendant qu'il conduisait. Elle mit son bras autour de sa taille. — Merci. Je n'oublierai littéralement jamais cette soirée tant que je vivrai.

Il garda une main sur le volant et passa l'autre bras autour d'elle, puis embrassa le dessus de sa tête. — De rien.

Elle se blottit contre lui, les paroles de Ronnie lui revenant à l'esprit. Que ressentait-elle pour Owen ?

Elle l'aimait beaucoup. Tellement qu'elle savait que le grand mot en 'A' n'était pas loin derrière. Mais elle n'était pas prête à admettre tout cela. C'était beaucoup trop tôt. Pour elle, en tout cas.

Mais selon Ronnie, ce n'était probablement pas trop tôt pour Owen.

Que signifiait cela pour eux ? Que signifiait cela pour elle ? Pouvait-elle vraiment tout lui dire ? En avait-elle besoin ? Et comment diable allait-elle simplement le quitter, lui et Compass Key, dans une semaine ?

La vérité, c'est qu'elle n'avait pas de réponse à cela. Sauf que partir ne semblait plus être l'option qu'elle envisageait autrefois. À moins que ce ne soit juste l'influence des spritzers à la pastèque.

Ça ne semblait pas être le cas, cependant. On aurait dit que c'était son cœur qui parlait.

Alors est-ce que cela signifiait qu'elle envisageait de... rester ?

Chapitre Vingt-Huit

Iris n'arrivait pas à dormir. Elle jeta un coup d'œil à l'horloge sur sa table de chevet. Il était un peu plus de trois heures du matin. C'était à peu près l'heure à laquelle elle se réveillait chaque nuit. Elle entretenait une relation amour-haine avec cette heure impie.

À trois heures du matin, l'île était calme et paisible, seuls les bruits du vent, de l'eau et de quelques oiseaux ambitieux se faisaient entendre.

Mais à trois heures du matin, elle prenait aussi conscience à quel point elle était seule. Cela lui faisait d'autant plus ressentir l'absence d'Arthur.

Elle prit son temps pour s'asseoir. Il n'y avait pas grand-chose d'autre à faire que d'aller lentement avec ce corps peu fiable qui était le sien ces derniers temps.

Elle enfila sa veste de lit, puis sortit du lit, s'appuyant lourdement sur sa canne, et alla s'asseoir sur la partie de la véranda attenante à sa chambre. C'était mieux que de

rester au lit, ce qui ne semblait qu'exacerber l'impossibi-
lité de se rendormir.

La lune se reflétait sur l'eau, traçant un chemin
argenté jusqu'à l'horizon. Elle fixait cette direction, son
esprit si agité qu'elle ne pouvait le calmer. Dans ces
moments, quand son esprit était trop plein et tourmenté
par tant de pensées, Arthur lui manquait si profondément que cela devenait une douleur qui s'installait dans
tout son corps.

Il aurait pu l'apaiser. L'aider à séparer le chaos en
morceaux gérables. Du moins, elle aimait penser qu'il
l'aurait pu. Peut-être pas. Peut-être qu'il n'y avait plus
d'aide possible pour elle.

Peut-être devrait-elle céder et aller voir son médecin,
mais la vérité était qu'elle avait peur de ce qu'il lui dirait.
Peur qu'il mette un nom sur ce qui lui arrivait. Le genre
de nom qui était juste une autre façon de dire que sa fin
était proche.

Une partie d'elle était prête à partir, prête à retrouver
Arthur. Mais une autre partie voulait se débattre, crier et
lutter avec tout ce qu'elle avait.

Comment pourrait-elle partir sans savoir ce qui
adviendrait de cet endroit ? Ils avaient construit ce lieu
ensemble. C'était tout ce qui restait d'Arthur maintenant.
Et si Nick en prenait le contrôle, il y avait de fortes chances
que cet endroit soit vendu au plus offrant, quelqu'un qui
ne se soucierait pas le moins du monde de l'amour et du
travail acharné qui avaient été investis dans sa création.

Elle devait s'assurer que les filles obtiennent l'île.

Même si c'était la dernière chose qu'elle faisait. Et vu comment elle se sentait, ça pourrait bien l'être.

Un petit miaulement aigu vint de côté d'elle. Elle baissa les yeux et sourit. Anne Bonny était là, la regardant. Iris tapota ses genoux. — Viens, ma belle. Tu veux des caresses ?

Anne Bonny sauta, fit un tour sur elle-même et se coucha.

Iris la caressa, appréciant la douceur de sa fourrure et le léger ronronnement qui s'en échappait. Ses yeux s'embuèrent de larmes à l'idée de quitter ses chats. Son seul réconfort était de savoir qu'ils seraient bien soignés, mais ce n'était pas un réconfort suffisant pour arrêter ses larmes.

Peut-être que pour eux, elle devrait faire cette visite chez son médecin. Il y avait toujours une chance qu'il puisse faire quelque chose pour lui donner un peu plus de temps, supposait-elle.

Elle regarda à nouveau l'eau. — J'aimerais que tu sois encore là, Arthur. J'aurais vraiment besoin de t'avoir à mes côtés. J'ai besoin que tu me dises quoi faire. Que tu me montres comment gérer tout ça. Je ne pense pas pouvoir le faire seule, mon amour.

Elle resta assise là jusqu'à ce qu'elle se sente somnoler à nouveau. Elle aurait dû retourner au lit, mais Anne Bonny dormait déjà. C'était suffisant pour garder Iris dans son fauteuil. Elle ferma les yeux, pensa à son cher mari et retrouva enfin le pays des rêves.

Elle se réveilla au claquement de langue de Vera.

— Qu'est-ce que tu fais à dormir dans ce fauteuil ? Tu vas être raide comme un piquet.

Iris cligna des yeux et redressa prudemment sa tête. Son cou était effectivement raide, mais elle ne voulait pas donner à Vera la satisfaction de l'admettre. Elle regarda avec précaution par-dessus son épaule vers la chambre. — Je ne suis là que depuis trois heures. Je n'arrivais pas à dormir.

Vera était déjà en train de redresser les draps. — Le café est prêt. Qu'est-ce que tu veux pour le petit-déjeuner ?

Iris n'avait pas beaucoup d'appétit ces jours-ci. — Je n'ai pas faim.

— Peu importe. Tu dois manger.

Iris plissa les yeux. — Je pourrais te renvoyer, tu sais.

— Tu pourrais, acquiesça Vera. Mais tu n'es pas si bête. Des œufs et des saucisses ? Une omelette ? Du porridge ? Des toasts à la cannelle ? Des pancakes ? Des gaufres ? Il y a des fruits frais.

Iris sourit, malgré tout le reste. — Laisse-moi prendre mon café d'abord.

— D'accord. Nick est passé en allant courir. Il a demandé s'il pouvait prendre le petit-déjeuner avec toi ce matin. Il a dit qu'il serait de retour vers neuf heures.

— Quelle heure est-il maintenant ? Iris ne pouvait pas voir l'horloge depuis la véranda.

— Huit heures moins le quart.

— Alors je vais d'abord prendre un bain. Un bon bain chaud ferait des merveilles pour ses muscles raides.

Vera sortit sur la véranda. — Je vais le préparer. Des sels de bain ?

Iris acquiesça, utilisant ce mouvement pour délier certains de ses nœuds. — Ceux à la vanille.

— D'accord. Je m'en occupe. Tu veux que je t'apporte ton café ?

Iris sourit. — Tu es très bonne avec moi, tu le sais ?

L'expression bienveillante de Vera contenait beaucoup d'amour et de gratitude. — Je pourrais dire la même chose de toi.

Elle se dirigea vers la salle de bain attenante. Un instant plus tard, Iris entendit le bruit de l'eau qui remplissait la baignoire.

Vera revint. — Je reviens avec le café dans une minute.

— Des pancakes, décida soudainement Iris. Si Nick vient, j'entends. Des pancakes seraient bien. Ceux au babeurre que tu fais. Et des saucisses. Ou du bacon, ce qui est le plus simple. Des fruits frais aussi.

— Je vais m'y mettre.

Alors que Vera partait, Iris utilisa sa canne pour se lever. Elle se sentait plutôt bien ce matin, malgré la raideur persistante d'avoir dormi dans le fauteuil, mais encore une fois, le bain aiderait. Elle se dirigea vers la salle de bain, reconnaissante pour la lumière matinale qui entrait et rendait tout si lumineux et joyeux.

Elle s'assit sur la chaise de sa coiffeuse, attendant que le bain se remplisse.

Vera revint quelques minutes plus tard, une tasse et

une soucoupe dans les mains. Elle les posa sur le rebord carrelé autour du bain. — Tu as besoin d'aide ?

— Non, dit Iris. Je peux me débrouiller.

— Tu veux que je t'apporte un caftan ?

— Bien sûr.

— Lequel ?

Iris sonda son humeur, essayant de décider quelle couleur elle avait besoin aujourd'hui. — Quelque chose de vif et de joyeux.

— Celui avec les citrons ?

Iris hocha la tête. — C'est celui-là.

Vera sortit le chercher, revenant peu après. Elle accrocha le caftan à motifs de citrons au crochet derrière la porte. Puis elle ferma le robinet et testa l'eau, agitant sa main dedans. — L'eau est bonne. Appelle si tu as besoin de moi.

— Je le ferai. Iris se leva, enleva sa veste de lit, déboutonna sa chemise de nuit et laissa tout tomber par terre. Puis elle grimpa soigneusement dans la baignoire et s'enfonça dans l'eau chaude. Le doux parfum de vanille s'éleva autour d'elle, ravivant son appétit.

Elle avait demandé un signe à Arthur, et maintenant elle avait appris que Nick voulait prendre le petit-déjeuner avec elle. Était-ce son signe ?

Nick était médecin. Mais il pourrait aussi être là pour lui prendre Compass Key. Était-elle censée lui parler de ce qui la tourmentait ? Ou était-elle censée lui parler de l'île ?

Ou des deux ?

Iris soupira. — Arthur, j'aimerais que tu sois un peu plus clair, mon chéri, mais je vais improviser et voir où la conversation nous mène.

Chapitre Vingt-Neuf

GRACE SE RÉVEILLA POUR DÉCOUVRIR QUE DAVID était déjà levé et assis sur la terrasse arrière, son carnet relié en cuir dans les mains, son crayon se déplaçant sur les pages.

C'était son livre de recettes. Il y notait des idées et des concepts, esquissant même des présentations d'assiettes.

Ça lui faisait tellement de bien de le voir aussi enthousiaste à nouveau. Mais l'idée que cette incroyable opportunité puisse disparaître lui brisait presque le cœur. Pour lui, elle afficha un visage heureux en sortant le rejoindre.

Le bruit de ses béquilles lui fit lever la tête.

—Tu es debout tôt.

—Je pourrais dire la même chose de toi.

Elle s'installa avec précaution sur l'autre chaise longue.

—J'avais trop d'idées en tête. J'ai pensé les noter avant d'en perdre.

—Pour le dîner de ce soir ?

Il hocha la tête.

—Je vais en fait servir les trois mêmes plats principaux à nouveau, à la demande du personnel. Ils ont dit
que les clients voudraient essayer ceux qu'ils n'avaient
pas eu l'occasion de goûter. Mais j'en ajoute un
quatrième. Probablement un autre plat de poisson. Ou
peut-être une côte de porc. Je n'ai pas encore décidé.

Elle sourit.

—Ça fait vraiment plaisir de te voir si enthousiaste à
nouveau.

Il sourit largement.

—Ça fait du bien de me sentir comme ça. Cette
cuisine est incroyable pour travailler. Elle est spacieuse,
tout l'équipement fonctionne, et le personnel est au top.
Ils semblent tous heureux de travailler là-bas aussi.

Elle tourna son visage vers le soleil.

—Difficile de ne pas être heureux quand on travaille
dans ce genre d'environnement.

—C'est vraiment magnifique ici.

Il était déjà en train de noter quelque chose de
nouveau.

Son estomac gargouilla. Elle rit et posa sa main sur
son ventre.

—Quand veux-tu prendre le petit-déjeuner ?

Il leva les yeux de son carnet.

—J'ai déjà commandé pour nous au service d'étage.
J'espère que ça te va.

—C'est parfait. Qu'est-ce que tu as pris ?

—Du café, bien sûr, mais j'ai pris pour nous deux l'omelette des Caraïbes. Crevettes et crabe avec du cheddar blanc, des poivrons doux, des oignons et des petits pois. Les omelettes sont servies avec des pommes de terre, des fruits frais et un muffin. J'ai pris un à la noix de coco et un à la banane.

—Je n'ai jamais mangé d'omelette avec des petits pois, mais je suis prête à tout essayer. Ça a l'air bon. Merci. C'était vraiment attentionné de ta part.

Il haussa les épaules.

—J'étais absent toute la journée hier. Je me suis dit que ce serait une bonne façon de passer un peu de temps ensemble. Surtout parce que je vais être absent une bonne partie de la journée aussi. Tu es sûre que ça ne te dérange pas ?

—Pas du tout.

Elle le pensait vraiment. Elle voulait qu'il tombe amoureux de cet endroit. Elle espérait simplement qu'il y aurait encore un endroit dont il pourrait tomber amoureux.

—Qu'est-ce que tu vas faire de ta journée ?

—Je vais peut-être aller voir Iris. Elle ne se sentait pas bien hier soir. Ce serait bien d'aller prendre de ses nouvelles aujourd'hui. Sinon, je serai probablement encore au bord de la piscine.

Elle secoua la tête en regardant sa cheville bandée.

—Je ne peux pas faire grand-chose jusqu'à ce que cette chose guérisse.

—Il y a des bateaux à la marina. Et j'ai vu qu'ils ont

des kayaks qu'on peut emprunter. Tu pourrais probablement faire ça. Ça pourrait être difficile d'y entrer et d'en
sortir, par contre.

Elle rit.

—Je ne pense pas être prête pour le kayak. Crois-moi,
rester au bord de la piscine, lire mon livre et me faire
apporter de la nourriture et des boissons n'est pas une
épreuve.

Il sourit.

—Oui, je suppose que non.

Il revint à son carnet. Elle le laissa tranquille. Ils
pourraient parler davantage pendant le petit-déjeuner.

Qui ne tarda pas à arriver d'ailleurs. Bien sûr, elle ne
savait pas quand il l'avait commandé, mais le service ici
était remarquable.

Quand on frappa à la porte, David se leva d'un bond
pour ouvrir. Il revint avec un grand plateau qui contenait
à peine tout.

Il le posa sur sa chaise longue, puis mit la nourriture
de Grace sur la petite table à côté de sa chaise. D'abord
son plateau de petit-déjeuner, encore couvert d'une
cloche en métal, puis l'assiette latérale avec son muffin et
quelques noisettes de beurre, puis son café avec un petit
pot de crème et un bol de sachets d'édulcorant. Enfin, il
lui tendit un rouleau de couverts enveloppé dans une
serviette en tissu.

Il déchargea ensuite sa propre nourriture sur la table
près de sa chaise. Quand il eut terminé, il ramena le
plateau à l'intérieur.

Elle renifla le muffin.

—Je crois que c'est celui à la banane. Tu préférerais celui-ci ?

David adorait le pain à la banane. Et elle adorait la noix de coco.

—Tu sais bien que oui. Tout comme je suis sûr que tu préférerais celui à la noix de coco, c'est pourquoi je l'ai pris pour toi.

Il échangea les petites assiettes.

Il retira la cloche de son assiette, révélant son petit-déjeuner. L'omelette était légère et moelleuse, saupoudrée de fromage sur le dessus. À côté, il y avait un gros tas de pommes de terre croustillantes et un petit bol de morceaux de fruits frais.

Elle prépara son café.

—Ça a l'air vraiment bon.

—Oui, c'est vrai.

Il retourna à son assiette.

—J'ai soudainement très faim.

Ils se mirent à manger, silencieux pendant quelques instants. Puis David la regarda.

—Cette omelette.

Elle hocha la tête, la bouche encore pleine.

—Je sais.

C'était délicieux. Rien qu'elle aurait assemblé elle-même, car des petits pois dans une omelette semblait étrange. Jusqu'à ce qu'on les goûte avec les fruits de mer.

Ils continuèrent à manger, prenant des bouchées de pommes de terre presque simultanément.

—Hé, dit David. Elles ont du piquant. Je ne m'y attendais pas.

—Moi non plus. Qu'est-ce que c'est ?

—Une sorte de piment.

Il fouilla les pommes de terre avec sa fourchette.

—Mais il n'y a pas de morceaux de poivron dedans. Pas d'oignon non plus. Juste des pommes de terre. Je demanderai quand j'irai en cuisine.

—C'est un super petit-déjeuner.

—C'est vrai. Tout ce que j'ai mangé ici a été bon. Tout est pensé de façon thématique, tu vois ? J'apprécie ça.

Il la regarda à nouveau.

—Je ne peux pas mentir. J'aime vraiment cet endroit. Suffisamment pour que je puisse nous y voir.

C'était exactement ce qu'elle attendait.

—Vraiment ?

Il hocha la tête.

—Oui. Je ne suis pas insensible au fait que ce serait un changement radical. Nous devrions vendre notre maison et nous éloigner de nos amis, mais... mon Dieu.

—On se ferait de nouveaux amis, dit-elle.

Il regarda les palmiers au loin.

—J'en suis sûr. Toi, tu aurais déjà des amis ici.

—C'est vrai. Tu devrais rencontrer Eddie.

David plissa les yeux vers elle.

—Je ne l'ai pas rencontré le premier soir au dîner ?

—Non, c'était Grant, Duke et Owen. Eddie est l'un des responsables de la marina. Il a probablement conduit le bateau qui t'a amené ici.

—Ah oui, tu as raison. Il avait l'air sympa.

—Je vais voir si je peux organiser une rencontre entre vous deux.

Tout comme Grace allait trouver comment s'assurer que l'offre d'Iris reste sur la table.

Il n'y avait pas grand-chose qu'elle puisse faire, mais parler à Iris était un début.

Chapitre Trente

Olivia était réveillée lorsque Jenny était revenue de la piscine où elle était avec Nick. Elle avait jeté un coup d'œil à l'heure. Ils n'étaient restés dehors qu'un peu plus d'une heure.

Olivia aurait adoré être une petite souris pour entendre ce dont ils avaient parlé. Il y avait de grandes chances que Nick ait laissé échapper quelque chose sur ses intentions concernant cet endroit.

Et tant que cette question ne serait pas réglée, il était impossible pour Olivia de penser à autre chose. Enfin, presque impossible. Eddie occupait aussi ses pensées. Le sourire aux lèvres, elle lui envoya un message. *Bonjour. Je te souhaite une bonne journée.*

Sa réponse arriva rapidement. *Toi aussi.*

Elle se leva, alla dans la salle de bain et prit une douche rapide. Elle s'habilla simplement avec un short, un joli t-shirt et des tongs. Le petit-déjeuner était un événement plutôt décontracté, heureusement.

Elle garda la porte de la salle de bain fermée pendant qu'elle se séchait les cheveux. Elle ne savait pas vraiment ce qu'elle allait faire aujourd'hui après le petit-déjeuner. Une autre journée à la piscine ? Peut-être devrait-elle appeler le spa pour utiliser son massage gratuit, mais ce ne serait pas quelque chose que Jenny pourrait faire aussi.

Mieux valait voir ce que Jenny voulait. Après tout, elle rentrait demain. Cette pensée rendait Olivia triste. C'était vraiment agréable de passer du temps avec sa fille maintenant qu'elles étaient en meilleurs termes.

Peut-être que Jenny pourrait obtenir un jour de congé supplémentaire et changer son vol ? Ça valait peut-être la peine de demander.

Quand Olivia sortit de la salle de bain, Jenny était assise sur le lit, faisant défiler son téléphone.

— Bonjour.

Jenny leva les yeux.

— Bonjour, maman.

— Comment était ta baignade hier soir ?

— Vraiment bien. C'est tellement cool de flotter dans l'eau et de regarder les étoiles.

Elle s'étira.

— Mais je meurs de faim. Tu as l'air prête pour aller petit-déjeuner. Tu peux m'attendre ?

Olivia rit.

— Je ne partais pas sans toi.

— D'accord, cool.

Jenny se leva et commença à fouiller dans ses affaires.

— Laisse-moi prendre une douche rapide et je m'habille.

— Parfait. Qu'est-ce que tu veux faire aujourd'hui ?

— Rien, répondit Jenny. Ce que je veux dire, c'est que je serais ravie de m'allonger près de la piscine, de travailler mon bronzage et de profiter de cet endroit. Ça te va ? Ou tu avais prévu autre chose ?

— Non. Ça me semble parfait.

Jenny attrapa quelques affaires et se dirigea vers la salle de bain.

— Super.

Jenny n'avait pas menti en disant qu'elle serait rapide. Quinze minutes plus tard, elles franchissaient la porte et se dirigeaient vers la salle à manger.

Pendant qu'Olivia l'attendait, elle avait envoyé un message aux autres filles pour voir si elles voulaient les rejoindre, mais Grace prenait son petit-déjeuner en chambre, Leigh Ann était toujours chez Grant, et Katie n'avait pas répondu.

Amanda non plus, mais son message arriva une minute plus tard. *Ma mère et moi venons juste d'entrer dans le restaurant. Nous pouvons prendre une table pour quatre si vous voulez vous joindre à nous.*

Olivia regarda Jenny.

— Amanda nous invite à manger avec elle et sa mère. Ça te va ?

— Bien sûr. C'est laquelle déjà ?

— Blonde mince. Ancienne pom-pom girl. Organisatrice de mariages. Celle qui voit Duke.

— Ah oui.

Olivia répondit par texto. *Oui, merci. Nous serons là dans cinq minutes.*

Elles trouvèrent Amanda et sa mère à une table près de la fenêtre.

— Bonjour, mesdames, dit Olivia. Merci de nous permettre de vous rejoindre.

Le sourire de Margaret était toujours aussi pincé, donnant à Olivia l'impression que Margaret n'avait pas vraiment été consultée pour l'invitation. Peut-être qu'Amanda espérait que la présence d'Olivia et de Jenny adoucirait sa mère.

Ou peut-être qu'elle essayait d'éviter les grandes conversations.

— Bonjour, Olivia. Jenny.

Amanda fit un geste vers sa mère.

— Voici ma mère, Margaret Preston.

Olivia hocha la tête en s'asseyant.

— Nous nous sommes rencontrées il y a des années quand vous êtes venue rendre visite à Amanda à l'université, mais vous ne vous souvenez probablement pas de moi.

— Je ne m'en souviens pas, je suis désolée, dit Margaret.

Jenny prit la carafe de café sur la table et remplit sa tasse et celle d'Olivia. Amanda et sa mère en avaient déjà.

— Cet endroit est vraiment quelque chose, n'est-ce pas ?

Margaret renifla.

— C'est quelque chose, en effet.

Jenny la regarda.

— Vous n'aimez pas ?

Les sourcils de Margaret s'arquèrent légèrement.

— C'est un peu... rustique.

— Rustique ?

Jenny semblait vraiment confuse.

— On dirait que vous parlez d'un camping. Je trouve que c'est génial. Plutôt luxueux, si vous voulez mon avis.

— À chacun ses goûts.

Margaret prit son menu.

Les muscles le long de la mâchoire d'Amanda semblaient se crisper. Puis elle prit une respiration et sourit à Jenny.

— Tu dois excuser ma mère. Il y a très peu de choses qui répondent à ses critères. Mais je peux t'assurer qu'elle y prend beaucoup de plaisir.

Margaret fusilla sa fille du regard.

— Amanda.

Amanda rit.

— Quoi ? C'est vrai. Ton passe-temps favori est de te plaindre de façon passive-agressive. Bien que certaines de tes remarques ne soient pas si passives que ça.

Elle prit son café et but une gorgée.

Le regard de Margaret restait sévère.

— Ton comportement est inacceptable.

Amanda regarda sa mère.

— Tu veux dire le comportement que j'ai appris de toi ? Maman, je t'aime, mais si tu ne peux pas être polie avec mes amies, alors tu devras manger toute seule.

— Ce n'est pas grave, dit doucement Olivia.

— Non, dit Amanda. Ce n'est pas correct. Elle a

presque gâché le dîner chez les parents de Duke hier soir. Elle a même dit à sa sœur, qui a joué de la guitare et chanté pour nous après le dîner, qu'elle devrait trouver une profession plus réaliste.

— J'étais honnête. Cette fille ne sait pas chanter.

Amanda leva les yeux au ciel.

— Elle chante magnifiquement bien. C'est juste que tu n'aimes pas son style de musique...

— Ce n'était pas de la musique, c'était du bruit narcissique.

— Tu vois ce que je veux dire ? demanda Amanda.

Jenny finit de remuer le sucre dans son café, puis utilisa la cuillère pour pointer Margaret.

— Vous savez, j'avais beaucoup de problèmes avec ma mère autrefois. J'étais horrible avec elle. Je la blâmais pour toutes sortes de choses qui n'étaient pas de sa faute. Tous ces problèmes que j'avais avec elle ? C'étaient mes problèmes à surmonter. Il me semble que vous êtes dans le même bateau. Vous avez beaucoup de vos propres problèmes à surmonter.

Olivia était fière que Jenny ait pris la parole. Même si ce n'était peut-être pas la chose la plus polie à dire, c'était certainement honnête.

Margaret devint rouge écarlate.

— Comment osez-vous me parler de cette façon, jeune femme. Vous ne me connaissez même pas.

Elle se leva brusquement, jeta sa serviette sur la table et sortit à grands pas.

Amanda resta assise, fronçant les sourcils, la regardant partir.

— Je devrais probablement aller la rejoindre. Je suis sûre que c'est ce qu'elle veut.

— Désolée, dit Jenny. Je n'essayais pas de la faire partir. Je pensais juste que partager ma propre expérience pourrait être bénéfique.

Amanda hocha la tête.

— J'apprécie ça. Mais je ne pense pas qu'on puisse lui faire entendre raison.

Olivia compatissait avec Amanda.

— Tu as essayé de lui parler ? D'être aussi sincère et honnête que possible tout en restant bienveillante ?

— Oui. J'ai essayé hier soir après que nous soyons revenus du dîner. Elle me coupe la parole, à chaque fois.

Amanda laissa échapper un léger soupir.

— Je ne lui ai même pas encore dit que je déménageais ici.

— Tu déménages ici ? demanda Jenny.

— Oui, dit Amanda.

Et avant qu'Olivia ne puisse l'arrêter, Amanda ajouta :

— Tout comme ta mère.

Jenny se tourna lentement vers sa mère.

— Je sais que tu me l'as dit, mais je n'ai pas vraiment réalisé. Est-ce que toutes tes amies déménagent ici ? Je crois que je n'avais pas compris qu'Iris l'avait proposé à vous cinq.

Olivia hocha la tête.

— Oui, elle l'a fait, mais je ne pense pas que Katie et Leigh Ann acceptent l'offre. J'aurais dû mieux t'expliquer quand je te l'ai dit la première fois. Iris n'a jamais eu d'enfants et elle veut laisser le resort entre les mains de personnes qui, elle le sait, en prendront soin comme elle le voudrait.

— Ça a du sens.

Jenny resta silencieuse un bref instant, puis ses yeux se plissèrent.

— Mais qu'en est-il de Nick ?

Chapitre Trente-Et-Un

AMANDA RÉALISA QU'ELLE AVAIT PEUT-ÊTRE TROP parlé, mais elle n'avait aucune idée que la fille d'Olivia ne connaissait pas tous les détails de l'offre d'Iris. Ce n'était pas comme si c'était un grand secret, du moins pas entre elles cinq. Pas de mal, vraiment.

Mais la question de Jenny la laissa perplexe. — Que veux-tu dire par 'et Nick' ? Qui est Nick ?

Jenny la regarda. — C'est le fils d'Arthur Cotton.

Une vague de faiblesse laissa Amanda momentanément sans voix. Elle retrouva finalement son souffle. — Son fils ? Tu en es sûre ? Je pensais qu'Iris avait dit que le fils d'Arthur était... hors du tableau.

— Il l'était, répondit Olivia. Grace et moi venons de l'apprendre hier soir. Nous avons même dîné avec lui. C'est un homme gentil. Un médecin. Nous allions vous le dire aujourd'hui dès que nous en aurions l'occasion.

Amanda sentit son avenir lui échapper. — S'il est ici, ça veut dire qu'il est venu réclamer son héritage. Elle expira, essayant de ne pas paniquer. Elle ne pouvait pas continuer à vivre avec sa mère. C'était impossible.

— Il n'est pas du tout ici pour ça, rétorqua Jenny, puis son attention se reporta sur sa mère. Mais il est bien le fils d'Arthur. Il devrait au moins en avoir une partie, tu ne crois pas ?

— Puisqu'Arthur a tout laissé à Iris, je pense que c'est à elle de décider maintenant, dit Olivia. Je sais que tu apprécies Nick. Moi aussi. Mais ce n'est pas à moi de dire à Iris ce qu'elle doit faire de sa maison.

Jenny fit la moue. — Maman. Tu dois admettre que tu es un peu partiale, puisque tu pourrais hériter d'une bonne partie. Tu ne penses pas que Nick mérite quelque chose ?

Olivia secoua la tête. — Encore une fois, ce n'est pas à moi de le dire. Et oui, je suis peut-être un peu partiale. Mais je pense que ton intérêt pour Nick te rend aussi un peu partiale.

Jenny soupira. — Oui, je suppose que tu as raison.

Amanda savait qu'elle avait mis les pieds dans le plat. — Je suis désolée si j'ai déclenché quelque chose. Ce n'était pas mon intention.

— Ce n'est la faute de personne, dit Olivia. C'était une discussion qui allait avoir lieu de toute façon. Grace et moi avions déjà prévu de vous parler de Nick. Elle jeta un coup d'œil à sa fille. Jenny, je sais que tu apprécies Nick, mais j'espère que ça ne va pas créer un nouveau fossé entre nous parce que tu prends son parti. J'ai besoin de cette opportunité. Tu ne réalises peut-être pas à quel point les choses ont été difficiles ces dernières années.

Accepter l'offre d'Iris va changer ma vie. Ça changera ta
vie aussi, éventuellement.

— Je comprends tout à fait, vraiment. Et bien que je
sois désolée pour lui, tu es ma mère. Je ne veux pas gâcher
tout ce qui va bien entre nous. Jenny soupira, mais sourit
ensuite. Je suis vraiment heureuse pour toi. C'est une
opportunité incroyable que tu devrais absolument saisir.
J'espère juste que les choses seront réglées équitablement.

— J'en suis sûre, dit Olivia.

Amanda choisit ses mots avec précaution. — Ne
pensez-vous pas que le testament d'Arthur a réglé
tout ça ?

— Probablement, répondit Olivia. Mais je ne suis pas
sûre que nous le saurons un jour.

Amanda se pencha en avant. — Jenny, tu as dit que
Nick n'était pas ici pour son héritage. Comment le sais-
tu ? Si ça ne te dérange pas que je te demande.

Un sourire rusé se dessina sur les lèvres de
Jenny. — Comme tu l'as sûrement remarqué, Nick et moi
nous sommes bien entendus. Nous avons beaucoup parlé.
Il a mentionné qu'il ne voulait pas que sa mère sache qu'il
était ici, parce que si elle l'apprenait, elle essaierait de le
pousser à récupérer cette propriété. Apparemment, sa
mère est une chasseuse de fortune qui n'a jamais pensé
qu'à elle-même. Nick et elle ne se parlent même plus
depuis un moment. L'autre chose, c'est que Nick apprécie
vraiment Iris. Il ne veut rien faire qui puisse la contrarier.

Amanda expira. — C'est très gentil de sa part.

— En effet, acquiesça Olivia. Tu le crois ?

— Moi ? demanda Jenny.

Olivia hocha la tête.

— Je n'ai aucune raison d'en douter, répondit Jenny. Pourquoi ? Tu penses qu'il prépare quelque chose ?

— Je ne sais pas quoi penser, dit Olivia. Mais tu dois admettre que le timing est un peu suspect. Je veux dire, il apparaît une semaine après notre arrivée et notre découverte de l'offre d'Iris ? Ça ne te semble pas être plus qu'une coïncidence ?

Jenny fronça les sourcils. — Il a été à l'étranger pendant longtemps. Il a aussi dû gérer beaucoup de culpabilité concernant le décès de son père. Je ne pense pas qu'il y ait quoi que ce soit de bizarre dans le timing. C'est juste comme ça que ça s'est passé.

Amanda espérait que Jenny avait raison.

La serveuse vint prendre leur commande. Amanda commanda de la bouillie d'avoine à la cannelle et à l'érable. C'était à peu près tout ce pour quoi elle avait de l'appétit.

Pendant qu'Olivia et Jenny commandaient, Amanda essaya de formuler un plan B, au cas où Nick serait vraiment venu pour prendre cette propriété pour lui-même, mais elle ne trouva rien.

Elle espérait qu'éventuellement, son entreprise d'organisation de mariages décollerait et qu'elle pourrait économiser assez pour déménager. Mais elle n'avait pas eu de client depuis des lustres. Elle se demandait si c'était parce que l'ombre de son mari planait encore sur elle. Ou peut-être que cela avait quelque chose à voir avec la réputation de sa mère ?

Tout était possible.

— Amanda ?

Elle leva les yeux vers Olivia. — Désolée, j'étais perdue dans mes pensées. Qu'est-ce que j'ai manqué ?

— Je disais juste que Grace et moi sommes allées voir Iris hier soir. Elle ne va pas très bien. Pour citer Vera, elle a des "mauvais" jours. Elle s'affaiblit et a des problèmes de mémoire. J'en ai parlé à Nick après, avant qu'il n'aille à la piscine avec Jenny, et il m'a dit qu'il verrait ce qu'il pourrait faire. Il est médecin, après tout.

— Je ne savais pas qu'Iris allait mal.

Olivia secoua la tête. — Je ne pense pas qu'aucune d'entre nous ne le savait. Pas dans toute son ampleur. Eddie a confirmé que ça dure depuis des mois.

— Nous devons l'aider, dit Amanda. Quoi qu'il en coûte.

Si elle ne pouvait pas aider sa propre mère, autant consacrer ses efforts à la femme qui avait été plus gentille et plus compréhensive que Margaret ne l'avait jamais été.

Chapitre Trente-Deux

— CE N'EST QU'UNE VITAMINE, DIT VERA.

Iris secoua la tête. — Je m'en fiche, je n'en veux pas. J'ai suffisamment de vitamines dans les aliments que je mange. D'ailleurs, après l'appel qu'elle avait reçu de son avocat, elle était particulièrement de bonne humeur. C'était toute la vitamine dont elle avait besoin.

Vera garda la main tendue, la gélule dorée posée sur sa paume et luisant dans la lumière du soleil. Iris pouvait presque deviner ce que Vera pensait, qu'Iris était aussi têtue qu'une vieille chèvre. Le froncement de sourcils de Vera s'accentua. — Tu ne manges pas très bien ces derniers temps, surtout avec ta manie de picorer dans ton assiette. Une vitamine ne peut pas faire de mal.

— Vera. Je n'en veux pas. Iris n'avait aucune envie d'introduire ce genre de chose dans son corps. Elle avait déjà éliminé beaucoup de viande de son alimentation, optant pour des options plus végétariennes quand elle le pouvait. Elle n'aimait même pas prendre de médicaments contre la douleur, et pourtant, il y avait des jours où elle souffrait beaucoup.

Vera soupira et semblait sur le point de faire une dernière tentative quand quelqu'un frappa à la porte.

Juste à temps, pensa Iris.

Vera glissa la pilule dans la poche de son tablier et alla ouvrir. C'était Nick.

Il entra avec un sourire aux lèvres. — Bonjour.

— Bonjour, dit Iris. J'ai cru comprendre que tu étais allé courir aujourd'hui.

— En effet. Ce sentier est parfait. Merci de m'inviter à prendre le petit-déjeuner avec toi.

— Tout le plaisir est pour moi, dit Iris en se dirigeant vers la véranda. Je n'ai pas souvent de la compagnie, alors c'est un régal. Viens t'asseoir. Vera prépare des crêpes et la table est mise dehors. J'espère que tu as faim.

— Je meurs de faim, dit-il en la suivant. Mais au lieu de s'asseoir, il resta debout, regardant vers l'eau. — Quelle vue magnifique.

— C'est vraiment beau. Tu devrais sortir sur l'eau pendant ton séjour ici. Eddie propose de merveilleuses excursions en bateau. Je peux lui demander d'organiser quelque chose pour toi.

Nick s'assit, prenant place à côté d'elle. — Seulement si vous venez avec moi. Le ferais-tu ?

— Tu veux que je vienne ?

— Bien sûr. Passer du temps avec toi est une grande partie de la raison pour laquelle je suis ici. Je veux entendre toutes les histoires sur mon père que tu peux partager. Il posa sa main sur la sienne. — Tu es le seul vrai lien que j'ai avec lui, Iris. C'est vraiment important pour moi que toi et moi soyons amis.

Elle l'étudia, cherchant le mensonge dans ses yeux, mais il n'y avait rien d'autre que de la sincérité. — Tu le penses vraiment, n'est-ce pas ?

— Absolument.

Sans rompre le contact visuel, elle posa la question à laquelle elle voulait le plus une réponse. — Peux-tu honnêtement me dire que l'idée de mettre la main sur cet endroit n'a rien à voir avec ton voyage ici ? Que tu n'as pas secrètement des projets pour cette île et ce resort ?

Il secoua légèrement la tête. — Je peux sincèrement te dire que non. Bien que cet endroit ait effectivement joué un rôle dans ma venue. Je voulais enfin voir ce que mon père avait construit. Je sais que notre relation n'était pas du tout ce qu'elle aurait dû être.

Il soupira. — Le fait qu'il t'ait laissé tout cela est tout à fait normal. Tu l'as rendu heureux, Iris. Je ne sais pas grand-chose de lui, mais je sais cela. Il t'aimait éperdument. Et s'il avait voulu que j'aie cet endroit, il me l'aurait laissé quelle que soit notre relation. Mais il ne l'a pas fait. Il voulait que ce soit à toi.

Elle ne voulait pas trop pousser sa chance, mais elle avait besoin d'être certaine. — Serais-tu prêt à signer des documents à cet effet ? Renoncer à toute revendication sur Compass Key et le Mother's Resort ?

Nick cligna des yeux, probablement surpris qu'elle le lui demande. — Si cela peut te rassurer, alors je le ferai. Oui.

Iris regarda vers la maison. — Vera. Apporte-moi ce dossier.

Vera sortit un moment plus tard avec un dossier Manila et un stylo. Elle les remit à Iris, puis recula d'un pas, mais ne partit pas.

Iris ouvrit le dossier et le tourna vers lui. — C'est de la part de l'avocat de ton père. C'est très simple, mais lis-le attentivement pour t'assurer que cela te convient. Vera est notaire. Elle témoignera de la signature.

— Tu étais certainement préparée pour cela. Il semblait toujours de bonne humeur.

— C'est tout ce qu'il me reste du seul homme que j'ai jamais aimé. Je suis sûre que tu peux comprendre à quel point il est important pour moi que cet endroit soit préservé et confié à des personnes qui l'aimeront de la même façon.

— Je comprends. Il parcourut rapidement le document, puis le signa sans hésiter.

Vera s'avança. Il lui tendit le stylo. Elle sortit un sceau métallique de son tablier, le pressa sur le papier, puis signa et data le formulaire. — Je vais l'envoyer immédiatement à M. Lawrence. Et je reviens tout de suite avec les crêpes.

— Merci, Vera. Iris sourit tandis que la gouvernante les quittait. — Merci d'avoir fait cela, Nick. Et maintenant que c'est fait, je peux partager quelque chose de merveilleux avec toi.

— Qu'est-ce que c'est ?

— Roger Lawrence, l'avocat de ton père, m'a parlé de cette lettre que tu viens de signer ce matin. Je ne savais pas qu'elle existait, mais il semble que ton père était beaucoup plus intelligent que nous ne le pensions. Il avait anticipé ce jour.

— Ça ne me surprend pas, dit Nick. Il avait toujours deux longueurs d'avance sur tout le monde. C'est probablement comme ça qu'il a fini par amasser autant d'argent.

— Je suis d'accord, dit Iris. Mais il y a plus. Il a laissé des instructions précisant que si tu ne signais pas ce document et que tu tentais de t'emparer de cet endroit, Roger Lawrence devait combattre toute action en justice jusqu'au bout. Cependant, si tu signais ce document, Roger Lawrence devait te remettre ton fonds fiduciaire.

Les sourcils de Nick se froncèrent. — Mon fonds fiduciaire ? Je n'ai pas de fonds fiduciaire.

Iris faillit rire à l'annonce qu'elle s'apprêtait à faire. — Je n'en savais rien non plus, mais tu en as bien un. Ton père y a veillé. Et selon Ben, il y a près de cinq millions de dollars dedans maintenant.

Nick resta immobile et son expression devint neutre. Il la fixa sans cligner des yeux et pendant un moment, elle crut qu'il s'était évanoui les yeux ouverts.

— Nick ?

Il secoua la tête. — J'ai cru entendre que tu parlais de cinq millions de dollars.

Elle rit. — C'est exactement ce que j'ai dit. Roger te donnera tous les détails dès que tu le contacteras et qu'il confirmera ton identité.

— C'est vrai ?

Elle acquiesça. — Oui. Je ne plaisanterais pas sur une chose pareille.

Il détourna le regard, les yeux brillants d'émotion.

Elle lui laissa quelques secondes. — Ça va ?

Il acquiesça, sans la regarder. — Mon père s'est souvenu de moi.

— Oh, mon chéri. Il t'aimait beaucoup. Il ne se passait presque pas un jour sans que je le surprenne à regarder ta photo qu'il gardait dans son portefeuille.

Cela incita Nick à la regarder à nouveau. — Il gardait une photo de moi dans son portefeuille ?

— Oui. Et une dans son bureau aussi. C'était une photo de bébé. Je pense que tu avais peut-être sept ou huit mois.

Nick sourit, renifla une fois, puis hocha la tête. — Merci. Ça vaut plus pour moi que n'importe quelle somme d'argent.

Vera revint avec un grand plat blanc festonné. Des crêpes étaient empilées d'un côté, des tranches de bacon croustillantes de l'autre. Iris ne mangerait pas le bacon, mais elle pensait que Nick pourrait l'apprécier. Vera posa le plat sur la table. — Voilà. Je reviens tout de suite avec le reste.

Le reste était un bol de salade de fruits, un pichet de sirop, et une saucière de confiture de fraises chaude à verser sur les crêpes.

— Oh là là, dit Nick. Ça a l'air délicieux.

— Sers-toi, dit Iris. Tu pourrais prendre quelques kilos.

Il rit. — C'est possible si je mange tout ça.

Elle mit une crêpe et une petite cuillerée de salade de fruits dans son assiette. Elle n'avait toujours pas très faim, et le café qu'elle avait pris plus tôt avait déjà calmé le peu d'appétit qu'elle avait.

Elle prit son temps pour mettre du beurre et de la confiture sur la crêpe, puis la découpa en morceaux, mais elle n'en mangea que quelques petites bouchées. Elle dissimula son manque d'appétit en racontant à Nick des histoires sur Arthur, supposant qu'il ne le remarquerait pas.

Il mangeait assurément pour eux deux, ce qui lui faisait énormément plaisir. Une haute pile de crêpes et la moitié du bacon. Une bonne partie des fruits aussi. Il était une compagnie merveilleuse. Intelligent et spirituel, et maintenant qu'il avait signé les papiers, il ne représentait plus aucune menace pour son rêve de préserver cet endroit afin que la mémoire d'Arthur perdure.

Plus de menace non plus pour que ses filles en prennent la relève.

À la fin du repas, il repoussa légèrement son assiette et s'étira. — Je suis gavé. C'était incroyable. Je dois dire à Vera que c'étaient les meilleures crêpes que j'ai jamais mangées.

Vera apparut comme par magie. — J'ai entendu ça. Et merci.

Il rit tandis qu'elle prenait son assiette et retournait à l'intérieur, mais ensuite son regard se posa sur l'assiette d'Iris et son amusement disparut. — Tu n'as pas beaucoup mangé.

— Je n'ai pas faim. C'est ce qui arrive quand on

vieillit. On perd l'appétit parce qu'on ne peut plus rien goûter.

Il pencha la tête d'un côté et sembla réfléchir. — Tu te sens comme ça depuis longtemps ?

Elle savait ce qu'il faisait. Il jouait au médecin avec elle. Elle ne lutta pas. Des questions n'étaient que des questions. Personne n'allait lui planter une aiguille. — Depuis environ six mois.

— Quels autres symptômes de vieillesse as-tu ressenti ?

Elle fit une grimace. Pas contre lui. Plus parce que ce n'était pas un sujet dont elle voulait parler. — Tous les habituels. J'oublie des choses. Je suis parfois confuse. Ma force a disparu. J'ai des vertiges de temps en temps. C'est comme ça.

Nick secoua la tête. — Ça n'a pas à être ainsi. Accepterais-tu que je fasse quelques tests ? Rien de trop invasif, je te le promets. Juste quelques analyses de sang.

Elle était sur le point de dire non quand elle se rendit compte que ses jambes étaient devenues engourdies à force d'être assise. Elles étaient pleines de fourmillements. Cela arrivait de plus en plus fréquemment ces derniers temps. — Tu penses que ce n'est peut-être pas juste la vieillesse ?

— Ce n'est peut-être pas le cas.

Iris secoua la tête. — C'est exactement ce dont j'ai peur.

Chapitre Trente-Trois

Leigh Ann se tenait sur la terrasse de la maison de Grant, buvant son café et contemplant le ciel matinal. Elle avait fait quelques salutations au soleil ici plus tôt et c'était magnifique.

Elle jeta un coup d'œil à l'intérieur. Encore plus magnifique était Grant dans la cuisine, en train de lui préparer le petit-déjeuner. Durant toute son histoire matrimoniale avec Marty, il lui avait préparé le petit-déjeuner exactement une fois. Les œufs brouillés contenaient un morceau de coquille de la taille d'une pièce de monnaie.

Pendant ce temps, Grant sortait une quiche du four. Jambon et asperges avec du fromage Manchego. Il avait rôti des tomates cerises et préparé du pain de blé complet grillé pour accompagner le tout.

Elle devrait simplement l'épouser. Cette pensée la fit presque s'étouffer avec son café. D'où venait cette idée ?

Elle ne voulait pas se remarier. Pas avant longtemps, en tout cas.

Grant passa la tête dehors. —Le petit-déjeuner est prêt. Tu veux manger ici ?

—Bien sûr, ce serait agréable. Mais son esprit n'était pas concentré sur le petit-déjeuner. Il était fixé sur l'idée folle qui venait de surgir.

Non seulement se marier signifierait se lier à un autre homme, mais cela signifierait aussi la fin de la pension alimentaire pour laquelle son avocat se battait.

Et puis il y avait ce petit détail qu'elle ne connaissait Grant que depuis une semaine.

Clairement, le soleil lui montait à la tête. Ou peut-être était-ce l'influence de ce qu'on appelle la vie insulaire. Cette attitude décontractée, insouciante, que tant de locaux avaient.

Grant sortit avec deux assiettes chargées de tranches de quiche, quelques tomates rôties, de petites grappes de raisin, et des toasts coupés en diagonale. Il posa les assiettes sur la table, sortit des couverts de sa poche arrière, les ajouta également, puis retourna à l'intérieur.

Elle se ressaisit. Assez avec les idées folles ; elle devrait aider. Elle alla à la porte. —Qu'est-ce que je peux faire ?

—Assieds-toi simplement, dit-il. J'ai tout maintenant.

C'était vrai. Lovés dans ses grandes mains se trouvaient les salières et poivrières, le beurrier, un pot de marmelade de kumquat, des serviettes et un couteau à beurre.

—Tu me fais me sentir paresseuse. Elle prit le même siège que la veille au soir.

Il rit en posant tout sur la table. —Tu es censée te sentir comme une invitée.

—C'est le cas. Et merci. Je me sens très bien prise en charge.

—Parfait. Il prit son siège, se penchant pour l'embrasser. —J'espère que tu aimeras la quiche. Ça fait un moment que je n'en ai pas fait.

—Elle a l'air fantastique. C'est un petit-déjeuner incroyable. Tu ne manges pas comme ça tout le temps, si ?

Il prit sa fourchette. —Non. D'habitude, je mange du granola le matin. Il y a un super stand au marché fermier où je l'achète. Tout fait maison, tout bio, rempli de très bonnes choses. Je prends généralement celui aux dattes et à la noix de coco, mais ils en ont un autre aux kiwis séchés qui est assez bon aussi.

Elle mit un grain de raisin dans sa bouche. —Tu sais, j'aurais été parfaitement satisfaite avec un bol de granola.

—Bon à savoir. Mais au cas où tu ne l'aurais pas remarqué, j'essaie de t'impressionner.

Elle sourit. —Ça marche. Essayait-il de la faire rester ? Après leur conversation d'hier soir, elle était certaine qu'il n'allait pas jouer de petits jeux pour l'influencer. Mais plus elle passait du temps avec lui, plus elle voulait en passer.

Il devait le savoir.

—Tu sembles silencieuse ce matin. Tout va bien ? Ou tu réfléchis encore à tout ce qui te préoccupe ?

Elle pointa sa fourchette vers lui avant de prendre une autre bouchée de quiche. —C'est ça. Désolée si je ne suis pas de bonne compagnie, mais mon esprit fait des heures supplémentaires ces derniers temps.

—Pas de problème. Et tu es une très bonne compagnie, peu importe à quel point tu es bavarde.

Elle pourrait réfléchir quand elle serait seule, près de la piscine plus tard, où elle finirait probablement aujourd'hui. —Je t'ai dit que mon ex se remariait ?

Les yeux de Grant se plissèrent. —Mais vous n'êtes pas encore divorcés.

—Non. Apparemment, il a trouvé un trophée consentant et lui a mis une bague au doigt. Ça joue en ma faveur, cependant. Elle est impatiente de se marier, ne me demande pas pourquoi, mais cela signifie qu'il doit répondre à mes exigences, sinon je ne signerai pas, et il ne pourra pas légalement faire d'elle son Épouse Numéro Deux.

Grant sourit. —Très bien.

—Après tout ce qu'il m'a fait subir, je ne vais pas simplement m'allonger et le laisser me marcher dessus. J'ai dit à mon avocat d'être agressif. Elle avait des projets pour cet argent. À savoir, elle voulait investir dans l'opportunité que Katie leur avait offerte, la chance de faire partie de la startup de cryptomonnaie d'Owen.

Leigh Ann en savait assez pour savoir que les entreprises d'Owen Monk valaient la peine d'y investir. Et entrer au rez-de-chaussée ? Cela pourrait changer sa vie. Elle voulait financer non seulement elle-même, mais aussi Amanda, Grace et Olivia.

—Tout est permis en amour comme à la guerre, non ?

—Quelque chose comme ça. Elle découpa un morceau de quiche avec le bord de sa fourchette, puis le ramassa. —Tu vas travailler sur le tableau encore aujourd'hui, n'est-ce pas ?

—C'est ça. Je vais le peaufiner. Ensuite, je saurai si j'ai besoin de toi pour une autre séance. Si c'est le cas, ce ne sera pas toute la journée comme la première fois.

Elle haussa les épaules. —Tout ce dont tu as besoin. Dis-moi juste. Combien de temps jusqu'à ce que l'œuvre soit terminée ?

—Encore une semaine peut-être ? Je suis assez proche. Mais même quand je pense avoir terminé, ce n'est généralement pas le cas. Je regarde mes anciennes œuvres maintenant et je vois encore des choses que je changerais. Ça va avec le métier, je suppose.

Elle hocha la tête. —Je peux l'imaginer. Je pense que ce serait étrange si tu n'essayais pas constamment d'améliorer ton art.

—Je le pense aussi. Avec chaque œuvre, je grandis, je m'améliore et je deviens une nouvelle version de moi-même.

—Le yoga est comme ça aussi. Chaque fois que je pratique, c'est différent. Et bien que le yoga consiste à aller à ses limites, c'est aussi toujours stimulant, peu importe le nombre de jours, de semaines ou d'années que tu l'as pratiqué.

—Depuis combien de temps le pratiques-tu ?

Elle sourit, se remémorant. —Mon premier emploi après l'université était comme réceptionniste dans une salle de sport. L'un des avantages était une adhésion gratuite, qui incluait tous les cours que je pouvais suivre. J'ai tout essayé, mais je suis tombée amoureuse du yoga. Un an plus tard, j'étais certifiée comme instructrice. J'ai travaillé dans cette salle de sport pendant un moment, puis je suis allée travailler dans un studio.

—Comment as-tu fini par avoir ton propre établissement ?

Elle prit un grain de raisin et le mangea. —J'ai rencontré Marty au studio. Il est venu parce qu'il s'était fait mal au dos en jouant au golf et son chiropracteur lui avait suggéré d'augmenter sa flexibilité en faisant du yoga.

Grant hocha la tête. —Donc il était aussi passionné ?

Elle rit. —Il a tenu six semaines, ce qui était aussi le temps qu'il lui a fallu pour me demander de l'épouser.

—Tu as dit oui, évidemment.

—C'est vrai, mais pas avant quatre autres mois. Après notre mariage, il a pensé que je devrais me mettre à mon compte, alors nous avons trouvé un endroit, l'avons rénové, et le Sunrise Yoga Center a ouvert un an après notre mariage.

Elle tendit la main vers un autre grain de raisin, puis s'arrêta. —Je lui ai remboursé tout ce que ça a coûté pour ouvrir ce studio. Je voulais que ce soit le mien, libre et indépendant.

—Bien joué. J'imagine que c'est une grande raison pour laquelle tu ne veux pas l'abandonner.

—C'est vrai. Cependant, cela commençait à importer de moins en moins chaque jour. Elle but une gorgée de son café, mais il n'en restait pas beaucoup et il était devenu froid.

—Tu as d'autres instructeurs qui travaillent pour toi ?

Elle hocha la tête. —Trois. Et nous avons aussi une masseuse dans notre équipe maintenant. Nous nous en sortons plutôt bien. En fait, certains de nos cours ont des listes d'attente parce que nous ne pouvons tout simplement pas accueillir tous ceux qui veulent y assister.

—C'est excellent. Bravo.

—Merci. Mais cela la faisait réfléchir à nouveau. Son établissement se portait bien. Suffisamment bien pour que ses instructeurs puissent vouloir l'acheter. Et si elle acceptait l'offre d'Iris, elle serait dans une bonne situation financière. Surtout avec la pension alimentaire qu'elle finirait par obtenir. Assez pour qu'elle puisse porter le prêt pour ses instructeurs, agissant comme la banque.

Cela leur faciliterait grandement l'achat de l'établissement.

Et lui faciliterait encore plus son déménagement.

Chapitre Trente-Quatre

KATIE AVAIT MANQUÉ LE MESSAGE D'OLIVIA l'invitant à petit-déjeuner avec Jenny, mais elle avait fait la grasse matinée, chose qu'elle ne faisait jamais chez elle. Elle avait apparemment eu besoin de ce sommeil. La soirée d'hier avait été intense. Pas dans le mauvais sens, mais une fois de retour au bungalow, elle s'était rendu compte à quel point elle était tendue.

L'idée de déménager à Compass Key persistait, mais à la lumière du jour, cela semblait plus relever du rêve que d'une action concrète qu'elle entreprendrait.

Sa vie n'était pas ici. Et elle ne voulait pas quitter sa sœur. Sophie était son bras droit. Et bien qu'une grande partie de leurs deux métiers se fasse sur ordinateur, ce qui signifiait que Sophie et Katie n'avaient pas besoin d'être face à face pour accomplir leurs tâches, Katie savait qu'elle s'ennuierait terriblement de sa sœur si elles étaient séparées.

Bien sûr, il y avait toujours la possibilité que Sophie puisse déménager aussi.

Katie secoua la tête en se préparant une tasse de café avec la petite machine de la chambre. — Là, tu rêves vraiment.

Sophie ne voudrait pas déménager. Katie le savait sans même avoir à lui demander. Elle adorait la vie urbaine. Elle adorait aller dans les musées, les restaurants et tous les magasins.

La vie sur une île serait probablement la fin de Sophie.

Le stylo qu'Owen avait offert à Katie était posé sur la commode. Elle l'avait sorti de son sac à main hier soir après son retour. Elle le prit maintenant, le faisant tourner entre ses doigts. Qu'allait-elle faire à propos d'Owen ?

Elle était folle de lui. Aucun doute là-dessus. Mais elle ne pouvait pas lui demander de quitter Compass Key pour elle.

Et leur relation n'était pas assez solide pour espérer qu'une relation à distance fonctionnerait. Ou l'était-elle ?

Elle n'en savait vraiment rien. Leur relation en était encore à ses débuts, mais il la prenait assez au sérieux. Veronica l'avait confirmé.

Katie soupira et reposa le stylo. C'était trop de réflexion avant le café. Heureusement, la tasse qu'elle avait préparée était prête. Elle ajouta de la crème et du sucre, puis prit son ordinateur portable et sortit sur la terrasse arrière. Elle s'installa sur l'une des chaises longues pour vérifier ses e-mails, puis commencer la relecture du contrat pour le film, quand elle entendit son téléphone sonner pour un appel entrant.

— Argh. Elle l'avait laissé sur le lit.

À contrecœur, elle mit l'ordinateur portable de côté, se leva et retourna le chercher. Elle avait manqué l'appel, mais vit qu'il venait de Sophie.

Un SMS apparut, également de Sophie. *Je viens d'essayer de t'appeler. Rien d'important, je me demandais juste ce que tu as décidé pour cette interview d'AM America ?*

— Mince. Katie avait complètement oublié ça. Ce qui signifiait qu'elle avait aussi complètement oublié d'en parler à Owen. Elle ne voulait pas faire quelque chose d'aussi important sans lui en parler d'abord, parce qu'il allait évidemment être mentionné.

Elle tapa sa réponse. *J'ai complètement oublié. Ma faute. Je me renseigne dès que possible et je te tiens au courant. Désolée. Je t'aime. Vraiment.*

Pas de souci, répondit Sophie. *Amuse-toi bien.*

C'est le cas ! Katie pensa que soit les photos d'hier soir n'avaient pas encore atterri sur internet, soit Sophie ne les avait pas encore trouvées, car il n'y avait aucune chance que Sophie ne commente pas la présence de Katie chez les Steele pour dîner.

Elle appela Owen. Lui demander son avis sur une interview télévisée semblait trop important pour un simple SMS.

— Bonjour.

— Salut, Owen. Comment vas-tu ?

— Mieux maintenant. Quoi de neuf ? Tu veux qu'on se voie ?

Elle n'avait même pas envisagé cette possibilité. — Je pourrais, tout à fait. Bien que je devrais probablement d'abord vérifier auprès des filles. Je ne veux pas qu'elles pensent que je les laisse tomber.

— Je comprends parfaitement.

— En fait, je t'appelais pour une autre raison. Je n'arrive pas à croire que j'ai oublié d'en parler hier soir, mais je suppose que dîner avec Marcus et Veronica a court-circuité une partie de mon cerveau.

Il rit. — Ça me semble raisonnable. Qu'est-ce que je peux faire pour toi ?

— J'ai besoin de ton avis sur quelque chose. Tu connais cette émission matinale, *AM America* ? Ils veulent m'interviewer à propos du film à venir. Mais le timing est un peu suspect et, franchement, je pense qu'ils veulent me poser des questions sur toi. Au minimum, je sais que ton nom va apparaître. Qu'en penses-tu ?

Il resta silencieux un moment. — Et toi, qu'en penses-tu ? Es-tu prête à admettre au monde entier que tu es folle de moi ?

Elle rit. — Quelqu'un s'est réveillé du côté confiant du lit aujourd'hui, n'est-ce pas ?

— Si tu parles de Hisstopher, tu aurais raison. Il déborde d'assurance ce matin.

— Je ne parle pas de ton chat. Mais, oui, je suis prête à faire savoir officiellement au monde entier qu'on est ensemble. Je ne savais juste pas comment tu te sentais à ce sujet. Ou si tu voudrais même que je le fasse.

Sa voix s'adoucit. — Je suis fou de toi, tu sais. Si tu
veux officialiser en l'annonçant lors d'une interview télévisée, alors vas-y.

— Sérieusement ? Elle ne s'attendait pas à ça. — Tu
ne penses pas que ça va juste encourager les paparazzi à
te courir après davantage ?

— Probablement. Mais une fois qu'ils sauront que
nous sommes un couple, les photos n'auront plus autant
de piquant. Il n'y aura plus de scoop à ce moment-là. Tu
vois ce que je veux dire ?

— Je crois que oui. D'accord, je vais leur dire que
j'accepte.

— Tu veux que je vienne avec toi ? Ou ça te rendrait
nerveuse ? On pourrait en faire un week-end. Voir un
spectacle, dîner, ce genre de choses. Tu habites à Brook-
lyn, c'est ça ?

— C'est ça. Et tu pourrais rencontrer Sophie, ma
sœur. Elle a vraiment envie de te rencontrer.

— Et j'ai vraiment envie de la rencontrer. En fait, si
elle peut se libérer, pourquoi ne pas faire de ce week-end
un moment à trois ? Me donner une chance de la
connaître. Et à elle de me connaître. Qu'en penses-tu ?

— Je trouve que c'est une super idée.

— Donne-moi les détails et je m'en occuperai.

— Je le ferai. Merci, Owen. Maintenant, à propos de
se voir aujourd'hui. Je vais envoyer un message aux filles
pour voir s'il y a des projets pour la journée. Si ce n'est
pas le cas, on pourrait faire quelque chose.

— J'attends de tes nouvelles. À plus, Katie.

— À plus, Owen. Elle raccrocha, souriante. Sophie allait disjoncter.

Elle renvoya un message à Sophie. *Je ferai l'interview. Donne-moi juste les détails. Owen viendra probablement pour ça. Il veut te rencontrer.*

Sophie envoya une série d'émojis. Visages excités, visages nerveux, visages heureux.

Katie rit. *Il est très cool et les pieds sur terre. Rien qui justifie de paniquer. Pas comme ceux avec qui on a dîné hier soir.*

QUI ? DIS-MOI MAINTENANT !

Toujours en riant, Katie tapa : *Tu ne me croirais pas si je te le disais.*

Dis-le moi ou je supprime ta page Facebook.

Calme-toi. Juste Marcus et Veronica Steele.

Pendant quelques instants, Sophie ne répondit pas. Puis le téléphone de Katie sonna avec un appel entrant. De Sophie.

— Allô.

— Tu mens. Est-ce que tu mens ? Parce que je suis sérieuse, je vais me connecter sur ta page en tant que toi et dire à tes fans que tu prends ta retraite si tu te moques de moi.

— Non, je ne me moque pas de toi. Owen est ami avec eux. Depuis un moment, je crois. Je suis surprise que tu n'aies pas vu les photos. C'était une mise en scène pour les paparazzi, pour qu'ils puissent prendre plein de photos et nous laisser tranquilles pendant un moment, avec un peu de chance.

— J'ai été tellement occupée à corriger l'audiolivre

que je n'ai pas encore regardé les réseaux sociaux aujourd'hui. Attends.

Katie pouvait entendre des sons de clavier en arrière-plan.

Puis Sophie inspira brusquement. — C'est bien toi. Chez eux. Je vais mourir. Tu y étais vraiment. Cette robe est superbe, d'ailleurs. Raconte-moi tout. Est-ce qu'elle sent aussi bon qu'elle en a l'air ? Parce qu'elle a l'air de sentir divinement bon.

— C'est le cas. Il n'y a pas grand-chose à dire, cependant. Ils sont beaux, leur maison est belle, et ce sont des personnes vraiment gentilles. Ronnie est une grande fan. Vraiment grande. Elle m'a fait dédicacer une quarantaine de livres pour les offrir à ses amis, sa famille et son assistante. Ah, et elle veut un rôle dans *La Récompense de l'Ange*. Elle dit qu'elle se fiche que ce soit petit, elle veut juste en faire partie. Et Marcus pense que je devrais parler à son agence pour me représenter pour le cinéma et la télévision. Aussi, leur chef prépare des truffes incroyables.

— Wow. Tu quitterais Maxine ?

— Non, comme agence secondaire. En plus d'elle.

Sophie ricana. — Et tu disais qu'il n'y avait pas grand-chose à dire. Tu devrais vraiment être meilleure avec les mots pour une écrivaine.

Katie sourit. — Je vais travailler là-dessus. Maintenant, je n'ai même pas encore pris mon petit-déjeuner. Une fois que le rendez-vous avec *AM America* sera fixé, dis-moi la date et l'heure et je préviendrai Owen. Il veut en faire un week-end. Dîner, voir un spectacle, profiter de la ville. Tous les trois.

— J'adorerais ça. Hé ! Peut-être que j'apparaîtrai sur des photos de paparazzi.

— Je pense que c'est une possibilité très réelle. Katie rit. C'était bien Sophie. — Merci, frangine.

— De rien. Amuse-toi bien. Je t'aime.

— Je t'aime aussi. Katie envoya ensuite un message groupé aux filles. *Des projets pour aujourd'hui ?*

Piscine, je suppose, vint la réponse d'Olivia.

C'est ce que je pensais aussi, dit Grace. *David travaille encore en cuisine aujourd'hui, alors je serai là-bas si quelqu'un veut me rejoindre.*

Amanda envoya un pouce en l'air. Puis ajouta : *Pas sûre que ma mère me rejoigne. De rien. Quoi qu'il en soit, je pars à 14h pour un cours de poterie avec la mère de Duke.*

Cool, répondit Katie.

Leigh Ann fut la dernière à répondre. *Sur le chemin du retour. J'adorerais traîner au bord de la piscine !*

Katie eut soudain une idée. *Ça vous dérangerait si j'invitais Owen ? Si oui, dites-le moi et je ne le ferai pas. Je comprends totalement si vous préférez que non.*

Pas de problème pour moi, répondit Olivia.

Pareil, dit Grace.

Pourquoi pas ? dit Amanda. *Il est très gentil.*

Leigh Ann envoya un pouce en l'air.

Merci, textota Katie. Puis elle envoya un message à Owen. *Tu veux nous rejoindre, les filles et moi, à la piscine aujourd'hui ? On serait ravies de t'avoir avec nous.*

Vraiment ? répondit-il. *D'accord. Je mettrai même mon bon maillot. À moins que tu ne préfères mon Speedo.*

Elle rit aux éclats. *Peut-être garde ça pour une autre fois.*

D'accord. Si tu es sûre. Quand est-ce que je dois être là ?

Elle y réfléchit. Elle n'avait pas encore pris son café. Ni mangé son petit-déjeuner. Ni pris sa douche. Ni même brossé ses dents. *Dans une heure* ?

À tout à l'heure.

Elle envoya un dernier message aux filles. *Il vient* !

Chapitre Trente-Cinq

AMANDA LUT LE DERNIER MESSAGE DE KATIE, PUIS posa son téléphone. Elle avait vraiment besoin de parler à sa mère une dernière fois. Depuis que Margaret avait quitté le petit-déjeuner en trombe, elle lui faisait la tête, donc il y avait de fortes chances que cette conversation soit aussi unilatérale que les dernières tentatives.

Margaret était actuellement assise sur la terrasse arrière, en train de lire un magazine qu'elle avait apporté avec elle.

Amanda ouvrit la porte coulissante et se pencha, décidant d'essayer une nouvelle approche.

— Maman, tu as besoin de quelque chose ?

Rien. Le silence persistait.

Amanda sortit et s'assit sur l'autre chaise longue.

— Tu ne me parles toujours pas ? C'est comme ça que ça va être entre nous pour le reste de nos vies ? Parce que si c'est le cas, très bien, mais pour moi, ça signifie que notre relation est arrivée au bout du chemin. Si tu ne veux pas me parler, alors pourquoi devrais-je même essayer ?

Margaret tourna la page de son magazine.

— Je prends ça comme ta réponse, alors. Écoute, je sais que rien de ce que je fais ne te rend heureuse. Ou du moins, je ne fais pas grand-chose que tu approuves, mais ça me va. C'est ma vie. Je dois la vivre.

Margaret parla enfin.

— Mais tu n'es pas la seule à devoir vivre avec les conséquences.

Amanda faillit rire.

— Maman, quelles conséquences y a-t-il à ce que je passe du temps dans un endroit comme celui-ci ? Ou à voir Duke ? Quelles conséquences y a-t-il à ce que je sois heureuse ? Parce que c'est à ça que tout se résume, n'est-ce pas ? Je suis heureuse et tu ne veux pas que je le sois parce que tu ne sais pas comment être heureuse. Donc personne d'autre ne devrait l'être. C'est bien ça ?

— Je suis parfaitement heureuse.

— Eh bien, si tu penses que tu es heureuse, alors nous avons des définitions différentes de ce mot. Parce que quand je te regarde, le seul mot qui me vient à l'esprit est « misérable ». J'aimerais pour ton propre bien que tu puisses comprendre à quel point c'est libérateur d'arrêter de se soucier de ce que les autres pensent et de simplement vivre une vie qui convient à tes propres besoins.

— Hmph. C'est ce que tu fais ? Satisfaire tes propres besoins ? C'est pour ça que tu sors avec ce gigolo ?

La bouche d'Amanda s'ouvrit grand.

— Est-ce que tu viens vraiment d'appeler Duke un gigolo ?

— Il est plus jeune que toi et vient clairement d'une famille aux mœurs légères.

Amanda se pinça l'arête du nez.

— Oui, il est plus jeune que moi. Et il vient clairement d'une famille formidable qui ne pense qu'au bonheur. Tu sais quoi d'autre ? Il me rend heureuse. Et il m'aime bien, malgré les insécurités que tu m'as inculquées à force de culpabilisation au fil des années. Une chose de plus : être heureux n'est pas un défaut de caractère. Ce n'est pas non plus un signe de mœurs légères.

— Je suis désolée que mes tentatives pour faire de toi une jeune femme convenable t'aient si profondément marquée. J'imagine que tu vas vouloir que je paie pour un thérapeute maintenant.

Elle savait que sa mère était juste en train de faire de l'ironie, espérant énerver Amanda davantage. Mais elle ne prendrait pas ce chemin. Elle se leva.

— Je n'ai pas besoin d'un thérapeute. J'ai Duke. Et il est plutôt doué pour m'aider à voir ce qui a du sens. Maintenant, je vais à la piscine pour retrouver les autres filles. Tu peux venir si tu veux, mais je suppose que c'est la dernière chose que tu auras envie de faire. J'espère qu'un jour les choses changeront entre nous, mais si ce n'est pas le cas...

Amanda haussa les épaules, puis rentra pour mettre son bikini.

Quand elle sortit, sa mère était en train de faire les bagages. Ça semblait logique.

— Tu pars ? demanda Amanda.

— Oui. Et toi aussi.

Margaret ne leva même pas les yeux.

C'est alors qu'Amanda réalisa que Margaret faisait les bagages d'Amanda, pas les siens.

— Maman, arrête. Je suis une femme adulte. Je prends mes propres décisions. Je ne pars pas avec toi.

Margaret jeta un coup d'œil, fronçant les sourcils alors que son regard parcourait le maillot de bain d'Amanda.

— Si tu ne le fais pas, tu trouveras tes affaires emballées et dans le garage quand tu rentreras. Tu ne seras plus la bienvenue dans ma maison. Fais ton choix, Amanda. Qu'est-ce que ce sera ?

— Juste pour être claire, tu m'expulses, c'est bien ça ?

— C'est exact. C'est ce qu'on appelle l'amour dur. Et il est temps que je t'en donne un peu.

Amanda renifla, mais son cœur était rempli de tristesse.

— Tu m'en as donné toute ma vie.

Margaret releva le menton.

— La maison ? Ou ton joujou ? Choisis.

— Je choisis Duke. Et Compass Key. Je serai chez toi dans une semaine pour m'occuper de mes affaires. Et puis je reviendrai directement ici. Tu vois, tu ne m'en as jamais donné l'occasion, mais j'allais te dire que je vais devenir copropriétaire de cet endroit.

Les paupières de Margaret papillonnèrent.

— Quoi ?

— C'est vrai. Iris me laisse un cinquième de son patrimoine, qui comprend cette île et ce resort. Et même si j'apprécie que tu m'aies offert un endroit où rester quand j'en avais le plus besoin, ce besoin est terminé.

Amanda mit ses mains sur ses hanches, tout en priant pour que l'offre d'Iris ne soit pas sur le point d'être annulée. Elle n'avait aucune idée de ce qu'elle ferait si cela arrivait.

— Je suppose que ton amour dur a finalement porté ses fruits, hein ?

Elle attrapa son sac de plage, y jeta son téléphone et sa carte-clé, et était sur le point de sortir en trombe, quand elle s'arrêta, la main sur la poignée de la porte, et se retourna pour laisser à sa mère une dernière pensée.

— Ah, et au fait, Duke est millionnaire.

Les yeux de Margaret s'écarquillèrent, mais Amanda ne s'attarda pas pour voir si elle avait quelque chose à dire.

Amanda claqua la porte derrière elle et fit la moitié du chemin vers la piscine avant de craquer et de commencer à pleurer. Elle s'assit sur un banc et sanglota, les nerfs et l'adrénaline de ce qui venait de se passer rendant impossible l'arrêt de ses larmes.

Ce n'était pas comme ça que les choses étaient censées se passer. Il ne semblait pas y avoir de moyen d'arranger les choses maintenant. Sa mère ne changerait jamais. Et Amanda ne pouvait pas continuer avec cette relation toxique. À quoi bon ?

Amanda s'essuya les yeux, sa pensée suivante étant totalement morbide. Et si la prochaine fois qu'elle voyait sa mère, c'était à son enterrement ?

C'était une terrible possibilité à envisager. Elle devrait appeler sa sœur plus tard, et au moins lui raconter ce qui s'était passé.

Elle prit une profonde respiration. Puis une autre. Finalement, elle mit ses lunettes de soleil, se leva et se dirigea vers la piscine. Olivia, Jenny et Grace étaient déjà là.

Amanda en fut infiniment reconnaissante. Elle aurait craqué à nouveau si elle avait dû rester seule.

— Bonjour à toutes.

— Salut, Amanda, répondit Grace.

Olivia et Jenny dirent bonjour également.

Elles devaient se demander si quelque chose s'était passé quand elle était retournée à son bungalow. Elles avaient vu Margaret sortir en trombe au petit-déjeuner.

Amanda prit la chaise longue à côté de Jenny. Olivia était de l'autre côté, puis Grace. Olivia se pencha pour la voir.

— Comment ça va ?

Amanda regarda par-dessus.

— Tu veux dire avec ma mère ?

Olivia hocha la tête.

Grace et Jenny étaient également tournées vers Amanda, attendant sa réponse.

— Eh bien, si ça ne traumatise pas Grace, je suis sur le point de commander un Bloody Mary. Et peut-être un autre après ça.

— Commande ce que tu veux, dit Grace. Je vais très bien.

— Merci, Grace.

Amanda leva le petit drapeau blanc au coin supérieur de la chaise longue qui indiquait qu'elle avait besoin de service.

— Tu veux en parler ? demanda Olivia.

Le voulait-elle ? Amanda n'en était pas sûre. Elle n'avait jamais été du genre à parler de ce genre de choses. Sa mère lui avait inculqué que le linge sale ne se lavait pas en public, ni ailleurs. Amanda remonta ses lunettes de soleil sur le dessus de sa tête.

— Nous avons eu un bref... je ne sais pas comment l'appeler. Une conversation ? Une dispute ? Un échange de mots ? Quoi qu'il en soit, j'ai dit ce que je pensais devoir dire. Elle a essayé de me faire partir, de rentrer à la maison avec elle.

— Sérieusement ? dit Grace.

Amanda hocha la tête.

— Elle avait même commencé à faire mes valises pour moi. Elle m'a dit de choisir entre elle ou Compass Key. J'ai choisi Compass Key. Puis elle m'a dit que quand je rentrerais, toutes mes affaires seraient emballées et dans le garage et que je n'étais plus la bienvenue sous son toit. Oh, et elle a traité Duke de gigolo.

— Wow, chuchota Jenny.

Grace et Olivia semblaient toutes deux un peu consternées.

Amanda haussa les épaules.

— Je lui ai dit que ça n'avait pas d'importance qu'elle me mette à la porte. Que j'étais sur le point d'hériter d'une part dans cet endroit incroyable et que ma vie allait continuer très bien sans elle.

Elle renifla.

— J'espère vraiment que c'est toujours vrai. L'une d'entre vous a-t-elle entendu quelque chose de nouveau à ce sujet ?

Grace et Olivia secouèrent toutes deux la tête.

Jenny leva timidement la main pour intervenir.

— À propos de ça. J'espère que ce n'est pas un problème, mais puisque Katie a invité Owen, j'ai invité Nick. Il m'a envoyé un message il y a peu de temps et m'a dit qu'il avait quelque chose à partager.

Amanda fixa la jeune femme.

— Eh bien, alors. Je suppose que nous sommes sur le point de le découvrir.

Chapitre Trente-Six

GRACE SENTIT UN NŒUD SE FORMER DANS SON estomac. Nick venait-il leur annoncer en personne qu'elles n'avaient plus aucune chance ? L'envie de boire monta en elle, le besoin de cette agréable torpeur que procure l'alcool soudain au premier plan.

Elle réprima cette envie. Oui, c'était stressant, mais elle ne laisserait pas cette situation la briser.

À ce moment-là, un serveur s'approcha pour prendre la commande d'Amanda. Son badge indiquait Doug. Elle passa sa commande, puis le serveur se tourna vers les autres.

— Que désirez-vous, mademoiselle ? demanda-t-il à Jenny.

Jenny commanda une piña colada.

Il fit quelques pas vers Olivia. — Et pour vous, madame ?

— Je prendrai une bouteille d'eau pétillante, s'il vous plaît, dit Olivia.

— Très bien. Le serveur se dirigea vers Grace.

Elle lui donna sa commande avant qu'il ne puisse demander. — Je prendrai la même chose. Avec quelques fruits à côté pour mettre dedans. Ananas ou quelque chose comme ça.

— Je peux faire ça. Je reviens tout de suite avec vos commandes.

— Merci. Grace expira. Elle avait surmonté cette tentation sans craquer. Cela ne signifiait pas que l'envie n'était plus là, mais elle avait définitivement diminué.

C'est alors que Nick arriva avec un sourire éclatant et un geste joyeux de la main. — Bonjour.

Quelle que soit sa nouvelle, il était de bonne humeur. Cela ne fit qu'empirer le malaise de Grace. En partie parce qu'il était vraiment gentil et que c'était terrible que sa bonne fortune puisse aussi être sa chute à elle. Arthur était son père. Et elle n'avait aucun lien de parenté avec Iris. Nick avait clairement plus de droits sur Compass Key. Elle lui fit signe sans beaucoup d'enthousiasme.

Amanda se leva pour lui laisser la chaise longue à côté de Jenny et descendit vers la place libre près de Grace.

Grace jeta un coup d'œil à Amanda. — Il a l'air terriblement joyeux.

— En effet, acquiesça Amanda. Espérons que c'est pour une toute autre raison.

Grace hocha la tête. — Ne t'inquiète pas, c'est ce que je fais.

Olivia lui parla. — As-tu pris le petit-déjeuner avec Iris ce matin ?

— Oui, dit-il. Et elle a provisoirement accepté que je lui prescrive quelques tests. J'ai contacté un laboratoire en ville et ils vont commencer par lui faire une prise de sang, puis nous verrons la suite une fois les résultats obtenus. Maintenant, il faut juste espérer qu'elle ira jusqu'au bout.

— C'est fantastique qu'elle ait accepté, dit Olivia. Si nous pouvons t'aider à l'emmener là-bas, n'hésite pas à nous le faire savoir.

— Vera et Eddie l'emmènent aujourd'hui. J'ai demandé au laboratoire d'accélérer les résultats.

— Bien, dit Olivia. S'il y a quelqu'un qui peut la convaincre d'aller jusqu'au bout, ce sont bien Vera et Eddie. Comment était Iris ce matin ?

— Elle semblait aller bien, mais elle avait des nouvelles à me communiquer qui ont peut-être remonté son moral.

— Ah bon ? dit Grace. Elle supportait à peine l'attente, même si elle s'inquiétait aussi de ce que pouvaient être ces nouvelles. Mais à quoi bon retarder l'inévitable ? — Quelles nouvelles ? Ou est-ce quelque chose que tu ne peux pas partager ?

Il sourit. — Vous êtes déjà au courant. Elle m'a parlé de son projet de léguer sa propriété à vous cinq.

Grace se figea. Sa bonne humeur semblait persister, mais elle avait peur de poser d'autres questions.

Amanda, apparemment, n'avait pas ces réticences. — Qu'en penses-tu ?

— Je pense que c'est un bon plan, dit Nick. En fait, j'ai signé des documents avec elle ce matin, renonçant à toute prétention que je pourrais avoir sur cet endroit. Elle s'inquiétait à ce sujet. Son sourire vacilla légèrement. — Je suis sûr que cela vous soulage toutes aussi.

Ni Grace, ni Amanda, ni Olivia ne dirent un mot. Probablement comme Grace, elles ne savaient pas quoi répondre à cela.

Jenny rompit le silence. — Mais comment te sens-tu par rapport à ça, toi ?

Il la regarda en hochant la tête. — Je me sens bien. Très bien, en fait. Surtout parce que mon père m'a apparemment laissé un fonds fiduciaire qui a été activé par ma signature de ces papiers. Je vais avoir plus d'argent que je n'en ai jamais rêvé. Et Iris m'a assuré que vous cinq préserverez cet endroit comme il se doit. De toute façon, je ne pourrais pas assumer tant de travail. Oh, Iris a aussi dit que si cela ne vous dérange pas toutes les cinq, je peux venir ici quand je veux.

Grace laissa échapper un petit rire qui se transforma en un grand sourire. Un sentiment de soulagement l'envahit. — C'était très gentil de la part d'Arthur de faire ça pour toi. Et bien sûr que tu peux venir nous rendre visite.

— Tout à fait d'accord, ajouta Olivia. Quand tu veux.

À côté de Grace, Amanda expira et murmura un doux « Merci ».

Grace était sûre d'être la seule à l'avoir entendue. Elle acquiesça et jeta un coup d'œil à son amie. — N'est-ce pas ?

Puis elle regarda Nick à nouveau. — Que penses-tu qu'il se passe avec Iris ? Si ça ne te dérange pas de nous le dire.

Son sourire disparut. — Eh bien, elle n'est pas vraiment ma patiente, donc je suppose qu'il n'y a pas de secret médical à respecter, mais malheureusement, il semble qu'elle pourrait être aux premiers stades de la démence. Je suis désolé. Je sais que ce n'est pas ce qu'aucune d'entre vous voulait entendre. J'en saurai plus sur son état quand les résultats des analyses sanguines reviendront.

Grace porta sa main à sa bouche. La démence. C'était une terrible nouvelle. Son cœur se serra pour Iris. — J'espère vraiment que ce n'est pas ça. Mais je suis tout aussi troublée par l'idée qu'elle quitte cet endroit. Elle adore être ici.

— Vraiment beaucoup, dit Nick. Ça se voit sur son visage quand elle en parle. La façon dont ses yeux s'illuminent et elle sourit. Elle m'a dit ce matin que ce qu'elle redoute le plus, c'est de quitter ses chats.

— Une minute, dit Amanda. Pourquoi diable quitterait-elle ses chats ?

— Parce que la résidence pour personnes âgées où vit sa sœur n'accepte pas les animaux de compagnie, répondit Nick.

Olivia semblait sur le point de pleurer. — C'est terrible. Iris adore ces chats. Je ne vois vraiment pas pourquoi elle devrait partir. Je serais heureuse de l'aider à prendre soin d'elle. Et de ses chats.

— Moi aussi, dit Grace. En fait, si ces escaliers sont un problème pour elle, je ne vois pas pourquoi elle ne pourrait pas faire installer un monte-personne. Elle a les moyens.

Amanda intervint. — Elle a les moyens pour un monte-personne et pour un aide-soignant à domicile, si c'est ce dont elle a besoin.

Grace ne voulait vraiment pas qu'Iris parte. — Je propose qu'on la persuade de rester. Qui est avec moi ?

C'est à ce moment que Leigh Ann arriva. — Sur quoi vote-t-on ?

Olivia la mit au courant, y compris sur qui était Nick, sa renonciation à l'héritage, sa collaboration avec Iris pour effectuer des analyses sanguines, et le projet de la convaincre de rester.

Leigh Ann s'installa à côté d'Amanda. — Je suis totalement pour.

— Comment s'est passée ta soirée chez Grant ? demanda Grace d'un ton enjoué.

Leigh Ann rayonnait. — C'était merveilleux. Il est vraiment...

Soudain, les yeux de Leigh Ann se plissèrent et son regard se dirigea vers un point de l'autre côté de la piscine. — C'est une blague, n'est-ce pas ?

— Qu'est-ce qu'il y a ? demanda Grace. Elle regarda dans la même direction que Leigh Ann, mais tout ce qu'elle vit fut un homme plus âgé avec un ventre à bière et une jeune rousse avec une poitrine très volumineuse et un bikini minuscule. — Tu connais ces gens ? Ce sont des célébrités ?

— Pas du tout, dit Leigh Ann. Elle semblait sur le point d'exploser. — Oui, je les connais. C'est mon futur ex-mari et, je présume, sa future femme trophée.

Chapitre Trente-Sept

IRIS LANÇA LA SOURIS EN HERBE À CHAT À CALICO Jack. Il courut après avec tout son enthousiasme habituel, la faisant rire. — Oh, Jackie. Tu es un garçon si bête, n'est-ce pas ?

Il attrapa la souris et trottina vers elle. Elle la lança à nouveau.

Vera s'approcha au milieu de leur jeu. — Que voudrais-tu manger avant qu'on parte pour le continent ?

— Je croyais qu'il ne fallait pas manger avant de faire une prise de sang.

— Nick a dit que ça n'avait pas d'importance pour cette analyse. C'est une NFS, pas un bilan biochimique.

— Peu importe ce que ça veut dire, dit Iris. Elle ne voulait vraiment pas le faire du tout.

Vera n'abandonnait pas, cependant. — Je pourrais préparer une soupe et un sandwich très facilement. Il y a de la dinde ou du thon pour le sandwich, et plein de ta soupe préférée au poulet et aux nouilles.

Iris secoua la tête. — Je n'ai pas très faim. Peut-être juste quelques fruits.

Elle n'avait pas besoin de regarder Vera pour savoir que la gouvernante fronçait les sourcils. — Il n'y a pas de protéines dans les fruits. Et tu as besoin de protéines. Allez, Iris. Qu'est-ce que ce sera ?

Iris n'était pas d'humeur à argumenter. Elle regrettait d'avoir déjà accepté de faire la prise de sang pour Nick. Il avait été si gentil et attentionné qu'elle avait trouvé impossible de refuser. Il avait certainement hérité des talents de persuasion de son père. — Un petit sandwich à la dinde. Pas de soupe. Mais je veux quand même des fruits.

— D'accord, dit Vera. Du fromage ?

— Non. Juste de la laitue, de la tomate et un peu de mayonnaise.

— Je reviens tout de suite.

— Prends ton temps, dit Iris.

— Je ne peux pas. Nous devons partir dans quarante-cinq minutes.

Iris tapota ses genoux. Calico Jack sauta et poussa sa tête contre son menton. Elle sourit et le gratta derrière les oreilles. Le quitter pourrait bien la tuer. Si son corps ne le faisait pas d'abord.

Elle redoutait de faire la prise de sang. Elle n'aimait pas les aiguilles, surtout celles qui allaient dans les veines. Elles faisaient mal. Et parfois, l'infirmière devait s'y reprendre à plusieurs fois pour bien piquer.

Des images d'Arthur à l'hôpital lui revinrent brusquement. De sa fragilité et de sa faiblesse. Si différent de lui-même. Et dans une telle douleur.

Était-ce ainsi qu'elle allait finir ? Probablement. Sauf que ce serait pire. Arthur ne serait pas à ses côtés.

Katie avait décidé de retrouver Owen à la marina et de marcher jusqu'à la piscine avec lui. Elle était contente de l'avoir fait, car c'était agréable d'avoir quelques minutes seule avec lui avant de rejoindre le groupe.

Il lui prit la main immédiatement. — *Star Watch* m'a appelé ce matin.

— *Star Watch* ? C'était l'un des plus grands médias people. — Qu'est-ce qu'ils voulaient ?

Il secoua la tête. — Ils voulaient savoir si nous étions allés chez les Steele pour notre dîner de fiançailles.

Katie éclata de rire. — Ils sont vraiment curieux.

— Ils essayaient juste de me soutirer une citation. Ou n'importe quelle information possible.

— C'est plutôt effronté. Tu leur en as donné une ?

— J'ai raccroché. J'aimerais bien savoir comment ils ont eu mon numéro. Bien sûr, c'était ma ligne professionnelle, pas mon portable personnel. Heureusement. Il la regarda. — Tu devrais peut-être penser à avoir un deuxième téléphone avec un numéro que tu ne donnes qu'à ta famille.

— Personne ne m'a encore appelée. La piscine était juste devant.

— Ce n'est probablement qu'une question de temps.

Il l'embrassa sur la joue, un bisou rapide. — Merci de m'avoir invité.

— Merci d'être venu. Elle regarda son maillot de bain, turquoise avec des flamants roses. — Et merci de ne pas avoir mis le Speedo.

— Comment sais-tu que je ne le porte pas en dessous ?

Elle gloussa. Elle adorait qu'il ne se prenne pas trop au sérieux. La vie était déjà trop sérieuse à bien des égards. Pourquoi ne pas s'amuser un peu ? Ou au moins avoir le sens de l'humour. — Dans ce cas, je devrais peut-être retirer mon invitation.

— Trop tard. Il fit signe aux filles de l'autre côté de la piscine. — Nous sommes arrivés. Qui est l'autre type ?

Katie regarda. — Je ne suis pas sûre. Je suppose qu'on va le découvrir.

En s'approchant, l'attention de Katie passa du nouveau gars assis près de Jenny à essayer de comprendre qui Leigh Ann fusillait du regard. — Qu'est-ce qui se passe, les filles ?

Elle et Owen furent accueillis par de nombreux bonjours, mais Leigh Ann secoua la tête. — Mon ex et sa future épouse viennent d'arriver. Tu peux le croire ? Il fait son intéressant en l'amenant ici. J'aimerais les pousser tous les deux dans la piscine.

— Moi aussi, dit Amanda.

Katie pouffa. — Il savait que tu étais ici ?

— Non, répondit Leigh Ann. Et je ne sais pas comment il aurait pu le découvrir, à moins que l'un des enfants n'ait dit quelque chose. C'est plus probablement une pure et horrible coïncidence. Bien que nous ayons parlé de venir ici ensemble pour notre anniversaire il y a quelques années, donc cet endroit était dans notre radar depuis un moment. Évidemment qu'il amènerait *cette fille* ici.

Owen se protégea les yeux pour mieux voir. — Il t'a vue ?

— Pas encore, dit Leigh Ann.

Amanda ajouta : — Mais nous gardons un œil attentif sur la situation.

Olivia leur fit signe. — Katie, Owen, laissez-moi vous présenter. Voici Nick, l'ami de ma fille. C'est aussi le fils d'Arthur.

Nick se leva et Katie retint doucement sa respiration. Le fils d'Arthur ? Ici ?

La surprise d'Owen était également évidente. — Arthur Cotton ?

Nick hocha la tête. — Oui.

— Ton père était un type formidable. Owen et Nick se serrèrent la main.

Les sourcils de Nick se soulevèrent. — Tu le connaissais ?

— Oui, dit Owen. Nous allions souvent pêcher ensemble.

— J'aimerais bien que tu me parles de lui, dit Nick. C'est pourquoi je suis ici. J'essaie d'en apprendre le plus possible sur mon père.

Katie tapota le bras d'Owen. — Assieds-toi et discute si tu veux. Je vais prendre les deux transats près de Leigh Ann.

— D'accord, ça me va.

Katie fit un signe à Nick tandis qu'Owen s'asseyait au bout de la chaise longue de Jenny. — Ravie de te rencontrer. Puis elle retourna où se trouvait Leigh Ann. Elle étendit la serviette propre qui était déjà là et s'assit, se penchant pour parler à Leigh Ann, Grace et Amanda. — Comment faites-vous pour ne pas paniquer ?

— À propos de mon ex qui est ici ? demanda Leigh Ann.

— Eh bien, oui, mais je parlais du *fils* d'Arthur qui est ici. Cela semblait être une bien plus grande nouvelle, surtout pour les femmes qui prévoyaient d'accepter l'offre d'Iris. — Vous n'êtes pas inquiètes à ce sujet ? Avec lui qui est l'héritier légitime d'Arthur ?

— Nous l'étions, dit Amanda.

— Mais plus maintenant, ajouta Grace. Laisse-moi t'expliquer.

Une fois que Grace eut terminé, Katie comprit. — Waouh. J'ai raté tout ça, hein ? Désolée. Elle sourit. — J'étais un peu préoccupée par le dîner chez Marcus et Veronica Steele.

Leigh Ann et Amanda semblaient surprises, mais la bouche de Grace était aussi ronde qu'une boule de billard.

— Tu es sérieuse ? demanda Grace.

Katie hocha la tête. — Je suis surprise que tu n'aies pas déjà vu les photos en ligne, avec tes alertes Google.

Grace prit son téléphone. — J'ai coupé le son plus tôt, car David et moi passions une matinée tranquille ensemble. Je ne voulais pas que quoi que ce soit nous dérange. Elle tapotait et faisait défiler, mais il était facile de voir quand elle avait trouvé l'une des photos. — Tu as porté cette robe que tu as achetée en ville ! Tu es superbe. Je n'arrive pas à croire que tu les aies rencontrés. Et que tu aies mangé chez eux !

— Merci, dit Katie. C'était une soirée incroyable.

— Laisse-moi voir, dit Leigh Ann tandis qu'elle et Amanda se penchaient pour regarder les photos. Toutes deux sourirent aux images.

Leigh Ann leva les yeux vers Katie. — Tu es vraiment belle. Tu savais où vous alliez ?

— Pas la moindre idée. Katie regardait de l'autre côté de la piscine. — J'ai peut-être un peu hyperventilé au début. Mais assez parlé de ça. Parle-moi de ton ex. Comment vas-tu gérer cette situation ?

Le froncement de sourcils de Leigh Ann revint. Elle sortit sa liseuse de son sac. — Je n'en ai aucune idée à part l'ignorer. Mais c'est Marty qui doit rester loin de moi, pas l'inverse.

Amanda acquiesça. — Il n'a aucune idée de ce qui l'attend. Pas avec nous ici pour te soutenir.

Katie observait le couple de l'autre côté de la piscine. — Je crois qu'il va bientôt le découvrir. On dirait que Marty vient de remarquer Owen. En fait, il l'a repéré et se lève de son siège.

Leigh Ann leva les yeux. — Marty n'a jamais pu résister à l'occasion de frimer. Et avec un milliardaire comme Owen ? Marty va coller à lui comme une mouche sur un tas de fumier.

Katie éclata de rire. Certaines expressions de Leigh Ann méritaient vraiment d'être dans un livre.

Grace semblait absorbée par la situation. — Tu vas le confronter ?

— Non, dit Leigh Ann. Je ne vois aucune bonne raison de le faire. En fait, je devrais probablement dire à mon avocat que Marty est ici. Il pourrait avoir quelques conseils pour moi. Elle prit son téléphone et se leva rapidement. — Je reviens tout de suite.

— Vas-y, dit Amanda. Nous le surveillerons.

Alors que Leigh Ann disparaissait dans la direction opposée, Katie se dirigea vers Owen pour l'avertir de son admirateur imminent. Elle se pencha pour lui parler à l'oreille. — Hé, le type plus âgé qui vient vers toi est l'ex-mari de Leigh Ann – ou le sera dès que le divorce sera prononcé – alors ne l'invite pas à jouer au golf ni rien.

Owen hocha la tête. — Compris. Il regarda en arrière là où Leigh Ann s'était trouvée. — Elle est contrariée ? Tu veux que je me débarrasse de lui ?

— Elle est allée appeler son avocat. Sois gentil, mais pas trop gentil. Elle resta à ses côtés tandis que Marty approchait.

Marty ne semblait pas avoir conscience qu'il n'était pas le bienvenu. En s'approchant d'Owen, il tendit la main. — Vous êtes Owen Monk, n'est-ce pas ?

Owen, qui était encore assis au bout de la chaise longue de Jenny pour pouvoir parler à Nick, se leva. Il dépassait Marty d'au moins quinze centimètres. — C'est bien moi. Que puis-je faire pour vous ?

Marty gardait sa main tendue. — Marty Lemmon,

enchanté de vous rencontrer. J'ai dit à Candi que c'était vous.

Owen serra la main de l'homme mais ne lui rendit pas son salut.

Katie regarda derrière Marty. Candi devait être la rousse qui titubait vers eux en sandales à talons hauts, dans un bikini floral vert et un paréo qui ne cachait rien. Ses lunettes de soleil étaient énormes et complètement ornées de strass. Katie prit un cliché mental. Tout chez cette femme criait pour être transformé en personnage.

— Vous êtes tout un entrepreneur, Owen. Marty était imperturbable dans son enthousiasme. — J'avais entendu dire que vous viviez ici, mais je ne pensais pas avoir l'occasion de vous rencontrer. Je suis entrepreneur moi-même. Dites, nous devrions dîner ensemble. Échanger des secrets et tout ça.

— Je ne pense pas...

Marty agita un doigt vers Katie. — Amenez la p'tite dame avec vous. Candi adorerait avoir quelqu'un à qui parler.

Candi, qui était enfin arrivée, hocha la tête et gloussa.

Katie fronça le nez à cette idée.

Owen s'éclaircit la gorge pour attirer l'attention de Marty. — Nous ne serons pas en mesure de faire ça. Nos soirées sont déjà prises. Profitez de vos vacances.

— Allez, voyons, mon gars. Je suis sûr que vous êtes occupé. Moi aussi. Mais quel mal y a-t-il à mélanger un peu les affaires avec le plaisir ? Marty se frotta les mains comme s'il était sur le point de conclure une grosse affaire. — Amenez tous vos amis si vous voulez.

Leigh Ann apparut soudainement, passant devant Katie pour se tenir à côté d'Owen. Amanda n'était pas loin derrière elle. — Retourne à ta place, Marty. Et emmène ta copine avec toi.

— Comme vous pouvez le voir, dit Owen, mes amies n'ont aucun intérêt à dîner avec vous.

Marty fixa Leigh Ann, visiblement surpris qu'elle se trouve devant lui. Un point pour les terribles coïncidences. Il cligna des yeux plusieurs fois, puis secoua la tête et retrouva sa voix. — Qu'est-ce que tu fais ici ?

— J'étais là en premier. Leigh Ann mit les mains sur ses hanches. — Et je pourrais te poser la même question.

— M-mais tu ne gagnes pas assez d'argent pour te permettre cet endroit.

Candi donna un coup de coude à Marty. — Que se passe-t-il ?

Leigh Ann l'ignora et fit un pas de plus vers lui, faisant reculer Marty. Katie faillit rire. Leigh Ann était en grande forme. — Il se trouve que je suis ici en tant qu'invitée de la propriétaire. J'envisage de prendre la direction du centre de fitness du resort.

Marty se remit à la fixer.

Leigh Ann pointa de l'autre côté de la piscine. — Sérieusement, va-t'en. Ou je dirai à mon avocat que tu m'as harcelée et qu'il faut augmenter encore ma demande de pension alimentaire.

— Pension alimentaire ? couina Candi.

Marty saisit le coude de Candi et les ramena tous les deux à leurs sièges.

Katie regarda Leigh Ann, souriante. — Bien joué. Tu

envisages vraiment de devenir la nouvelle directrice du centre de fitness ?

Amanda semblait tout aussi intéressée par la réponse à cette question.

Leigh Ann prit une inspiration et croisa le regard de ses amies. — Vous savez quoi ? Je pense que je pourrais l'envisager. Sauf que je ne suis pas sûre que ce poste existe réellement.

Chapitre Trente-Huit

Après que l'agitation provoquée par l'ex de Leigh Ann se soit calmée, tout le monde s'est installé pour essayer de profiter de l'après-midi. Marty et Candi s'étaient soit déplacés vers une autre partie de la piscine, soit retournés à leur bungalow. On a commandé le déjeuner, ainsi que d'autres boissons.

Olivia s'est concentrée sur les histoires qu'Owen racontait à Nick à propos d'Arthur. C'était un bon conteur et Arthur semblait être un sujet facile à aborder. Elle a ri plusieurs fois et son appréciation pour la vie qu'Arthur et Iris avaient partagée s'est renforcée.

Cela a également consolidé son désir de garder Iris ici, dans sa maison, dans l'endroit qui avait été Le Rêve d'Arthur.

Quoi qu'il en coûte, elle ferait tout son possible pour que cela soit réalisable. Iris pouvait se montrer têtue, c'était vrai, mais Olivia n'allait pas céder.

Mais maintenant, elle voulait profiter de la présence

de sa fille. Jenny repartirait demain, et pour la première fois depuis longtemps, Olivia pouvait dire en toute honnêteté qu'elle allait regretter l'absence de son enfant.

Elle devait la réconciliation de leur relation à cet endroit et à ces femmes. Pour cela, elle serait toujours reconnaissante. À Iris aussi. C'était grâce à elle que le séjour de Jenny ici avait pu avoir lieu. Iris l'avait approuvé. Olivia n'aurait jamais pu se le permettre seule.

Submergée par l'émotion, Olivia tendit la main et toucha celle de Jenny, lui offrant un sourire quand elle se tourna pour la regarder.

—Tout va bien, maman ? demanda Jenny. Tu as l'air de vouloir dire quelque chose.

—Tout va bien. Olivia secoua la tête. Je regrette simplement que tu doives repartir demain.

Jenny acquiesça. —Moi aussi. Et je ne dis pas ça uniquement à cause de Nick. Remettre les choses en ordre entre nous a été difficile, mais je suis tellement contente que ça se soit produit. On va maintenir cette relation, n'est-ce pas ?

—Bien sûr. Et dès que possible, après mon déménagement, tu reviendras me rendre visite. Promets-le-moi.

—Je te le promets.

Grace se redressa brusquement, son téléphone à la main. —Oh oh. Ça ne semble pas bon. Katie, Owen, vous devez entendre ça.

Tout le monde s'interrompit pour prêter attention à Grace.

Elle les regarda tour à tour. —Vous savez que j'ai configuré des alertes Google pour être prévenue si quelque chose de nouveau apparaît concernant Katie ou Owen.

Les sourcils d'Owen se relevèrent. —Je ne savais pas ça.

—Maintenant tu le sais, dit Grace. Quoi qu'il en soit, *Star Watch* vient de publier sur leur site qu'ils s'apprêtent à lâcher une bombe concernant la nouvelle petite amie d'Owen Monk, Iris Devereaux, ce soir à vingt et une heures, heure de l'Est. Elle regarda Katie. Une idée de ce que ça pourrait être ?

Katie secoua la tête. —Aucune idée. Elle regarda Owen. Et toi ?

—Non plus. Peut-être d'autres nouvelles sur le film ?

—C'est déjà connu de tous. Katie se mordit la lèvre inférieure. Je n'aime pas ça. À côté d'elle, son téléphone commença à vibrer. Elle le prit. —C'est Sophie. Elle a dû voir ça aussi.

Katie répondit au téléphone et s'éloigna un peu du groupe.

Owen soupira. —Je déteste vraiment les paparazzi.

—Ce sont plutôt des traquenazzi, dit Grace.

—On peut faire quelque chose ? demanda Olivia.

Il la regarda. —J'aimerais bien, mais c'est un cancer pour lequel il n'existe pas de remède. Il se leva. Désolé d'écourter ce moment, mais je vais appeler mon attaché de presse pour voir s'il peut gérer ça, même si sa spécialité est les communiqués de presse biotechnologiques, pas les potins de célébrités. Nick, je m'assurerai que tu aies mon numéro pour qu'on puisse parler davantage. J'ai aussi quelques photos avec ton père. En fait, j'ai même une partie de son équipement de pêche. Il me l'a légué.

—Merci, dit Nick. J'adorerais voir tout ça.

Owen hocha la tête. —Quand tu veux. Profite du reste de ta journée, si je ne te revois pas plus tard.

Il s'éloigna dans la même direction que Katie.

—Ça me met en colère, dit Olivia. Pourquoi ne peuvent-ils pas simplement laisser les gens tranquilles ? Owen et Katie ne font de mal à personne. On devrait leur permettre d'avoir leur intimité. Tout ça parce qu'ils sont célèbres.

—Nous vivons à l'ère du droit acquis, maman. Jenny fronça les sourcils. Les réseaux sociaux font croire aux gens qu'ils peuvent et devraient avoir accès à des personnes qui seraient autrement inaccessibles. Crois-moi, je sais de quoi je parle avec mon métier. Je ne travaille pas avec des noms aussi importants qu'Owen et Katie, mais même à plus petite échelle, c'est la même chose. Les gens se sentent autorisés. La meilleure chose que Katie pourrait faire serait d'avoir sa propre équipe de relations publiques. Ou d'utiliser l'attaché de presse d'Owen, je suppose.

Olivia regarda sa fille. —Tu ne pourrais pas l'aider avec ça ? Tu es dans les relations publiques. N'est-ce pas ce que tu fais ?

—C'est vrai, mais je n'ai jamais eu à gérer quelque chose comme ça. Avec des clients aussi médiatisés. La personne la plus importante que j'ai aidée était Sam Alderman, un politicien local. Et il a été élu. J'ai aussi aidé une petite célébrité locale à gérer les conséquences des accusations d'ivresse publique de son fils. Jenny leva les yeux au ciel. L'argent parle, c'est certain.

Nick intervint. —Est-ce vraiment si différent d'aider Katie et Owen ? Ce sont juste des célébrités plus importantes. Avec un plus gros problème. Les mêmes solutions ne fonctionneraient-elles pas ?

Jenny réfléchit un moment. —Je suppose que si.

—S'il te plaît, Jenny, dit Olivia. Si tu peux l'aider, fais-le.

—Je pourrais appeler l'une des associées principales pour voir si elle a des idées, dit Jenny. Mais je devrai d'abord parler à Katie. M'assurer qu'elle veut mon aide.

—Va la rejoindre, dit Nick. Je suis sûr qu'elle ne s'y opposera pas quand elle saura que tu pourrais l'aider.

Jenny acquiesça et se leva. —D'accord. Je vais voir si je peux la trouver.

Olivia sortit son téléphone. —Je vais envoyer un message à Katie pour lui dire que tu arrives.

—Merci ! Avec un petit signe de la main, Jenny partit.

Olivia tapa rapidement. *Jenny travaille dans les RP, pense pouvoir t'aider. Elle te cherche en ce moment.*

La réponse de Katie arriva une minute plus tard. *Dans mon bungalow. Envoie-la ! Sophie panique. Moi aussi.. Merci !*

Olivia envoya ensuite un message à Jenny. *Katie est dans son bungalow. Elle dit de venir.*

Dis-lui que j'arrive, répondit Jenny.

Olivia espérait que Jenny pourrait faire quelque chose. Elle n'imaginait pas ce que Katie devait ressentir. Avoir sa vie scrutée comme ça... ça semblait tout simplement terrible. Rien que le manque d'intimité serait éprouvant pour les nerfs.

—Peut-être que cela signifie qu'elle restera un jour de plus, dit Nick.

Olivia hocha la tête. —Ce serait bien. Même si c'est dommage que ce ne soit pas dans de meilleures circonstances.

—Je suis d'accord, dit-il.

Le déjeuner arriva, mais avec trois de leur groupe absents, Olivia demanda que les repas de Katie, Owen et Jenny soient envoyés au bungalow de Katie. Elle ne savait pas combien de temps ils y resteraient, ni s'ils avaient encore de l'appétit, mais il semblait inutile de gaspiller la nourriture.

Amanda fixait son assiette.

Olivia comprit. —Pas d'appétit ?

Elle secoua la tête. —Je ne peux pas m'empêcher de me demander quelles absurdités Katie va devoir affronter maintenant. Quelle journée, hein ? D'abord ma mère, puis l'ex de Leigh Ann qui débarque, et maintenant ça.

—Je sais, dit Olivia. Mais espérons que Jenny puisse aider Katie. Elle travaille dans les RP depuis six ans. Elle est déjà devenue associée junior dans son cabinet. Ils ne l'auraient pas fait si elle ne savait pas ce qu'elle faisait.

—Bien. Amanda prit sa fourchette.

—Ne t'inquiète pas pour Marty, dit Leigh Ann. Je peux m'en occuper. Mais en parlant de ta mère, est-elle toujours là ?

Amanda prit une profonde inspiration. —Je ne sais pas vraiment.

—J'espère que ça s'arrangera pour toi.

Amanda offrit un sourire crispé en réponse. —Merci, mais j'ai le sentiment que ce pont est brûlé. Je m'en sortirai. Puis son sourire s'illumina. Merci de t'en soucier.

Leigh Ann hocha la tête. —Nous devons nous soutenir mutuellement, n'est-ce pas ?

Amanda acquiesça. —C'est vrai.

—Exact. Olivia versa de la vinaigrette sur sa salade. C'était ça, l'amitié. Se soutenir les unes les autres. S'encourager mutuellement. Offrir une épaule sur laquelle pleurer. Quelqu'un avec qui rire. Être présente, quelles que soient les circonstances.

Elles formaient vraiment un bon groupe toutes les cinq.

Ne serait-ce pas formidable si elles acceptaient toutes l'offre d'Iris ? Olivia savait que ce n'était probablement pas près d'arriver. Leigh Ann était peut-être indécise maintenant, mais Katie ne voudrait pas faire de cet endroit sa maison.

Pas après tout ce qui s'était passé ici. Les paparazzi ne la laisseraient jamais tranquille. Bien qu'Owen devait être une importante source d'attraction.

Olivia ne pouvait s'empêcher de se demander s'il y avait une chance que Katie dise oui. Mais cela dépendait probablement de la nouvelle qui allait être révélée. Olivia n'en avait aucune idée, mais si Katie avait réussi à garder son nom de plume secret toutes ces années, il était très possible qu'elle puisse cacher autre chose.

Chapitre Trente-Neuf

Tout en essayant de se détendre après le déjeuner, Leigh Ann n'y parvenait pas. C'était tout simplement impossible en sachant que Marty l'Infidèle se trouvait sur l'île. Elle avait peut-être dit qu'elle pouvait gérer sa présence, mais cela ne signifiait pas qu'elle n'en était pas troublée. Amanda avait invité Leigh Ann à l'accompagner à son cours de poterie sur le continent, lui assurant que la mère de Duke ne verrait pas d'inconvénient à ce qu'elle amène une amie, mais Leigh Ann avait décliné.

Elle vérifiait sans cesse l'endroit où Marty et sa petite amie s'étaient installés, mais heureusement, ils n'étaient pas revenus. Elle n'arrivait pas à croire qu'il soit venu ici. Surtout après qu'ils en avaient parlé comme d'une possible destination pour célébrer leur anniversaire de mariage. Peut-être était-ce exactement pour cette raison qu'il avait amené Candi ici.

Candi. Leigh Ann ricana. Marty était vraiment pathétique.

Mais quand Marty n'avait-il *pas* été décevant ? Quand n'avait-il pas menti, trompé ou manipulé les choses pour arriver à ses fins ? Était-ce ainsi qu'il avait séduit cette petite amie ? En mentant ? Elle devait avoir vingt ans de moins que Marty. Peut-être plus.

Qu'est-ce qu'elle lui trouvait ? Ce devait être l'argent.

Leigh Ann regrettait de ne pas avoir fait plus attention pour voir la bague de fiançailles. D'ailleurs, si ces deux-là allaient vraiment se marier si rapidement, il y avait de fortes chances qu'ils aient commencé à se fréquenter alors que Leigh Ann et Marty étaient encore ensemble.

Cela mettait Leigh Ann dans une colère qu'elle ne pouvait pas mettre en mots.

Ça lui donnait envie de faire quelque chose de radical. Elle ne savait pas quoi, mais l'envie de montrer à Marty ce qu'il avait perdu était forte.

Tout comme l'idée qu'elle pourrait réellement accepter l'offre d'Iris et s'installer ici. Maintenant que Nick ne menaçait plus cette option, elle pouvait y réfléchir sérieusement.

Elle pourrait proposer le studio à ses instructeurs, voir s'ils voulaient le lui racheter. Elle leur ferait une offre attractive et, en portant elle-même le prêt, cela deviendrait tout à fait possible. Ils n'auraient même pas besoin d'un apport important.

Mais elle devrait trouver un rôle pour elle-même ici. Donner une séance de yoga au lever du soleil par jour ne suffirait pas. Si elle devenait copropriétaire, elle devrait assumer sa juste part de travail. Cet endroit avait-il un directeur de fitness ? Elle n'en était même pas sûre.

Peut-être pourrait-elle donner des cours de yoga individuels. Ou autre chose.

Il devait y avoir un rôle pour elle. Iris ne l'aurait pas incluse si elle n'avait pas une idée de la façon dont les compétences de Leigh Ann pourraient s'intégrer.

Mais pourrait-elle vraiment le faire ? Et si elle vendait tout, déménageait ici, et puis quelques mois plus tard, les choses tournaient mal entre elle et Grant ?

Elle ne pouvait pas imaginer que cela se produise, mais après tout, tout était possible. Elle n'avait pas épousé Marty en pensant qu'il deviendrait un infidèle en série, et pourtant il était là, affichant sa petite amie avant même que leur divorce ne soit prononcé.

Malgré tout, c'était exaltant de penser à faire un si grand changement. Devenir l'une des propriétaires de cet endroit incroyable. Pouvoir avoir une vraie relation avec Grant.

Car malgré ses efforts pour ne pas faire de lui un facteur dans sa décision, il était absolument un élément important dans tout cela. Elle avait vraiment envie de le revoir. Peu importait le temps qu'elle venait de passer avec lui, elle en voulait davantage.

Avait-elle déjà ressenti cela pour Marty ? Elle ne le pensait pas.

Son esprit évoqua l'image de Candi. Si c'était même son vrai nom. Et bientôt, elle serait Candi Lemmon.

Leigh Ann leva les yeux au ciel. C'était un nom de strip-
teaseuse si jamais Leigh Ann en avait entendu un.

Cette femme savait-elle qu'elle était sur le point
d'épouser un homme qui la tromperait probablement
aussi ?

Leigh Ann n'en était pas sûre, mais ce n'était pas à
elle de dire quoi que ce soit. Si Candi était assez bête,
c'était son problème.

Tout ce que Leigh Ann voulait, c'était Grant. Fort,
sensible, doux, affectueux, poétique Grant.

Elle devrait lui parler de l'arrivée de Marty. Mieux
valait éviter qu'il ne soit pris au dépourvu. C'était aussi
une bonne excuse pour aller le voir. Elle enfila son
paréo. — Grace, Olivia ? Je vais faire un saut au studio
pour voir Grant rapidement.

Olivia hocha la tête, mais Grace fit une drôle de
petite grimace. — Tu vas le prévenir que ton ex est ici ?

— Oui, effectivement. Pourquoi ? Tu penses que je
ne devrais pas ?

— Non, je pense que tu devrais, dit Grace. Je suis un
peu surprise que tu ne l'aies pas déjà fait.

— Eh bien, il travaille, et je déteste le déranger. Donc
tu penses que je devrais lui dire ?

— Absolument. Ne serait-ce que pour avoir son
soutien.

— Je suis d'accord, dit Olivia.

— Vous avez sans doute raison toutes les deux. Leigh
Ann glissa ses pieds dans ses tongs.

Grace reprit la parole. — Dis, est-ce que Grant et toi
voulez venir dîner avec moi ce soir ? Demande-lui. David

cuisine à nouveau dans la salle à manger ce soir. J'invite tout le monde.

— Ce serait sympa. Je vais lui demander. Leigh Ann se leva. — Merci.

— Bien sûr.

Leigh Ann fit le tour de la piscine par le chemin le plus long, principalement pour voir si Marty et Candi étaient toujours là, ce qui ne semblait pas être le cas. Ce parcours la mena sur le sentier entre la marina et le studio de Grant. Elle s'approcha avec prudence, essayant de ne pas le surprendre s'il était plongé dans son travail.

De plus, il avait mentionné que l'un de ses défauts était de devenir grincheux quand on le dérangeait en pleine création artistique. Ce qui était exactement ce qu'elle était sur le point de faire.

La porte de garage du studio était ouverte. Elle se tint juste à l'entrée, regardant à l'intérieur.

Il se tenait à quelques pas de la toile, un pinceau à la main, la fixant comme s'il était contrarié par quelque chose.

Elle commença à remettre en question son envie de venir ici. Peut-être que ce n'était pas le bon moment. Elle se retourna pour partir et entendit son nom.

— Leigh Ann ?

Elle s'arrêta. — Désolée. Je ne voulais pas te déranger. Je sais que tu n'aimes pas ça.

Grant rit. — Je n'aime pas quand les autres le font. Tu es une exception à cette règle. Je suis toujours heureux de te voir.

Elle entra dans le studio en souriant. — Merci.

Il prit immédiatement sa main et l'attira pour un rapide baiser. — Qu'est-ce qui t'amène ici ?

Elle soupira. — J'ai des nouvelles que je pensais que tu devrais connaître.

— Ah bon ?

Elle le regarda un moment sans rien dire. — Mon futur ex-mari est arrivé avec sa petite amie.

Grant fronça les sourcils. — Dans quel but ? Sont-ils ici pour te harceler ? Parce que je ne le tolérerai pas.

Elle sourit. Il était tout ce dont elle avait besoin. — Non. Ils sont ici en vacances, je suppose. C'est juste une malheureuse coïncidence. Lui et moi avions parlé de venir ici il y a des années, donc cet endroit était dans son radar depuis un moment. Elle haussa les épaules. — Je pensais juste que tu devrais le savoir.

Il hocha la tête. — Je suis content que tu me l'aies dit. Y a-t-il quelque chose que je puisse faire ?

— Non. Continue juste d'être toi-même. Oh, tu pourrais venir dîner avec moi ce soir. Est-ce que ça t'irait ? Le mari de Grace cuisine dans la salle à manger. J'aimerais y aller pour le soutenir.

— Bien sûr. Je peux faire ça. J'ai des vêtements de rechange avec moi, et il y a une douche dans la salle de bain ici. À quelle heure ?

— Hmm. Grace ne me l'a pas dit. Je vais me renseigner et t'envoyer un message.

— Ça me va.

Elle savait qu'elle devrait le laisser retourner à son travail, mais elle n'était pas encore prête à le quitter. — Il y a encore quelques nouvelles. Certaines bonnes, d'autres moins bonnes.

— D'abord les bonnes.

— Nick, qui est en fait le fils d'Arthur et médecin, a convaincu Iris de faire une prise de sang. Vera et Eddie l'emmènent sur le continent aujourd'hui pour s'en occuper. Elle lui donna quelques détails supplémentaires sur Nick aussi.

Grant hocha la tête. — Tout cela semble bien. Quelles sont les mauvaises ?

— Un site de potins sur les célébrités a dit qu'ils allaient révéler un gros scoop sur le nom de plume de Katie ce soir à neuf heures. Elle et Owen ne sont pas dans un bon état d'esprit en ce moment.

— Je m'en doute. Les paparazzi et ces organisations sont vraiment sans scrupules.

Leigh Ann croisa les bras. — C'est vrai. La fille d'Olivia travaille dans les relations publiques. Elle essaie d'aider.

— C'est gentil de sa part.

— Ça l'est. Elle hésita. — Il y a encore une chose.

— Quoi donc ?

— Je réfléchis plus sérieusement à rester. À accepter l'offre d'Iris.

Il sourit. — Tu lui as déjà parlé ?

— Pas encore. Mais je vais le faire. Peut-être même avant le dîner si je peux. Ou peut-être qu'elle viendra au dîner. Ce serait encore mieux. Grace a dit qu'elle invitait tout le monde, mais je vais m'assurer qu'elle a bien invité Iris.

— Ce serait super. J'adorerais la voir.

— Moi aussi.

Il fit un geste vers le tableau. — Qu'en penses-tu ? Il est vraiment presque terminé. J'ai beaucoup avancé ce matin. Probablement parce que j'étais de si bonne humeur.

Elle sourit et se plaça à côté de lui pour mieux voir le tableau. Il glissa son bras autour de sa taille. — Il me semble terminé. C'est magnifique. Ce qui semble étrange à dire à propos d'un tableau où je figure, mais c'est vrai. J'aimerais vraiment être cette femme.

— Tu l'es. Il embrassa sa tempe. — Il manque encore quelques touches de lumière, mais j'avais un modèle exceptionnel.

Elle se pencha contre lui, riant doucement. — Tu es un tel flatteur.

— Je dis simplement la vérité. Il resta silencieux un moment. — Tu dois vraiment rester. Au moins un peu plus longtemps. Tu devrais être là pour le vernissage, tu sais.

— Dans ta galerie en ville ?

Il hocha la tête. — S'il te plaît, dis-moi que tu seras là pour ça.

Elle ne pouvait pas le promettre, car elle n'en était vraiment pas sûre. Mais elle voulait y être. Quand aurait-elle à nouveau une chance comme celle-ci ? — Je ferai de mon mieux.

Chapitre Quarante

Amanda est rentrée dans son bungalow à dix-sept heures, ce qui ne lui laissait qu'une heure pour se préparer pour le dîner. Et à cause de son cours de poterie avec Dixie, Amanda avait désespérément besoin d'une douche. Elle était presque certaine d'avoir de l'argile dans les cheveux. Et à beaucoup d'autres endroits.

Duke se dirigeait aussi vers son logement pour se doucher et se préparer, car il venait également dîner. Une agréable surprise supplémentaire qu'elle n'avait pas prévue.

Elle alla directement dans la salle de bain et enleva ses vêtements. Ils étaient en assez bon état, grâce à la blouse et au tablier qu'elle avait empruntés, mais il y avait des traces d'argile sur chaque partie qui n'avait pas été couverte. Cela comprenait son front, ses bras et, d'une façon inexplicable, une petite tache sur son cou.

Tourner un pot sur un tour n'était pas une mince affaire. Ça semblait toujours si facile quand d'autres le faisaient, mais essayer elle-même avait été une vraie révélation.

Dixie avait été gentille, patiente et une merveilleuse enseignante, mais il n'y avait pas à prétendre que le bol qu'Amanda avait réalisé était un chef-d'œuvre. Au mieux, il pourrait servir de rappel qu'au moins, elle avait essayé.

Malgré tout, elle souriait. C'était bon de faire quelque chose avec ses mains. De créer quelque chose. L'organisation de mariages, c'était que de la paperasse, de la délégation et de l'organisation. Pas vraiment l'exutoire le plus créatif.

Elle avait pensé que ce serait le cas quand elle s'était lancée dans ce métier, mais ce n'était tout simplement pas la réalité. Bien sûr, elle pouvait faire des suggestions pour les couleurs, les fleurs et toutes ces sortes de choses, mais en fin de compte, c'était la mariée – et sa mère – qui prenaient les décisions.

Amanda se pencha pour regarder vers le salon. Le sac de sa mère et toutes ses affaires avaient disparu. Margaret était vraiment partie. Et sans un mot ou un message.

Elle expira, mais cela ne fit rien pour soulager la douleur dans son cœur. Elle avait vraiment voulu qu'elles arrangent les choses. Après tout, Olivia et Jenny y étaient parvenues.

La différence, c'était que Jenny avait été disposée à le faire. Margaret ne l'avait pas été.

S'il y avait eu le moindre doute concernant la décision d'Amanda d'accepter l'offre d'Iris, il s'était complètement dissipé maintenant. Elle commençait absolument une nouvelle vie ici.

Elle ouvrit le robinet de la douche et attendit une minute que l'eau se réchauffe, puis entra et se frotta énergiquement de la tête aux pieds.

Bien qu'elle aurait aimé s'attarder sous le jet d'eau, elle ne le fit pas. Duke devait venir la retrouver ici pour qu'ils puissent aller dîner ensemble. Il avait moins de temps qu'elle pour se préparer, mais il ne s'était pas couvert d'argile comme elle. En fait, il avait profité de son temps en ville pour faire des courses.

Elle se sécha, sécha ses cheveux à moitié au sèche-cheveux, puis enfila une robe d'été et des sandales, prit un gilet qu'elle déposa sur le lit avec son sac à main, et retourna dans la salle de bain pour se maquiller et terminer sa coiffure.

Elle n'avait pas encore mis ses bijoux quand Duke frappa à la porte. Elle le fit entrer.

— Tu es un peu en avance.

Il avait troqué son short et son t-shirt contre un pantalon kaki et une chemise à manches courtes bleu pâle.

— Je sais. Tu veux que j'attende dehors ?

Elle rit.

— Non. Je dois juste mettre mes bijoux. Entre.

Il s'exécuta, regardant autour de lui.

— Ta mère est partie, je suppose ?

Elle l'avait mis au courant de tout ce qui s'était passé ce matin-là. Elle prit ses boucles d'oreilles sur la commode.

— Oui.

— Je suis vraiment désolé. Je pensais que cet endroit arrangerait les choses.

— Moi aussi.

Elle mit en place les anneaux en or, puis enfila une bague et un bracelet. Elle prit son collier par le fermoir et le plaça autour de son cou pour l'attacher.

— Laisse-moi faire. Soulève tes cheveux.

Duke le lui prit des mains, ses doigts effleurant sa nuque et provoquant la chair de poule sur sa peau.

Elle fit ce qu'il demandait, touchée par son aide.

— Peut-être qu'elle comprendra les choses quand elle sera rentrée et qu'elle aura eu le temps de réfléchir.

Il embrassa l'arrière de son cou, puis posa ses mains sur ses épaules.

— Voilà, c'est fait.

Elle laissa retomber ses cheveux et se tourna pour le regarder.

— J'aime ta façon de penser, mais elle est tellement ancrée dans ses habitudes depuis si longtemps que je ne suis pas sûre que le changement soit possible.

Il y avait une véritable inquiétude dans ses yeux.

— C'est dommage.

Elle hocha la tête.

— C'est vrai. Mais ça ira. D'une certaine façon, c'est un soulagement de ne pas avoir à rentrer pour m'occuper d'elle tout en réglant les derniers détails.

— J'en suis certain.

Il sourit.

— Tu es magnifique, au fait.

— Merci. Toi aussi. Je suppose qu'on devrait y aller.

Elle prit son gilet et son sac à main, et ils sortirent.

La marche jusqu'à la salle à manger ne prit que quelques minutes, et à leur arrivée, il était évident qu'une table avait été réservée pour eux. Grace, Olivia, Eddie et Nick y étaient déjà. Leigh Ann et Grant arrivèrent derrière eux.

Ils se dirigèrent tous ensemble vers la table. Amanda et Duke prirent place au bout, mais elle alla ensuite voir Iris, s'agenouillant à côté d'elle.

— Comment vas-tu ?

— Mieux, dit Iris. Je suis sûre que tu as entendu dire que je suis allée en ville aujourd'hui pour une prise de sang.

— En effet, dit Amanda. C'était très courageux de ta part. Je déteste qu'on me fasse ce genre de choses.

— Moi aussi, dit Iris.

Son bras droit portait encore un pansement avec un petit coton en dessous, collé à l'intérieur de son coude.

— Comment vas-tu ? J'ai entendu dire que ta mère t'avait fait une visite surprise.

— C'est vrai. Elle est déjà repartie.

Iris tapota la joue d'Amanda, sa main douce et chaude.

— Je peux voir à ton expression que ça ne s'est pas passé comme tu l'espérais.

— Non. Mais ce n'est pas grave, parce que ça m'a montré très clairement que ma place est ici. Je veux officiellement accepter ton offre.

Iris sourit.

— C'est merveilleux. Je suis si heureuse. J'aurai des papiers à te faire signer demain matin.

— Merci. As-tu une idée du type de travail que je ferai ici ?

— Nous en parlerons bientôt. Je te le promets.

Iris la prit dans ses bras, l'embrassant sur la joue.

Amanda lui rendit son baiser et fit de son mieux pour ne pas pleurer. Des larmes de joie ou de tristesse, elle n'en était pas sûre, mais avoir l'approbation d'Iris semblait très important pour elle à ce moment-là.

Alors qu'elle se levait pour retourner à sa place, Jenny arriva.

— Katie et Owen sont en route. Nous avons un plan d'action. Et maman ?

Olivia regarda sa fille.

— Oui ?

— Tu seras heureuse d'apprendre que les associés seniors ont dit que je pouvais rester aussi longtemps que nécessaire pour aider Katie. Katie m'a mise sous contrat, donc je suis officiellement sa responsable RP maintenant.

— C'est merveilleux, dit Olivia.

Jenny sourit et s'assit à côté de Nick.

— C'est vrai. Bien que je pourrais avoir besoin d'acheter une ou deux tenues supplémentaires. Ou de faire une lessive. Je n'ai pas pris assez de vêtements.

— Nous te procurerons tout ce dont tu as besoin, dit Iris.

Amanda s'installa à côté de Duke.

— De quoi s'agit-il ? demanda-t-il.

— J'ai oublié de te dire. Nous avons appris vers

l'heure du déjeuner qu'un site de célébrités a promis de dévoiler une grande révélation sur le pseudonyme de Katie à vingt et une heures ce soir.

Il fronça les sourcils.

— Ils peuvent faire ça ?

— Ce sont des paparazzi. Je pense qu'ils font ce qu'ils veulent.

Il secoua la tête, puis une seconde plus tard leva la main pour saluer quelqu'un.

Leigh Ann et Grant se dirigeaient vers eux. Leigh Ann s'assit en face d'Amanda.

— Comment s'est passé le cours de poterie ?

— Salissant, mais amusant. J'ai l'intention de réessayer un de ces jours.

Elle se pencha en avant.

— Et je viens d'accepter officiellement l'offre d'Iris. Je signe les papiers demain.

Leigh Ann eut un hoquet de surprise tandis qu'un sourire radieux s'épanouissait sur son visage.

— C'est fantastique ! Je suis si heureuse pour toi. Et ça me rappelle que je dois lui demander quelque chose. Je reviens tout de suite.

Elle se leva de sa chaise et alla à l'extrémité de la table pour parler à Iris, tout comme Amanda venait de le faire.

Est-ce que son amie allait également accepter ? Amanda ne le pensait pas. Leigh Ann ne semblait pas encore tout à fait prête. Cependant, il était évident qu'elle et Grant ne refroidissaient pas. Peut-être que voir son ex avait mis les choses en perspective pour Leigh

Ann. Lui avait fait réaliser que le bonheur avait une valeur qui défiait les chiffres.

Katie et Owen les rejoignirent au moment où deux serveurs s'approchaient de la table. Les serveurs posèrent des verres d'eau devant tout le monde. Katie semblait distante et troublée, et Amanda la comprenait parfaitement. Se sentir comme si ta vie avait soudainement été exposée au grand jour devait être totalement déconcertant.

Owen restait près d'elle, tirant sa chaise pour elle, lui murmurant de petites choses à l'oreille. C'était un homme bien. Elle regarda autour de la table. Tous ces hommes l'étaient.

Et ces femmes étaient encore meilleures. Elle ne pouvait pas imaginer être sans elles. Même si Leigh Ann et Katie ne déménageaient pas, elle espérait qu'elles viendraient souvent en visite.

Bien que son cœur souffre de la perte de sa mère, il était aussi plus rempli qu'il ne l'avait été depuis longtemps.

Elle avait hâte de voir ce que le prochain chapitre de sa vie lui réserverait.

Chapitre Quarante-Et-Un

UNE FOIS DE PLUS, GRACE AVAIT UNE PETITE CRISE de nerfs. Peut-être plus que petite. Après tout, David était en cuisine et cette fois *tout le monde* était venu pour le dîner. Elle voulait que les talents de son mari brillent et que ses amis trouvent sa cuisine exceptionnelle.

Les serveurs qui avaient apporté l'eau revinrent maintenant qu'Owen et Katie s'étaient installés.

Grace reconnut le jeune homme de la veille qui commença à parler.

— Bonsoir, mesdames et messieurs. Je m'appelle Justin et voici ma collègue, Kim. Nous nous occuperons de vous ce soir. Je vais commencer par prendre vos commandes de boissons, mais permettez-moi d'abord de vous présenter nos spécialités de ce soir.

Grace prit le menu des spécialités qui avait été imprimé sur une feuille de papier standard. Il énumérait tous les plats principaux proposés, mais elle savait que les serveurs les expliqueraient mieux.

— Comme vous pouvez le voir, dit Justin. Nous proposons les trois spécialités d'hier soir, de retour suite à une forte demande. Le wahoo, qui est notre prise du jour à nouveau, poché au beurre de citron vert. Ensuite, le steak de flanc avec la sauce chimichurri d'inspiration cubaine, et les noix de Saint-Jacques de plongée poêlées sur une salade de lardons et de maïs.

— Tout est fantastique, ajouta Grace.

Justin acquiesça.

— Comme certains d'entre vous qui étaient là hier soir peuvent en témoigner, tous ces plats sont délicieux.

Grace était heureuse de voir Nick, Jenny et Olivia hocher la tête également.

— Nous avons une spécialité supplémentaire ce soir, ce sont les médaillons de filet de porc. Ils sont glacés avec une sauce barbecue à la papaye, servis sur un lit de riz aux noix de coco et de macadamia, accompagnés d'une salsa à l'ananas et de haricots pinto au jalapeño. Enfin, et ce n'est pas le moins important, nos desserts de ce soir sont un pudding de pain à la piña colada, une crème brûlée aux fruits de la passion, et un gâteau aux carottes et au gingembre avec un glaçage au ganache de chocolat blond. Si vous avez des questions, je serai heureux d'y répondre pendant que nous prenons vos commandes de boissons.

Pendant que les serveurs s'en occupaient, Iris se pencha vers Grace.

— Tout ce que j'ai entendu sur la cuisine de David est merveilleux. J'ai hâte de goûter sa nourriture par moi-même.

Les nerfs de Grace se tendirent encore plus.

— Qu'est-ce que tu vas prendre ?

— Je pense que je vais prendre les Saint-Jacques. Et toi ?

— Probablement le filet de porc. J'ai goûté les trois autres hier soir, donc je sais déjà à quel point ils sont bons. Je te donnerai une bouchée du mien si tu veux.

— Tu ferais ça ? Ce serait merveilleux.

Iris sourit.

— Le chef Glenn a également dit du bien de David. Il a dit qu'il est très organisé, qu'il garde une cuisine propre et que les cuisiniers travaillent bien avec lui. Je pense que Glenn voit sa retraite à l'horizon.

— C'est gentil de sa part de dire ces choses.

— Il ne les dirait pas s'il ne les pensait pas. J'espère juste que ton mari voudra rester. Nous avons besoin de quelqu'un de son calibre dans cette cuisine. Il pourrait vraiment transformer The Palms en quelque chose de plus grand.

Grace acquiesça.

— J'espère qu'il voudra rester aussi, parce que moi, c'est certain.

— Ça me fait penser. J'ai demandé à Nick de récupérer une botte de marche pour toi aujourd'hui. Il pense que si tu fais attention, tu devrais pouvoir l'utiliser au lieu des béquilles. Il la déposera à ton bungalow plus tard.

— Ce serait super.

Grace en avait assurément marre des béquilles.

La conversation était animée à travers la table, bien

que Grace ait remarqué que Katie n'était pas comme d'habitude, ce qui était compréhensible.

Lorsque les serveurs sont revenus avec les boissons, tout le monde a commandé un plat principal du menu des spécialités. Grace en était ravie. Encore un peu nerveuse, mais si David présentait ces assiettes de la même manière que la veille, il n'y aurait aucune plainte.

Quand les repas arrivèrent, ils étaient à nouveau magnifiquement présentés. Les médaillons de porc sentaient si bon que Grace commença immédiatement à saliver. Elle avait hâte de se lancer, mais également impatiente de voir les réactions autour d'elle.

Alors que tout le monde goûtait sa nourriture et commençait à sourire et à commenter à quel point tout était bon, Grace poussa un soupir de soulagement. Elle essaya le porc. Il était succulent et tendre, et la sauce barbecue frappait toutes les bonnes notes de douceur, d'épices et d'acidité. Elle secoua la tête.

— Cette sauce devrait être mise en bouteille.

Le riz à la noix de coco, les haricots et la salsa à l'ananas complétaient parfaitement le plat. David avait encore une fois réussi. Et Grace connaissait assez bien son mari pour savoir qu'il était heureux. Elle pouvait le goûter dans sa cuisine.

À côté de Grace, Iris faisait des bruits de contentement.

— Ces Saint-Jacques sont fantastiques, Grace.

— Je suis si contente que tu les aimes.

Grace sourit et coupa un morceau de porc pour Iris.

— Goûte le porc.

Iris s'exécuta et fit plus de bruits de contentement.

— Oh, c'est merveilleux. Tu sais, cette sauce barbecue ne devrait pas être réservée au dîner. Nous devrions la mettre au menu du déjeuner dans un sandwich au porc effiloché. Les clients adoreraient ça.

— Je parie que oui, dit Grace.

Tout autour de la table, elle voyait des visages heureux et souriants.

Puis un autre visage heureux et souriant s'approcha de la table. David.

Vêtu d'une autre veste blanche de chef, il vint se placer entre Grace et Iris.

— Bonsoir à tous. J'espère que vous appréciez vos repas.

La vague d'éloges faillit faire tomber Grace de sa chaise.

Grant leva son verre.

— Repas exceptionnel. Mes compliments au chef.

Autour de la table, tous les verres se levèrent.

David rayonnait.

— Merci à tous.

Iris se retourna et lui prit la main.

— Jeune homme, cette sauce barbecue est la meilleure que j'aie jamais goûtée. Je veux un sandwich au porc effiloché avec cette sauce au menu du déjeuner dès que possible.

David rit en s'accroupissant pour qu'elle n'ait pas à se tordre le cou.

— Je suis content que vous l'ayez appréciée. Je verrai ce que je peux faire.

Iris lui tenait toujours la main.

— Comment trouves-tu le travail dans cette cuisine ?

— C'est super. Propre, moderne, spacieux. Le personnel y est également formidable. Je ne pourrais rien demander de plus.

Iris acquiesça.

— Bien. Alors tu vas accepter mon offre, n'est-ce pas ?

Il regarda Grace. Elle savait qu'il n'aimait pas être mis sur la sellette. Il lui sourit, puis se tourna vers Iris.

— Tant que ma femme est d'accord, je serais ravi de l'accepter.

Le cœur de Grace faillit sauter un battement tandis que la joie inondait tout son être.

Iris lui serra la main, la secouant légèrement.

— Excellente nouvelle. Excellente.

— Je ferais mieux de retourner en cuisine.

Il se releva. Iris le lâcha. Il utilisa cette main pour donner une rapide pression sur l'épaule de Grace.

— Profitez bien du reste de votre soirée, et n'oubliez pas le dessert.

Il fit un clin d'œil à Grace en partant.

Elle était presque engourdie de bonheur. Il avait dit oui ! Compass Key allait être leur nouveau foyer.

Son rêve devenait réalité. Il y avait plus de bonheur en elle qu'elle ne pouvait en contenir, et il commençait à s'échapper par ses yeux. Elle baissa la tête pour tenter de retrouver sa composition. C'était la seconde chance dont ils avaient tant besoin. Pas seulement pour leur entreprise, mais pour eux-mêmes.

— Ça va, ma chérie ? demanda Iris.

Grace acquiesça et la regarda de côté.

— Je vais très bien. Merci beaucoup pour tout ça.

Iris sourit.

— Merci à *toi*.

Après un autre moment, Grace releva la tête.

Olivia la regardait.

— J'ai entendu, dit-elle doucement. Je suis si contente que toi et David alliez être ici avec moi et Amanda.

— Moi aussi, dit Grace. Maintenant, il nous reste juste à convaincre Katie et Leigh Ann.

Olivia acquiesça.

— D'accord. Peut-être que nous pourrions—

— Bonjour, Leigh Ann.

La conversation s'arrêta et tout le monde leva les yeux pour voir un visage indésirable. Marty, avec Candi à sa suite, s'était approché de la table.

— Ce n'est pas le moment, Marty, dit Leigh Ann. Nous n'avons rien à nous dire. Ni ne devrions, selon mon avocat.

Marty rit.

— Ne t'inquiète pas, je vais aussi parler à mon avocat.

Il agita un doigt vers Grant.

— Surtout pour lui parler de ton petit ami là-bas.

Leigh Ann se tendit visiblement. Grace fit de même par sympathie.

Mais Grant se leva lentement, pliant sa serviette et la plaçant à côté de son assiette.

— Permettez-moi de me présenter. Je suis Grant Shoemaker. Je suis l'artiste en résidence ici à Mother's.

Vous avez probablement vu la grande peinture de tortue de mer dans le hall ?

Candi acquiesça, tout sourire.

— C'était vraiment mignon.

— C'est une des vôtres ? demanda Marty.

— Oui.

— Je ne vois pas ce que ça a à voir avec le fait que vous couchiez avec ma femme, railla Marty.

— Je ne couche pas avec elle, répondit Grant. Elle travaille comme modèle pour ma peinture la plus récente.

— Hah, aboya Marty. Il pointa Leigh Ann du doigt.

— Elle ?

— Oui. Je serais ravi de vous emmener dans mon studio maintenant et de vous montrer l'œuvre si vous avez besoin de preuves.

Le sourire de Marty diminua.

— Non, c'est bon.

Il fit une petite grimace surprise, puis examina mieux les personnes autour de la table. Il vit Owen. Et c'était comme si un interrupteur s'était enclenché.

— Passez tous une bonne soirée. Désolé pour l'interruption.

Lui et Candi disparurent à leur propre table.

— Le culot de certaines personnes, marmonna Iris. L'argent n'achète pas la classe, Grace.

Grace acquiesça.

— Tu l'as dit.

Chapitre Quarante-Deux

Il était presque vingt heures quand Katie et Owen ont finalement quitté la salle à manger. Le dîner avait été excellent, mais un peu difficile à apprécier avec le nuage sombre de l'inconnu qui planait au-dessus d'elle. Impossible de deviner quelle bombe ils allaient lâcher, mais elle avait un profond sentiment d'angoisse que ce serait grave.

Alors qu'ils marchaient vers son bungalow, Owen lui prit la main.

— Tu es devenue très silencieuse. Inquiète à propos de cette nouvelle ?

Elle acquiesça. Devrait-elle prendre les devants et lui révéler son secret le plus sombre ? N'était-il pas préférable qu'il l'apprenne de sa bouche plutôt que d'un torchon à potins ? Mais d'un autre côté, et si son secret n'était pas ce que *Star Watch* allait révéler ? Et si ce n'était rien ? Quelque absurdité inventée pour obtenir des likes et des clics ?

— Écoute, quoi que ce soit, ce n'est probablement rien, dit-il.

Elle leva les yeux vers lui.

— Et si c'était quelque chose ? Si c'était grave ?

Il laissa échapper un petit rire sans conviction.

— Qu'est-ce qu'ils auraient pu découvrir ? Tu n'es pas secrètement une tueuse en série, n'est-ce pas ?

— Non. Rien de tel. Mais...

Elle s'écarta du chemin et fit quelques pas vers la plage.

— Hé, dit-il en marchant à ses côtés. Tout le monde a des squelettes dans son placard.

— Pas comme le mien.

Elle expira. Elle ne voulait pas lui dire. Mais s'ils devaient avoir une quelconque relation, peut-être qu'elle le devrait. Peut-être que ce serait le test pour savoir s'ils pouvaient même avoir une relation. Elle s'arrêta de marcher.

— Je suis sûr que ce n'est pas si grave.

Il se tenait à côté d'elle, reprenant sa main.

Elle prit une profonde inspiration, puis la relâcha et en prit une autre.

— Quand j'avais vingt et un ans, j'étais dans une mauvaise passe. Financièrement et autrement. Je travaillais comme serveuse, j'arrivais à peine à joindre les deux bouts, je dérivais dans la vie, je luttais avec le fait que j'étais passée d'une étudiante exceptionnelle à une adulte qui ne savait pas vraiment ce qu'elle voulait faire de sa vie.

Il écoutait attentivement, sans rien dire.

Elle fixait l'eau. Il n'y avait pas de retour en arrière possible sur ce qu'elle était sur le point de lui dire.

— Je suis tombée enceinte. J'ai informé le père et il a disparu. Je ne pouvais pas le dire à ma sœur. Elle était en deuxième année d'études. Ce n'est pas comme si elle pouvait faire quoi que ce soit. Et mes parents n'auraient pas compris. Neuf mois plus tard, j'ai donné le bébé en adoption.

Sa gorge se serra d'émotion.

— Je sais que c'était la bonne chose à faire, mais je pense à lui tous les jours. Je me demande à quoi il ressemble, comment se passe sa vie. S'il est... aimé.

Owen passa son bras autour d'elle et l'attira contre lui.

— Et tu penses que c'est ce que *Star Watch* a découvert ?

Elle hocha la tête, le visage contre sa poitrine.

— Oui. Et ils vont me faire passer pour une personne horrible.

Elle réalisa alors qu'il n'avait rien dit à propos de la bombe qu'elle venait de lâcher. Elle leva les yeux vers lui.

— Tu penses que je suis une personne horrible ?

Il secoua la tête.

— Je pense que tu as été incroyablement courageuse. Je n'imagine pas à quel point tu as dû te sentir effrayée et seule. Les mères biologiques ont parfois mauvaise réputation, mais en réalité, ce sont des héroïnes.

Son commentaire fut une heureuse surprise.

— C'est vraiment gentil de dire ça. J'aimerais que tout le monde pense comme toi.

— Eh bien...

La compassion dans ses yeux était indéniable.

— Je suis adopté. Tout comme ma sœur, Anita. Ce n'est pas quelque chose que j'ai jamais rendu public, mais ça me donne définitivement une perspective différente. Ma mère biologique était très jeune et dans une mauvaise situation. Elle aurait pu faire un choix très différent que de me confier à l'adoption. Il ne se passe pas un jour sans que je ne sois reconnaissant pour sa force et son courage.

Des larmes chaudes s'accumulèrent dans les yeux de Katie.

— Merci de m'avoir dit ça.

Il hocha la tête et la serra à nouveau contre lui.

— Penses-tu vraiment que c'est ce que *Star Watch* va révéler ? Parce que s'ils le font, je dépenserai jusqu'au dernier centime que je possède pour les poursuivre en justice en ton nom.

Elle s'essuya les yeux.

— Merci. J'espère vraiment que ça n'en arrivera pas là.

— Moi aussi. Et merci d'avoir partagé ton secret. Je sais que ça a dû être très difficile pour toi.

— Ça l'était. Mais je me sens mieux. Merci de m'avoir raconté ton histoire.

— De rien, dit-il. Donc ta sœur n'est pas au courant ?

— Non, elle l'est. Je lui ai dit il y a quelques années. Quand je lui ai parlé au téléphone tout à l'heure, elle a immédiatement compris que c'était ce que *Star Watch* avait découvert. Bien qu'aucune de nous ne sache comment. C'était une adoption fermée, mais si mon fils décide un jour de me chercher, les dossiers seront déscellés pour lui.

Elle se pencha en arrière.

— As-tu déjà cherché ta mère biologique ?

Il acquiesça.

— Il y a dix ans. Je l'ai trouvée aussi. Malheureusement, elle était décédée d'une overdose environ six ans après ma naissance.

— Je suis vraiment désolée.

— Moi aussi. Mais j'ai eu une enfance formidable, et mes parents sont des personnes merveilleuses et aimantes. Je n'aurais pas pu demander une meilleure sœur non plus. Ma mère biologique m'a vraiment donné la meilleure vie possible. J'aurais aimé qu'elle puisse obtenir l'aide dont elle avait besoin, cependant.

— Je suis contente que les choses aient si bien tourné pour toi. Ça me réconforte.

Elle pensait à l'enfant qu'elle avait confié en adoption chaque jour. Et bien qu'elle ait définitivement des regrets, des histoires comme celle d'Owen lui permettaient d'avoir confiance en le fait qu'elle avait fait ce qu'il fallait.

Elle essuya une dernière larme.

— Penses-tu que je devrais en informer Jenny ? Je viens juste de l'engager pour gérer mes relations publiques.

Il secoua la tête.

— C'est à toi de décider, mais si ce n'est pas ce que

Star Watch est sur le point de révéler, alors tu auras partagé ton secret sans en avoir besoin. J'attendrais.

— D'accord. Et si c'est la bombe qu'ils lâchent ? Des idées sur la façon de gérer ça ?

— À part le lancement par moi de la plus grande poursuite civile de l'histoire des poursuites civiles ?

Elle sourit.

— Oui, à part ça.

— Je suis sûr que Jenny aura des idées. J'en ai quelques-unes moi-même, mais voyons d'abord ce qui se passe.

Elle jeta un coup d'œil à sa montre.

— Il est presque vingt heures trente. Ce ne sera plus long maintenant.

— Tu veux rentrer ?

— Non. Je pense que je veux m'asseoir sur les chaises longues, regarder l'eau et prétendre que rien de tout cela n'arrive pendant encore quelques minutes.

— D'accord.

Il prit sa main et ensemble, ils marchèrent vers les chaises longues et s'assirent.

Elle enleva ses sandales et s'installa, se concentrant sur les vagues qui roulaient doucement et le son paisible qu'elles produisaient.

Quoi qu'il arrive, elle voulait être en paix avec ça. Beaucoup de femmes donnent leurs bébés en adoption. Si les gens voulaient la juger pour ça, il n'y avait rien qu'elle puisse faire.

Elle devait trouver un moyen de ne pas se laisser affecter non plus. Être déprimée n'allait pas vraiment de pair avec l'écriture de romance. Elle jeta un coup d'œil à Owen. Bien qu'avoir un homme comme lui dans sa vie aidait certainement.

Elle avait eu peur qu'il découvre ce qu'elle avait fait. Et tout ça pour rien. Si ce n'était pas la preuve que ses propres peurs étaient pires que la réalité, rien ne l'était.

Elle tendit la main et prit la sienne.

— Merci. De m'avoir écoutée. De ne pas m'avoir jugée. Et d'être simplement ici avec moi.

— De rien. Mais rien de tout cela n'arriverait si tu n'étais pas impliquée avec moi. J'en suis très conscient. J'ai perdu des relations à cause des paparazzi. C'est moi qui devrais te remercier de ne pas m'avoir mis à la porte.

Elle rit.

— Je ne ferais pas ça, pas quand je suis en train de tomber amou-

Elle s'arrêta soudainement, consciente de ce qu'elle avait failli dire.

Il sourit, se pencha pour porter sa main à sa bouche et embrassa ses jointures.

— Je tombe amoureux de toi aussi.

Sa confession la laissa à bout de souffle et étourdie.

— Ne penses-tu pas... n'est-ce pas trop tôt pour que nous nous sentions ainsi ?

— Est-ce que le moment où tu ressens quelque chose le rend plus valide ?

Il haussa les épaules.

— Je pense que quand on sait, on sait. Et notre conversation de ce soir m'a rendu encore plus sûr. Nous ne sommes pas des adolescents, Katie. Nous sommes des adultes. Nous devrions être capables de faire confiance à nos sentiments à ce stade de notre vie.

Son regard s'abaissa vers leurs doigts entrelacés.

— Je sais que tu n'es censée rester qu'une semaine de plus, mais je te demande de rester. J'ai beaucoup de place chez moi. En fait, tu peux avoir la maison d'hôtes. Je n'ai pas eu d'invités depuis très longtemps et la dernière personne qui est venue en visite est restée dans la maison principale. Qu'en dis-tu ?

Elle prit une inspiration.

— Je sais que c'est beaucoup demander, dit-il. Mais je ne suis pas prêt à être sans toi.

Elle n'était pas prête à être sans lui non plus. Mais c'était une décision importante. Et elle avait sa sœur, et son travail à prendre en compte.

Jenny arriva en courant sur la plage, passant juste devant eux. Elle s'arrêta et se retourna, les repérant instantanément. Elle avait son téléphone à la main.

— Vous voilà. *Star Watch* vient de commencer un direct. Je suis presque sûre qu'ils sont sur le point de lâcher leur bombe. J'ai pensé que nous devrions le regarder ensemble, pour qu'on puisse déterminer nos prochaines étapes.

Katie hocha la tête et se redressa.

— D'accord.

Elle jeta un coup d'œil à Owen.

— Pouvons-nous en parler davantage demain ?

— Bien sûr, dit-il.

— Merci.

Jenny s'approcha et s'assit sur le sable entre eux, son téléphone sur ses genoux pour qu'ils puissent tous le voir.

Sur l'écran, un homme s'avança devant le podium qui avait été installé.

Katie essaya de ne pas retenir son souffle. Ses entrailles lui semblaient être de la gelée.

— C'est parti.

Chapitre Quarante-Trois

OLIVIA N'ÉTAIT PAS SUR SON TÉLÉPHONE COMME elle imaginait que le reste de ses amis l'étaient. Elle découvrirait bien assez tôt quelle « bombe » *Star Watch* s'apprêtait à lâcher concernant Katie. Elle ne voulait pas leur accorder plus de vues, de likes, d'abonnements ou quoi que ce soit qui donnait du crédit à ces organisations sur les réseaux sociaux. Elle ne voulait pas contribuer à leur popularité.

À ses yeux, quiconque envahissait la vie privée d'autrui pour en tirer profit était un parasite.

Au lieu de cela, elle était assise sur le canapé de son bungalow, relisant les documents détaillant l'offre d'Iris. Elle les a lus deux fois et n'a rien trouvé qui semblait peu clair ou injuste. Honnêtement, c'était la meilleure chose qu'elle ait jamais lue. Le cœur léger, elle a signé sur la ligne pointillée et daté le document.

Il ne restait plus qu'à le retourner à Iris pour qu'elle le signe et à en obtenir une copie pour les archives d'Olivia.

Elle a remis les papiers dans l'enveloppe dans laquelle ils étaient arrivés, l'a glissée sous son bras et s'est dirigée vers chez Iris. Rien ne valait le moment présent. En plus, elle voulait parler à Iris de son intention de rester à Compass Key plutôt que de déménager au Kentucky.

Sur le chemin du retour, Olivia prévoyait de s'arrêter chez Eddie. Le voir au dîner n'avait tout simplement pas été suffisant. C'était formidable de l'avoir eu là, cependant. Non seulement il avait été une compagnie merveilleuse, mais il avait fait rire tout le monde avec les histoires qu'il avait partagées.

La vie ici allait être si belle. Elle le savait déjà d'après le petit avant-goût qu'elle avait eu cette semaine.

Et bien qu'elle allait travailler et non se prélasser au bord de la piscine, cela lui convenait. Elle aimait travailler. Cela lui donnait un but et la faisait se sentir utile.

Elle serait également occupée à aménager son bungalow. Elle attendait cela avec impatience. Son propre paradis tropical avec vue sur l'eau et plein de palmiers.

Elle prit le chemin menant chez Iris, heureuse de voir que les lumières étaient encore allumées. Bien sûr, il n'était pas si tard et Iris semblait être un oiseau de nuit.

Alors qu'Olivia se dirigeait vers la maison, elle entendit un bruit sourd étrange, suivi d'un cri.

Son instinct a pris le dessus. Elle a couru jusqu'à la porte, frappant dessus. — Iris ? Vous allez bien ? Iris, répondez-moi.

Vera a ouvert la porte d'un coup, les yeux affolés. — Elle est tombée dans les escaliers. Cherchez de l'aide, s'il vous plaît ! Peter s'occupe déjà d'un client piqué par une méduse. Appelez votre fille et voyez si elle sait où est Nick. Amenez Eddie aussi. Peut-être Duke. Nous aurons besoin d'aide pour la descendre.

Le cœur d'Olivia battait à tout rompre. Elle a hoché la tête en sortant son téléphone. — Je m'en occupe.

Elle a appelé Eddie tandis que Vera disparaissait.

— *Buenos noches.*

— Iris est tombée. Nous avons besoin de toi chez elle. De Duke aussi, s'il est à la maison.

— Je ne pense pas qu'il y soit, mais j'arrive tout de suite. Son ton était instantanément sérieux. — Elle est gravement blessée ?

— Je ne sais pas, mais je vais chercher Nick ensuite, puis je verrai si Amanda sait où est Duke.

— Bien. Deux minutes. Il a raccroché.

Elle a appelé Jenny ensuite parce qu'elle n'avait pas le numéro de Nick.

— Salut, maman. Tu as vu les nouvelles, hein ?

— Non, je n'ai pas regardé. Est-ce que Nick est avec toi ? Nous avons besoin de lui chez Iris. Elle vient de tomber dans les escaliers.

— Il vient juste d'arriver de chez Grace. Il m'attend sur la plage. Je vais courir lui dire.

— Merci. Au revoir. Elle a ensuite envoyé un message à Amanda. *Si Duke est avec toi, envoie-le chez Iris. Elle est tombée.*

Oh non, a répondu Amanda. *On arrive.*

Olivia a envoyé un pouce en l'air puis est entrée. Elle

a jeté l'enveloppe qu'elle avait apportée sur le comptoir de la cuisine.

Iris était affalée en tas au bas des marches qui montaient au deuxième étage. Elle gémissait. Vera essayait de la maintenir immobile.

Olivia s'est agenouillée à côté d'elles. — Tout va bien, Iris. Vera et moi sommes là avec vous. Elle a regardé Vera. — Pensez-vous qu'elle s'est cassé quelque chose ?

— Je ne sais pas. Elle semble s'être cogné la tête assez violemment.

— Aidez-moi à me relever, a marmonné Iris.

Vera a secoué la tête. — Pas avant que Nick arrive et dise que c'est sans danger. Avez-vous mal quelque part ?

— Ma tête, a répondu Iris. Ses paupières ont vacillé et elle semblait sur le point de s'évanouir.

Olivia a pris sa main. — Que s'est-il passé, Iris ?

Elle a légèrement bougé la tête d'un côté à l'autre comme pour dire qu'elle n'était pas sûre. — Mes jambes ne fonctionnaient tout simplement pas correctement.

— Pourquoi montiez-vous à l'étage ? a demandé Vera.

— Arthur, a chuchoté Iris. — Je pensais... qu'il m'appelait...

Vera a regardé Olivia, son regard rempli d'inquiétude.

Nick est arrivé en bondissant sur les marches une minute plus tard, Eddie juste derrière lui.

Olivia s'est écartée pour laisser la place à Nick. Il a pris sa place, passant immédiatement en mode médecin. — Iris, c'est Nick. Pouvez-vous me dire où vous avez mal ?

— Ma tête, a-t-elle murmuré.

Il a commencé à examiner soigneusement son corps. — Il ne semble pas que quelque chose soit cassé, mais à son âge, il y a de fortes chances qu'elle ait une fracture.

Il a sorti une petite lampe de sa poche et l'a dirigée vers ses yeux. — Iris, pouvez-vous me regarder ? Suivez la lumière.

Après quelques secondes, il a éteint la lampe. — Elle a probablement une commotion cérébrale.

Duke et Amanda sont entrés. Ils semblaient tous les deux inquiets.

— Que puis-je faire ? a demandé Duke.

Nick l'a regardé, lui et Eddie. — Nous devons l'emmener à l'hôpital.

Eddie a hoché la tête. — On peut faire ça. Je n'ai besoin que d'une minute pour préparer le bateau.

— Bien, a dit Nick. — D'abord, nous devons l'amener jusqu'au bateau. Une civière de fortune est notre meilleure option. Je ne veux pas trop la bouger parce qu'il est impossible de dire ce qu'elle s'est fait.

— De quoi avez-vous besoin ? a demandé Vera.

— Une couverture solide, a répondu Nick. — Nous pouvons la glisser sous elle, puis enrouler les côtés et l'utiliser pour la porter.

Vera s'est levée pour chercher une couverture. — Je reviens tout de suite.

Leigh Ann, Grant et Owen sont arrivés en toute hâte.

— Est-ce qu'elle va bien ? a demandé Leigh Ann.

Olivia est allée à leur rencontre. — Nick pense qu'elle

a une commotion cérébrale et pourrait avoir une fracture. Ils vont l'emmener à l'hôpital en ville sur le continent. Vera est allée chercher une couverture pour en faire une civière.

Owen a fait un pas en avant. — Grant et moi pouvons aider à la porter.

— Absolument, a dit Grant.

Olivia a remarqué que Katie n'était pas avec eux. Jenny non plus, mais Jenny ne connaissait pas vraiment Iris. Olivia ne se serait pas attendue à voir Grace non plus. Sur ses béquilles, elle ne pouvait pas être d'une grande aide. — Où est Katie ?

Owen l'a regardée. — Dans son bungalow avec Jenny, en train d'élaborer une stratégie.

— Je suppose que les nouvelles n'étaient pas bonnes, alors. Je n'ai pas regardé.

— Non, a-t-il dit. — Ce n'était pas bon. Il a baissé la voix. — Ils ont annoncé son vrai nom, puis ont dit qu'ils pensent avoir retrouvé le fils qu'elle a donné en adoption.

Olivia a dû rejouer cette phrase dans sa tête pour s'assurer qu'elle avait bien entendu. — Quoi ? Mais Katie n'a pas...

Il a hoché la tête. — Si, elle l'a fait. Je suis sûr qu'elle vous l'expliquera si vous lui demandez.

— Pauvre Katie.

Vera est revenue avec la couverture et les hommes se sont mis au travail pour la glisser délicatement sous Iris. Olivia se tenait avec Leigh Ann et Amanda.

— Elle pensait avoir entendu Arthur l'appeler d'en haut, a dit Olivia doucement.

Leigh Ann a secoué la tête. — Je déteste ce qui lui arrive.

— Moi aussi, a dit Amanda.

Les hommes l'ont installée sur la couverture, puis ont enroulé les côtés et l'ont soulevée avec précaution. À quatre, ils faisaient paraître cela sans effort.

Vera est partie avec eux. Olivia l'a suivie, avec Leigh Ann et Amanda derrière elle.

Ils ont traversé les bungalows des employés jusqu'à l'autre côté de l'île, atteignant la marina en moins de dix minutes.

Eddie avait couru en avance, alors le ponton était déjà démarré. Il a rapidement détaché le bateau tandis que Duke et Grant installaient soigneusement Iris à bord, puis l'ont allongée sur l'une des longues banquettes du bateau.

Vera est montée à bord aussi, avec Nick juste derrière elle. Il a été rapidement décidé que Nick et Vera iraient avec Eddie à l'hôpital.

— Tu nous enverras un message dès que vous aurez des nouvelles, n'est-ce pas ? a demandé Olivia à Eddie.

Il a hoché la tête. — Je le ferai. Promis.

Vera a regardé Olivia, Leigh Ann et Amanda. — Vous allez devoir vous occuper des choses pendant un moment, les filles. Pensez-vous pouvoir gérer ça ?

Olivia a hoché la tête. — Nous nous débrouillerons. Ne vous inquiétez pas. Prenez juste soin d'Iris.

Duke et Grant ont quitté le bateau.

Eddie a fait vrombir le moteur. Nick et Vera se sont

assis de chaque côté d'Iris, la maintenant. Eddie a éloigné le bateau du quai et s'est dirigé vers le continent.

Les feux de navigation sont devenus de plus en plus petits tandis qu'ils restaient là à regarder.

Olivia a expiré. — Ce n'est pas ainsi que j'imaginais la passation de pouvoir.

— Moi non plus, a dit Amanda.

— Qu'est-ce que nous sommes censées faire ? a demandé Leigh Ann.

Olivia l'a regardée. — Tout ce qui doit être fait. Et prier.

À propos de l'auteur

Maggie Miller pense que le temps libre est un temps idéal pour aller à la plage, probablement parce que la plage est son endroit préféré. Le bruit des vagues est sa musique d'ambiance favorite, et le sable entre ses orteils est le meilleur massage qu'elle puisse imaginer. Quand elle n'est pas à la plage, elle écrit, lit ou cuisine pour sa famille. Toutes ces choses qu'on appelle la vie. Elle espère que ses lecteurs apprécient ses livres et les invite à lui envoyer un message pour lui faire part de leurs impressions !

Maggie en ligne :
www.maggiemillerauthor.com
www.facebook.com/MaggieMillerAuthor

Made in United States
Orlando, FL
22 April 2025

60753057R00193